GEFÄHRLICHE ZETTEL

VOM JUNGEN ZUM MANN IM DRITTEN REICH

LEE STRAUSS

Lee Strauss
GEFÄHRLICHE ZETTEL
übersetzt von Claudia Dahinden

Gefährliche Zettel

von Lee Strauss

Cover: Steven Novak

Foto: Bayerische Staatsbibliothek München/ Fotoarchiv Hoffmann

Übersetzung: Claudia Dahinden

Lektorat: Debora Hübler www.d-translations.com

Copyright © 2015 Lee Strauss

La Plume Press

ISBN: 978-1-927547-60-1

Es handelt sich um ein fiktionales Werk. Die darin geäußerten Ansichten unterliegen der alleinigen Verantwortung der Autorin. Charaktere, Orte und Ereignisse sind entweder das Produkt der Fantasie der Autorin oder werden fiktiv eingesetzt; eventuelle Ähnlichkeiten mit lebenden oder verstorbenen Personen, historischen Ereignissen oder Schauplätzen sind daher rein zufällig.

Alle Rechte vorbehalten.

Ohne ausdrückliche Erlaubnis dürfen dieses Buch oder Teile davon in keiner Form vervielfältigt werden.

Nur ein Wort von Heinz Schultz konnte einen Mann ins Gefängnis bringen. Obwohl erst fünfzehn, war er groß, kräftig und blond. Die Jungen im Deutschen Jungvolk achteten und fürchteten ihn.

Und sie wollten genauso sein wie er.

Emil Radle wollte genau so sein wie er.

Als eifriges Mitglied der Hitler-Jugend ist Emil Radle dem Führer treu ergeben – mehr noch als seiner Familie. Er ist ein Verfechter der »guten Sache« und begeisterter Anhänger der berühmten Luftwaffe.

Doch dann entdecken Emils Freunde Moritz und Johann ein Kurzwellenradio, und alles ändert sich. Sie hören die verbotenen BBC-Nachrichten-Übertragungen und erkennen die Wahrheit.

Die Jungs verbünden sich mit Johanns Schwester Katharina, halten die Sendungen schriftlich fest und verteilen heimlich Flugblätter in ihrer Stadt – ein Akt des Hochverrats, für den ihnen Haft oder Schlimmeres droht.

Während der Krieg andauert, vertieft sich Emils Zuneigung zu Katharina. Er würde alles tun, um ein normales Leben zu führen und mit ihr in Passau bleiben zu können. Doch als die deutschen Verluste riesige Ausmaße annehmen, kann auch ihr größter Widerstand die Jungen nicht davor bewahren, an die Ostfront geschickt zu werden.

Emil hofft für Katharinas Wohl und das seiner Familie, dass er die Schlacht überlebt, denn er weiß, dass sie den Krieg bereits verloren haben.

*Für meine Eltern, Gene und Lucille Franke,
und meine Schwiegereltern, Herbert und Martha Strauss,
deren Geschichten auf diesen Seiten wiederspiegelt werden.*

Das Rauchkissen am Horizont konnte nur eines bedeuten: ein Bauernhof und damit etwas zu essen.

Emil Radle hinkte über das abschüssige Feld. Regenmangel und fehlende Bewässerung hatten es dürr und trocken werden lassen. Zweimal verlor er den Halt, fiel hin und umklammerte sein Bein. Sein Mund öffnete sich zu einem weiten Stöhnen, das all seine Zähne entblößte. Beim ersten Mal kämpfte er den Schmerz nieder. Von Hunger getrieben, zwang er sich wieder auf die Beine. Beim zweiten Mal gab er dem Bedürfnis nach, schrie und weinte. Schließlich drohte ihn der Schlaf wieder zu übermannen. Die Sonne brannte heiß und schwer, und sein Verstand glitt langsam in einen rauschähnlichen Zustand.

In seinem Unterbewusstsein war ihm klar, dass er hier nicht bleiben konnte: Wenn er es tat, würde er sterben. Zittrig und fröstelnd zwang er sich wieder hoch. Endlich kam ein Haus in Sicht. Außer Atem schlüpfte er durch die enge Öffnung des schweren Eisentors und klopfte an die Haustür.

Sie öffnete sich, und ein dünner, älterer Mann mit unrasiertem Gesicht musterte ihn von Kopf bis Fuß. »Nicht noch einer«, brummelte er.

»Bitte, haben Sie ein Stück Brot? Irgendetwas?«

Der Mann runzelte die Stirn. »Wie alt bist du, Junge?«

»Sechzehn.« Emil fragte sich, wie er für diesen Mann wohl aussah. Er hatte seit Wochen weder gebadet noch die Kleider gewechselt. Er wusste, dass seine Haare zu lang waren. Nervös verlagerte er sein Gewicht und rieb sein schmerzendes Knie.

Der Mann bemerkte es. »Was ist mit deinem Bein?«

»Von der Front.«

Der Mann seufzte. »Ich habe nichts mehr übrig. Jede halbe Stunde klopft jemand und will etwas zu essen.«

Wie auf ein Stichwort knurrte Emils Magen. »Bitte. Ich bin am Verhungern.«

Die Schultern des Mannes sanken. Sein Gesicht sah ausgezehrt und übermüdet aus, seine Augen wässrig, als ob er gleich weinen würde.

»Warte hier.« Er zeigte auf einen wackligen Stuhl auf der Veranda, und Emil ließ seinen müden Körper hineinfallen. Der Mann kehrte mit einer Kaffeetasse zurück und drückte sie Emil in die Hand. »Ich habe eine Kuh dahinten. Sie gibt nicht viel. Das ist alles, was ich habe.«

Emil leerte die Tasse. Es war nicht mehr als ein Tropfen in einen riesigen Eimer, aber es würde ihn wieder eine Weile bei der Stange halten.

»Wo willst du hin?« fragte der Mann.

»Passau.«

Der Mann pfiff. »Das ist ein weiter Weg. Mindestens zweihundert Kilometer.«

»Ja«, sagte Emil und gab ihm die Tasse zurück. »Aber es ist meine Heimat. Ich muss meine Familie finden.«

»Alle Züge stehen still«, sagte der Mann. »Die Straßen sind an vielen Stellen zu beschädigt für Automobile.«

»Ich weiß. Ich werde zu Fuß gehen.«

»Du wirst Wochen brauchen.« Der Mann streifte Emils

schlechtes Bein mit einem Blick und seufzte wieder. »Wenigstens bist du jung. Ich wünsche dir alles Gute.«

»Danke.«

Der Mann streckte die Hand aus und half Emil auf die Beine. Emil verabschiedete sich und wandte sich der Straße zu. Einen hinkenden Schritt nach dem anderen ging er nach Süden.

Hinter ihm, ein besiegter Riese in Ruinen, lag Nürnberg.

Nur ein Wort von Heinz Schultz konnte einen Mann ins Gefängnis bringen. Obwohl er erst fünfzehn war, war er groß, kräftig und blond. Die Jungen in seiner Einheit des *Deutschen Jungvolks* achteten und fürchteten ihn.

Und sie wollten sein wie er.

Emil saß mit geradem Rücken auf seinem Stuhl, fasziniert und aufmerksam. Er wollte nichts verpassen und hoffte inständig, von Heinz bemerkt zu werden.

Heinz griff nach einem Zeigestock und tippte auf eine abgenutzte Karte Europas, die mit Heftzwecken an der Wand befestigt war. »Das ist eine Karte Europas von 1871.«

Er blieb abrupt vor einer anderen, neueren Karte stehen. »Und so sieht die Karte von Europa heute aus. Was ist der auffälligste Unterschied?« Seine Augen suchten den Raum ab und landeten auf Emil. »Emil?«

Emil antwortete mit schwacher Stimme: »Deutschland ist zu klein?«

»JA!« schrie Heinz. »Deutschland ist zu klein. Viel zu klein.« Er zeigte wieder auf die erste Karte. »Hier waren wir größer, aber noch nicht groß genug. Er drehte sich wieder zur zweiten Karte.

»Und hier sind wir so klein, dass man eine Lupe braucht, um uns zu sehen. Das ist ein Unrecht!«

Seit seinem Stimmbruch hatten die Ausführungen von Heinz irgendwie an Tiefe gewonnen. Seine Stimme schien jetzt mehr aus seinem Bauch als aus seinem Kopf zu kommen. Emil konnte es kaum erwarten, bis seine eigene Stimme sich endlich veränderte. Er war nicht einmal elf Jahre alt und wusste, dass er noch warten musste, aber es frustrierte ihn. Es war schwierig, wie ein Mann zu handeln, wenn man wie ein Mädchen klang.

Heinz stand steif da, die Hände hinter dem Rücken sah er jeden seiner Schüler prüfend an, bis alle mit blassen, angsterfüllten Gesichtern zu ihm aufsahen. Seine Stimme wurde zu einem Flüstern. »Wer ist daran schuld?«

Langsam hob Friedrich einen seiner langen, mageren Arme. Obwohl er gleich alt war wie die anderen, war er viel größer und balancierte seinen dürren Körper auf langen, dünnen Beinen. Er erinnerte Emil an einen Storch.

»Die Juden«, antwortete Friedrich.

Heinz nickte zustimmend. »Richtig. Die Juden. Und warum?«

Friedrich fuhr fort. »Sie haben unsere Kriegsbemühungen torpediert, indem sie negative Gefühle gegenüber der Regierung geschürt haben. Wir haben den Großen Krieg verloren, weil die Menschen den Mut verloren haben, nachdem sie diese Lügen hörten.«

»Juden und Kommunisten«, sagte Heinz. »Das sind die wirklichen Feinde Deutschlands.«

Emil versuchte sich zu erinnern, was sein Vater gesagt hatte. Deutschland hatte den Großen Krieg verloren, weil die Deutschen dachten, dass sie ihn schnell gewinnen könnten. Sie hatten ihre Gegner unterschätzt. Am Ende hatten sie nicht genug Soldaten gehabt, um die Sache zu einem guten Ende zu führen.

Aber laut Heinz hatte sein Vater Unrecht. Deutschlands

Niederlage war diesen Leuten zu verdanken, obwohl Emil immer noch nicht ganz verstand, womit genau sie die Niederlage verursacht hatten.

»Wir *waren* eine große Nation«, fuhr Heinz fort. »Wir *sind* eine große Nation. Und eines Tages werden wir eine noch größere Nation *sein*.«

Emil fühlte sich, als ob ihn ein starker Wind gegen eine Wand pressen würde.

Nach einer langen, bedeutungsvollen Pause sagte Heinz: »Gebt mir Beispiele für unsere Überlegenheit!«

Emils Hand schoss in die Höhe. Dann realisierte er, dass er nicht sicher war, was für eine Antwort Heinz hören wollte, und er zog sie hastig zurück. Heinz wandte sich an Rolf.

»Wir sind weiß, Arier, und keine Juden.«

Rolf war der kleine Bruder von Heinz, und für Emil hörte er sich an, als ob er sich deswegen für etwas Besseres hielt.

Heinz nickte. »Jemand anderes?«

Friedrich streckte seinen Arm wieder. »Wir sind athletisch und gut in Form.«

Moritz bewegte sich unbehaglich in seinem Stuhl. Emil wusste, dass sein stämmiger Freund nicht gerade ein Bewegungstalent war. Dieses Mal hob Emil seine Hand und ließ sie oben.

»Emil?«

»Wir sind intelligent.« Alle Augen waren auf ihn gerichtet. Heinz wartete. Warum? Sollte er ein Beispiel nennen? Das Modellflugzeug an einem Faden über dem Lehrerpult gab ihm die rettende Idee. »Wir haben die Luftwaffe aufgebaut.«

»In der Tat«, sagte Heinz. »Die mächtigste Luftstreitkraft der Welt!«

»Eines Tages werde ich Pilot der Luftwaffe sein!« sprudelte Emil hervor. Alle starrten ihn an, während er immer röter wurde.

»Ein nobles Ziel, Emil«, sagte Heinz. Emil versuchte, noch aufrechter zu sitzen.

Dann nickte Heinz Johann zu, der seine Gitarre aufhob und die Jungen in eine ungestüme Darbietung von »Deutschland, Deutschland, über alles« führte.

Heinz sah auf die Uhr. »Die Zeit ist um. Beim nächsten Treffen machen wir etwas anderes: eine Mutprobe. Bringt Schwimmsachen mit.«

KAPITEL 2

Eine schnelle Bewegung seines Handgelenks und ein meisterhafter Schubs reichten aus – der Klavierdeckel aus Buchenholz setzte sich in Bewegung und fiel zu.

Der darauffolgende Schrei veranlasste Mutter, von ihrem Küchenstuhl aufzuschnellen, wo sie ihren Morgenkaffee genoss. Frische Sahne, kein Zucker.

»Ach du Schreck!« rief Mutter und eilte auf klappernden Hausschuhen über den hölzernen Fußboden auf die beiden zu. »Was ist passiert?«

Helmuts kleines Gesicht zog sich zusammen, und er weinte und schniefte. Da seine langgezogenen Schluchzer ihn am Sprechen hinderten, hielt er zum Beweis seine sich lila färbenden Finger hoch. Mit der anderen Hand zeigte er auf Emil.

»Emil, was hast du dieses Mal angerichtet?« Mutter hockte sich hin und wickelte Helmuts gequetschte Finger in ein Handtuch. »Komm in die Küche, Helmut«, sagte sie. »Lass uns etwas Eis holen.«

Flüchtig empfand Emil so etwas wie Reue. Trotzdem – es war Helmuts Fehler. »Er hätte seine Hände wegnehmen sollen. Er hat mich kommen gesehen. Er ist so langsam.«

Helmuts Augen funkelten wütend, und er verteidigte sich

zwischen kleinen Anfällen von Schluckauf. »Ich habe dich nicht gesehen, Emil, du Schwachkopf!«

Helmuts unaufhörliches, talentloses Klimpern hatte Emil verrückt gemacht, und neben ihm wahrscheinlich die ganze Nachbarschaft. Er hatte seinen Vater schon früher darauf hingewiesen; der war schuld. Hätte Vater etwas unternommen, hätte Emil nicht so drastische Maßnahmen für etwas Ruhe und Frieden ergreifen müssen.

Helmut wimmerte immer noch und rollte sich mit seinem in Eis eingewickelten Zeigefinger auf einem Sessel zusammen. Er sah darin sehr klein aus, und Emil kämpfte gegen ein unangenehmes Gefühl des Bedauerns. Er schob es beiseite.

In diesem Moment betrat Vater das Haus, die Zeitung unter dem Arm. Wie an den meisten Samstagen trug er Hosen und ein weißes Unterhemd. »Was geht hier vor?« fragte er, während er das rote Gesicht seines jüngeren und den trotzigen Blick seines älteren Sohnes registrierte.

Mit immer noch zitternden Lippen sagte Helmut: »Emil hat den Klavierdeckel auf meine Finger geknallt.«

»Vater, er hat einen Heidenlärm gemacht. Ich habe es nicht mehr ausgehalten. Du hättest ihm sagen sollen, dass er aufhören soll.«

Vater und Emil starrten sich wütend an. »Ja«, sagte Vater langsam. »Wenn ihm das jemand hätte sagen sollen, wäre ich das gewesen. Ich bin das Oberhaupt dieses Hauses.«

»Erst nach dem Führer.«

Mutter schnappte nach Luft. Sie stemmte sich gegen den Küchentresen und stellte systematisch die schmutzigen Teller in das Abwaschbecken.

Vater warf seine Zeitung auf den Tisch. »Der Führer lebt noch nicht mit uns zusammen in diesem Haus, Emil.«

Emil ignorierte den Kommentar seines Vaters. »Mutter, wo ist meine Uniform?«

Mutters Schultern versteiften sich. Sie seufzte, lang und anhaltend, als ob Luft aus einem Reifen entweicht, und drehte sich zu Emil um. Die Haut um ihre matten grauen Augen kräuselte sich in den Ecken. »Du gehst nicht schon wieder zum Deutschen Jungvolk, oder?« Sie trocknete die geröteten Hände an ihrer Schürze. »Das ist das dritte Mal diese Woche.«

»Das ist wohl kaum zu oft. Heinz Schultz sagt, dass wir noch viel lernen und uns auf vieles vorbereiten müssen. Heute gibt es eine Mutprobe.«

Mutters Blick landete auf Vater. Für Emil sah es aus, als ob sie mit ihren Augen in einer Geheimsprache redeten. »Peter?«

Vater hob sein Kinn, dunkel von den Bartstoppeln des Vortages. »Wirklich, Emil? Findest du nicht, dass das ein bisschen viel ist? Zeit mit der Familie ist auch wichtig.«

Emil hasste es, wenn er für sie Partei ergriff. Das war eine Schwäche. Vater war schwach geworden. Und Mutter konnte so einengend sein.

»Heinz Schultz sagt, ganz Deutschland ist jetzt unsere Familie. Was das Beste für das Vaterland ist, muss zuerst kommen.«

»Aber wir sind immer noch deine Blutsverwandten, Emil. Vergiss das nicht.« Der Muskel in Vaters Kiefer zuckte. Er hob seine Zeitung auf und ließ sich auf dem Sofa nieder.

Mutter entfuhr wieder ein Stoßseufzer. »Was macht ihr dort überhaupt die ganze Zeit?«

»Viele Dinge.« Emil wurde ungeduldig. »Wir singen und exerzieren, machen Mannschaftssport, wandern, lesen Karten.« Mutters müder Gesichtsausdruck veränderte sich nicht. »Und wir lernen alles über die Großartigkeit Deutschlands und über die des Führers. Es macht Spaß. Ich verstehe nicht warum ihr so beunruhigt seid.«

Helmut jammerte, und Mutter eilte zu ihm. Alles nur, um seinen Argumenten auszuweichen, dachte Emil.

»Komm mit Mama nach oben«, sagte sie.

Emil verzog das Gesicht. Helmut war fünf Jahre alt, aber er klammerte sich an Mutter wie ein Baby. Emil brauchte seine Mutter nicht mehr wirklich. Er räusperte sich, als die beiden begannen, die Treppe hinaufzusteigen.

»Mutter, meine Uniform?«

Sie blieb stehen und musterte ihn durch das Geländer. »Sie hängt draußen an der Wäscheleine.« Wie einen nachträglichen Einfall fügte sie hinzu: »Und wenn du schon draußen bist: Bring die Kartoffeln herein, die ich heute Morgen ausgegraben habe, und schaff sie in den Keller.«

Draußen nahm Emil seine Uniform von der Leine – braunes Hemd, schwarze Hosen – und klemmte sie unter den Arm. Den Korb mit Kartoffeln neben der Tür ignorierte er und ging zurück ins Haus.

Vater hatte das Radio angemacht: »...*Die Arbeitslosigkeit in Deutschland ist die niedrigste seit Jahren, dank unserem guten Führer. Der Bau der Autobahn verspricht mehr Arbeitsplätze für mehr Männer, und wir sehen dem Tag entgegen, wenn, wie unser großartiger Führer versprochen hat, jede Familie ein Automobil haben wird...*«

»Siehst du?« sagte Emil, während er auf das Radio zeigte. Warum begriffen sie es nicht? Adolf Hitler war die Hoffnung ihrer großartigen Nation. Wenn er nicht wäre, würden sich die Menschen immer noch in Schlangen vor den Suppenküchen anstellen und von Frankreich und Großbritannien unterdrückt werden. Das jedenfalls hatte Heinz gesagt.

Emil ging in sein Zimmer, zog seine Uniform an und band sich fachmännisch eine schmale schwarze Krawatte um. Er zog seinen Gürtel fest und nahm sich einen Moment Zeit, um mit dem Finger über das eingeprägte Bild auf der rechteckigen Gürtelschnalle zu fahren: ein Adler im Flug mit einem Hakenkreuz zwischen seinen Klauen, darüber eingraviert die Worte *Blut und Ehre.* Das Tüpfelchen auf dem I war ein Armband, glänzend und schwarz, mit einem auffälligen Hakenkreuz darauf. Emil blickte bewundernd in den Spiegel. Nicht schlecht, dachte er, und grinste sein drahtiges Spiegelbild an.

Vater und Mutter waren immer noch im Wohnzimmer und hörten Radio, als er zurückkam. Sie drängten sich an das Gerät, fast Schulter an Schulter, während sie sich auf jedes Wort konzentrierten. Mutters Gesicht war so blass geworden wie die Farbe des Putzes an der Wand, und ihr Mund formte ein kleines O. »... *das jüdische Problem wird angegangen...*«

»Ich gehe jetzt.«

Sie schreckten hoch.

»Ich habe Moritz gesagt, dass wir uns am Dom treffen.«

Vater stand auf. »Sohn, du solltest heute zuhause bleiben.«

»Heinz Schultz sagt, wir sind zuerst Deutschlands Söhne.«

Emil kam nicht umhin, das kummervolle Gesicht seiner Mutter zu bemerken. Fast hätte er Mitleid mit ihr gehabt. »Wirklich, ihr macht euch zu viele Sorgen.«

Er zwang sich zu einem Lächeln, griff sich seine Jacke und seinen Tornister und ging.

KAPITEL 3

Emil zog den Reißverschluss der neuen Winterjacke zu, die er vom Deutschen Jungvolk erhalten hatte. In ihr fühlte er sich gutaussehend – und ihm war warm. Er konnte seinen Atem sehen, der in Form von kleinen Nebelwölkchen aus seinem Mund schoss.

Auf der anderen Seite der engen Kopfsteinpflasterstraße wischte die alte Frau Fellner nasse, hartnäckige Blätter von ihrer Treppe. Sie trug einen uralten Wintermantel und einen Seidenschal um den Kopf. Sie duckte sich, als Emil auftauchte, und tat so, als ob sie ihn nicht sehen würde.

Emil beschloss, über diese Kränkung hinwegzusehen. Herzhaft rief er: »Heil Hitler, Frau Fellner!« während er seine rechte Hand zum Salut hervorstieß. Frau Fellner begutachtete seine neue Jacke mit ihren kleinen, dunklen Augen und antwortete ruhig: »Heil Hitler.« Sie salutierte nicht, aber Emil sah wieder darüber hinweg – jedenfalls für den Moment. Sie war eine traurige alte Dame, die ihren Mann und ihren Sohn im Großen Krieg verloren hatte, und außerdem war sie seit Jahren ihre Nachbarin.

Mit seinem Tornister fest über der Schulter stieg Emil auf sein Rad und fuhr an den in grünen, gelben und roten Pastellfarben gestrichenen Stuckreihenhäusern vorbei, die seine Straße säumten. Über enge, holprige Kopfsteinpflastergassen fuhr er hinunter bis zum Park neben der St. Stephans-Kathedrale.

Passau war eine kleine Stadt an der Spitze einer schmalen Halbinsel, umarmt von zwei Flüssen, die an der östlichen Spitze zusammenflossen: die Donau im Norden und der Inn im Süden. Ein dritter, kleinerer Fluss, die Ilz, floss in der Nähe in die Donau.

Emil verlangsamte seine Fahrt, als er Duftschwaden von süßem, warmem Brot aus Silbermanns Bäckerei vernahm. Obwohl er gefrühstückt hatte, war er plötzlich wieder hungrig.

Außerdem war da Anne. Sie war seit dem Kindergarten seine Freundin. Anne Silbermann hatte süße kleine Sommersprossen und Locken, die sich um ihre Pausbacken ringelten. Der Lehrer stellte ihre beiden Pulte meist zusammen, damit sie sich die Wörterbücher teilen konnten, wenn es nicht genug gab.

Er dachte daran, wie oft Anne ihm angeboten hatte, ihre Zeichenstifte mit ihm zu teilen, wenn er seine zu Hause vergessen hatte, und wie sie sich danach manchmal in der Pause Süßigkeiten schenkten.

Als er älter wurde, tat er es seinen Freunden Moritz und Johann gleich und lernte, Mädchen nicht zu mögen. Er hörte damit auf, Pulte, Zeichenstifte oder Süßigkeiten mit Anne zu teilen. Heute sah er sie nur noch in der Bäckerei.

Jemand hatte *Juden* auf das Schaufenster geschrieben – für den Fall, dass es in Passau noch jemanden gab, der nicht wusste, dass die Silbermanns jüdisch waren. Neben dem Wort prangte ein kindlich gezeichnetes Profilbild eines Mannes mit einer ungewöhnlich langen Nase. Die Botschaft war klar: Geh hier nicht rein.

Das war das *jüdische Problem*, das seinen Eltern Sorgen machte. Emil verstand, warum es sie beunruhigte; seine Eltern hatten mehrere jüdische Bekannte. Es war unmöglich, keine zu haben, da viele der Läden in der Stadt Juden gehörten und von ihnen geführt wurden. Nicht bei ihnen einzukaufen, wäre schwierig.

Emil erinnerte sich, wie Heinz Schultz den Juden die Schuld an allen Problemen Deutschlands gegeben hatte. Vielleicht hatte er Recht, aber sicher hatte Anne Silbermann niemals etwas getan, um ihrem Land zu schaden, oder?

Ein seltsames Gefühl überkam Emil, als er vorbeifuhr. Plötzlich machte er sich Sorgen um Anne. Er wollte sie wiedersehen. Auch wenn sie eine Jüdin war, wollte er sich vergewissern, dass es ihr gut ging. Es war töricht, das wusste er – aber er konnte nicht anders. Er bog um die Ecke und hielt an, um auf die Uhr zu sehen. Er hatte noch genug Zeit, bevor er sich mit Moritz treffen musste.

Emil versuchte sich zu überzeugen, dass der Duft von frischem Brot einfach zu verführerisch war, um zu widerstehen, dass die nächste nicht-jüdische Bäckerei zu weit ab vom Weg war und er sonst zu spät kommen würde. Nicht in der Bäckerei Silbermann einzukaufen, würde für die Leute in der Nachbarschaft eindeutig Unannehmlichkeiten mit sich bringen. Seine Mutter würde zu Fuß auf die andere Seite der Stadt gehen müssen, um Brot zu kaufen.

Emil warf vorsichtige Blicke in alle Richtungen und schlüpfte dann in die Bäckerei. Als er Anne sah, lächelte er. »Grüß Gott.«

Sie hatte sich verändert, seit er sie das letzte Mal gesehen hatte. Sie war größer und schlanker, und ihre dunklen Locken waren zu einem langen Zopf geflochten. Aber die Sommersprossen hatte sie noch.

»Grüß Gott, Emil«, sagte sie, kurz angebunden und mit falscher Höflichkeit. Sie betrachtete Emils Uniform und seine neue Jacke mit kaum verhohlener Verachtung.

Sie hasste ihn. Er konnte es in ihren Augen sehen. Er war

einer von ihnen.

Emils Lächeln schwand, sein Mund wurde zu einer harten Linie. Geschäftsmäßig sagte er: »Eine Semmel.« Er würde nicht auch noch bitte sagen.

Er sah ihr zu, während sie ein Brötchen aus der Auslage auswählte und in eine Tüte steckte. Früher hatten sie geplaudert und freundschaftliche Witze ausgetauscht, wenn er für seine Mutter in die Bäckerei kam. Jetzt war es schmerzhaft still.

»Wie geht es deinem Vater und deiner Mutter?« platzte es aus ihm heraus.

Sie schien verblüfft über seine Frage; ein unbestimmtes Gefühl flackerte in ihren Augen auf. War es Angst? Emil fragte sich kurz, ob sie antworten würde.

»Es geht ihnen gut, danke.«

Anne gab Emil die Semmel, und er reichte ihr das Geld.

Ein Schatten blockierte das Sonnenlicht, das durch das Schaufenster schien. Davor stand ein SS-Offizier und spähte hinein. Ein kleiner Schauer lief Emil über den Rücken. Er hatte gewusst, dass er den Laden nicht betreten sollte. Was nun? Emil drehte sich zu Anne um; sie hatte den Offizier auch gesehen.

Emil wich zurück vom Schaufenster und stopfte die Semmel in seinen Tornister.

»Ich muss gehen«, sagte er.

Die Glocke über der Türe schrillte, bevor er es nach draußen schaffte. Der Offizier musterte Emil und Anne argwöhnisch.

»Hast du hier etwas gekauft?« sagte er zu Emil.

Emil zitterte. Wenn er es zugab, würde er eine Rüge bekommen, weil er einen Laden betreten hatte, der klar als jüdisch gekennzeichnet war. Wenn er log, würde der Offizier vielleicht in seinen Tornister sehen wollen und ihn ertappen.

Der Offizier schien ihm seine Zwangslage vom Gesicht ablesen zu können. Er wandte sich zu Anne. »Gib dem Jungen sein Geld zurück.«

Anne öffnete die Münzschublade und übergab ihm mit zitternder Hand die Münze, und der Offizier reichte sie an Emil weiter. Emil nahm sie und wartete, dass der Offizier ihn anwies, die Semmel zurückzugeben. Stattdessen öffnete er die Tür und warf Emil einen Blick zu, der sagte: *Raus hier.*

Emil hatte sein Fahrrad vergessen und rannte den Hügel hinauf zum Park, ohne zurückzuschauen.

KAPITEL 4

Moritz war schon da, als Emil ankam. Er stand neben einer Bank gegenüber der Kathedrale, deren drei Kupferkuppeln, blau-grün vom Alter, in der Mittagssonne funkelten. Seine Hände steckten tief in den Hosentaschen, eine Tasche wölbte sich unter seinem Arm. »Ich bin kein guter Schwimmer«, sagte er, als er Emil sah. Als ob Emil das nicht wusste. Als ob das nicht jeder wusste.

»Du schaffst es, eine Bahn im Schwimmbecken zu schwimmen.«

»Wird das reichen?«

Emil zuckte mit den Achseln. »Ich hoffe es.«

Moritz senke die Stimme. »Ehrlich gesagt habe ich irgendwie keine Lust mehr auf die Treffen. Alles war wir tun ist rennen, marschieren und wandern, bis uns die Beine abfallen.«

»Was redest du da?« sagte Emil. »Jeder geht hin. Du kannst nicht einfach aufhören!«

»Beruhige dich, Emil.« Moritz sah sich um, und Emil tat es ihm nach. Es waren keine anderen Jungen vom Deutschen Jungvolk in der Nähe. Moritz kickte ungeschickt in einen Haufen brauner Blätter. »Ich sage nur, dass es manchmal..., du weißt schon, hart ist.«

»Es wird besser werden. Wenn wir vierzehn sind, kommen wir in die Hitler-Jugend. Wir werden mit Gewehren schießen. Das wird Spaß machen.« Emil beteiligte sich am Blätterkicken. »Irgendwann werde ich der Luftwaffen-Division der Hitler-Jugend beitreten. Ich werde alles über die Luftfahrt lernen. Ich habe gehört, dass wir sogar einen einsitzigen Segelflieger bauen!«

Der Wind pfiff durch die nackten Äste und wühlte dabei kleine Windhosen aus trockenen Blättern und Geröll auf.

»Johann und ich müssen der motorisierten Einheit beitreten«, sagte Moritz. »Wir werden eines Tages in der Wehrmacht sein.«

»Denkst du immer noch, dass es einen Krieg geben wird?«

Moritz nestelte am Kragen seiner Uniform. »Was denkst du, warum sie uns sonst wie Soldaten herumlaufen lassen?«

Johann war bereits beim öffentlichen Schwimmbecken, als sie eintrafen. Eine andere Einheit des Deutschen Jungvolks schloss sich ihnen an, und insgesamt zwanzig Jungen stellten sich in einer Reihe auf. Emil erkannte die meisten wieder; sie hatten sich einen Bus geteilt, um zum »Tag der Hitler-Jugend« auf dem Zeppelinfeld in Nürnberg zu fahren. Adolf Hitler höchstpersönlich war dort gewesen und hatte die berühmten Worte gesprochen, die in jedem Jungen nachhallten.

»In unseren Augen muss der deutsche Junge der Zukunft schlank und rank sein, flink wie Windhunde, zäh wie Leder und hart wie Kruppstahl.«

Heinz gab mit lauter Stimme die Anforderungen für die Mutprobe heraus: Die Jungen mussten einen Kopfsprung vom Fünf-Meter-Brett zeigen. Ein gemeinsames nach Luft ringen. Alle sahen Heinz zu, der die lange Leiter hinaufstieg, um ihnen den Sprung zu demonstrieren. Am Ende des Bretts schien er sich in einen Übermenschen zu verwandeln und führte einen medaillenwürdigen Tauchsprung vor – anmutig, kraftvoll und von solcher Schönheit, dass die Jungs in spontanen Applaus ausbrachen. Emil hatte gehört, dass Heinz für die nächsten Olympischen Spiele trainierte und zweifelte nicht daran, dass er Gold holen würde.

Heinz wies sie an, in das flache Ende des Beckens zu springen und sofort wieder herauszukommen. Wahrscheinlich sollte das schlotternde Warten ihre Entschlusskraft für den Sprung steigern, aber ein Blick auf die blauen Knabengesichter, die zitternden Lippen und die schlotternden Knie sagten Emil, dass es wohl nicht funktionieren würde. Genau wie die anderen schlang er die Arme um seinen Körper und versuchte, sich warm zu halten.

Emil sah zu, wie ein Junge nach dem anderen eintauchte. Oder um genauer zu sein: wie einer nach dem anderen einen spektakulären Bauchklatscher vorführte.

Dann war Johann an der Reihe. Er sah kurz zurück zu Emil, als er die Leiter hinaufkletterte. Emil nickte leicht und ermutigte ihn, weiterzugehen. Bei sich dachte er, dass Johann Moritz' mangelnden Enthusiasmus für die neue Ordnung zu teilen schien. Er wusste nicht mehr, was er von seinen zwei besten Freunden halten sollte. Doch einmal oben, verlangsamte Johann nicht. Er warf seinen Körper vom Brett und tauchte ebenfalls mit einem großartigen Bauchklatscher ins Becken ein.

Emil war der nächste. Verbissen kämpfte er seine Angst nieder. Er würde nicht versagen oder sich lächerlich machen! Im Geist ging er die Tauchdemonstration von Heinz durch und trieb sich an, dieses Bild nachzuahmen.

Sein Eintritt ins Wasser war glatt, und als er wieder auftauchte, applaudierte Heinz. Emil konnte nicht aufhören zu lächeln, während seine Zähne klapperten. Vor den anderen von Heinz gelobt zu werden, fühlte sich fantastisch an.

Dann war Moritz an der Reihe. Seine Beine zitterten, als er zum Brettende lief. Emil machte sich Sorgen um ihn. Was, wenn die Angst zu ertrinken ihn überwältigte und er sich weigerte?

Oder wenn er Höhenangst bekam? Vierzig Augen zwangen ihn hinunter. Johann nickte leicht. »Du kannst es«, flüsterte er.

Moritz krümmte seine Zehen über den Rand. Emil hielt den Atem an. Moritz schloss seine Augen, beugte sich nach vorne, um seine Knie zu berühren, hielt inne und ließ sich fallen.

Nach Luft japsend tauchte er wieder auf, und Emil sah ihm an, dass er gleichzeitig entsetzt und freudig erregt war, weil er es getan hatte. Erleichtert ließ Emil den angehaltenen Atem entweichen, und Moritz schaffte es irgendwie, an den Rand des Beckens zu paddeln.

Der nächste in der Reihe, ein magerer Bursche mit großen, rotgeränderten Augen, hatte nicht so viel Glück. Wie alle wussten, war Volker als Kind von einem Fischerfloss gefallen, und nur die schnellen Reflexe seines Vaters hatten ihn davor bewahrt, von der starken Strömung der Donau unter Wasser gerissen zu werden. Emil war überrascht, dass er überhaupt aufgetaucht war, aber es wurde großer Druck ausgeübt, damit alle an den Anlässen des Deutschen Jungvolks und der Hitler-Jugend teilnahmen. Emil hatte gehört, dass Volkers Eltern kürzlich Mitglieder der Nationalsozialistischen Partei geworden waren.

»Ich kann nicht!« schrie Volker.

»Du tust es besser!« schrie Heinz zurück. »Oder du wirst ausgeschlossen!«

Mach schon, spring! drängte ihn Emil innerlich.

Dann geschah das Undenkbare. Volker drehte sich um und drängte sich an den anderen Jungen vorbei, die Leiter hinunter. Bevor er ausweichen konnte, packte Heinz ihn am Arm und warf ihn ins Becken.

Voller Grauen sah Emil zu, wie Volker um sein Leben kämpfte. Niemand wagte es, ihn zu retten. Alle starrten nur ungläubig hin.

Wer die Macht hat, hat das Recht, so wurde es ihnen beigebracht. Hitler und seine Regierung hatten nichts für Schwächlinge und Feiglinge übrig. Man nannte das Sozialdarwinismus. *Das Recht des Stärkeren.*

Volker ruderte wild mit seinen dünnen Armen und Beinen – sein Gesicht, das durch die Wasseroberfläche stieß, voller Panik verzerrt. Er schrie nicht um Hilfe. Tatsächlich war es unheimlich still – nur das weiche Geplätscher des Wassers und die schnellen Atemzüge von neunzehn schlotternden Knaben waren zu hören. *Würde Heinz ihn wirklich sterben lassen?*

Wie durch ein Wunder trieb Volker an den Beckenrand, und seine Hand packte die Seite. Er zog seinen Kopf aus dem Wasser und schnappte nach Luft.

Sein Gesicht war blau, die Augen weit und voller Schrecken. Fast wäre er ertrunken.

Während alle zusahen.

KAPITEL 5

Der erste November war Allerheiligen, ein katholischer Feiertag. Da Bayern eine mehrheitlich katholische Region war, war es auch ein gesetzlicher Feiertag. Das hieß, dass Vater frei hatte und jeder gut gelaunt war.

Obwohl Emils Familie nicht katholisch war, hatten sie die Traditionen ihrer guten Freunde, ihrer Nachbarn, der Schwarzes, übernommen. Mutter sagte, dass es wichtig war, die Familiengräber zu besuchen, und der erste November war dafür so gut wie jeder andere Tag.

Auf dem Friedhof reihten sich Grabsteine aus Schiefer, Kalkstein und Marmor aneinander: manche waren gewöhnliche, abgerundete Blöcke, andere aufwendig ausgearbeitete Kreuze. Trockene Blätter, die Emil an die welken Hände alter Männer erinnerten, wehten über die gepflegte Friedhofsfläche.

Die Tradition verlangte, dass sie Mutters Familie zuerst besuchten, dann die von Vater.

In einer Reihe standen sie vor dem Grab ihrer Mutter und warfen vier lange Schatten auf das Grab. Bettina Heinrich 1860 - 1912. »Sie war so gut«, sagte Mutter. Eine einzige Träne floss über ihr Gesicht, wie jedes Jahr. Sie blieb immer ungenau, wenn

Emil fragte, wie Großmutter Heinrich gestorben war. Es hatte mit einer Krankheit zu tun, die nur Frauen bekommen konnten.

Sie gingen weiter zu Großvater Heinrich, dann zu Großvater Radle und am Schluss zu Großmutter Radle. Der Ablauf war immer der gleiche, und Emil argwöhnte, dass Mutters Zuneigung für jeden von ihnen mit dieser Reihenfolge übereinstimmte.

Die Schwarzes kamen zum Mittagessen.

»Kommt herein, kommt herein«, sagte Mutter mit einem breiten Lächeln. »Gut siehst du aus, Karl!« Frau Schwarz hatte Karls rotes Haar gescheitelt und mit Pomade auf eine Seite geglättet; das leuchtende Weiß seines Schädels formte eine schnurgerade Linie. Emil fühlte mit Karl, dessen Gesicht vor Verlegenheit so rot wurde wie sein Haar. Er war sicher, dass Karl sich mit seinen dicklichen Händen den Kopf gekratzt hätte, wenn er nicht eine strenge Schelte gefürchtet hätte. Helmut kam ihm zu Hilfe, und die beiden rannten nach oben.

»Lena, dein Heim sieht wundervoll aus!« sagte Frau Schwarz, als sie den traditionellen Allerheiligen-Striezel hinlegte. Das süße, geflochtene Brot war länger als ihr Arm.

Herr Schwarz schüttelte Vaters Hand. »Grüß Gott«, sagte er. Ein unaufhörliches Lächeln prangte auf seinem geblähten Gesicht. »Und Gott sei Dank für die Katholiken!« Sein wohlgerundeter Bauch wackelte, als er lachte, als ob der freie Tag ihm persönlich zu verdanken sei und er das witzig fände. Ähnlich wie Karls hatte seine Haut eine dunkelrote Färbung, und die kleinen Büschel rotes Haar auf seinem kahlen Kopf sahen wie ein Heiligenschein aus.

Das Schwein, das im Ofen röstete, heizte die Küche auf, und nach einiger Zeit hatten alle rosige Wangen. Mutter hatte ihr bestes Geschirr gedeckt, und das Esszimmer schimmerte im Licht von zwei hohen Kerzenleuchtern.

Um zwölf läuteten die Glocken der katholischen Kirche, und alle nahmen ihren Platz am Tisch ein.

Vater betete, und die Schwarzes beendeten ihr Gebet, indem sie sich bekreuzigten. Dann reichte jeder das Essen herum: aufgeschnittenen Schweinebraten, zart und saftig, Semmelknödel und Sauerkraut.

Innerhalb kürzester Zeit diskutierten Vater und Herr Schwarz, worüber alle Deutschen in letzter Zeit sprachen: Politik.

»Der Führer will nur, was jeder will – die Deutschen wieder vereinen, die nach dem Großen Krieg in alle Winde verstreut wurden«, sagte Herr Schwarz. »Österreich wollte nie ein winziges Land sein, das allein vor sich hindümpelt. Außerdem sind die Österreicher in ihrer Mehrheit ethnische Deutsche. Aus wirtschaftlicher Sicht ist der Anschluss nur praktikabel – und aus zwei Ländern wird ein großes Land.«

»Österreich hat vier Jahre lang gegen die Herrschaft der Deutschen gekämpft«, sagte Vater. Er gestikulierte mit den Armen, um seinen Worten Nachdruck zu verleihen. »Wie kannst du erwarten, dass die Sieger des Großen Krieges in irgendeiner Form der Erweiterung Deutschlands zustimmen?«

»Ich erwarte nicht, dass sie dem zustimmen. Ich weiß nur nicht, ob sie es verhindern können.«

Vaters Stirn runzelte sich wie weiches Leder. »Redest du von einem weiteren Krieg?«

Emil wusste, dass sein Vater gegen Ende kurz im Großen Krieg gekämpft hatte. Der Gedanke, dass er in einem zweiten Krieg kämpfen müsste, drehte Emil den Magen um.

»Kein weiterer Krieg«, sagte Herr Schwarz schnell. »Ich sage nur, dass es das ist, was das Volk denkt. Es gefällt den Leuten nicht, wie die deutschen Minderheiten in anderen Ländern behandelt werden.«

»Genug Politik«, sagte Mutter. »Heute ist ein Ruhetag – lasst uns von leichteren Dingen sprechen.« Sie stellte die Nachspeise auf den Tisch, einen köstlichen Vanillepudding. »Jungs, bitte nehmt noch mehr. Es gibt genug.«

Emil versuchte, alles zu verstehen, was Vater und Herr Schwarz angesprochen hatten, dann tat er, wie Mutter gesagt hatte. Er aß und aß und aß, bis sein Bauch sich blähte wie ein erntereifer Kürbis.

NACH DEM ESSEN spielte Emil Büchsenfußball mit Helmut und Karl im Hinterhof, und am späten Nachmittag war es Zeit für Kaffee und Kuchen.

Mutter und Frau Schwarz deckten erneut den Tisch; eine große, runde Schokoladentorte und das geflochtene süße Brot von Frau Schwarz wurden auf silbernen Tabletts aufgetragen. Mutters geliebte silberne Kaffeekanne von Großmutter Heinrich stand in der Mitte.

»Kommt zu Tisch.« Sie goss Kaffee in kleine Tassen und stellte sie auf die Unterteller.

Emil wusste nicht, wie er weiteressen sollte, aber er schaffte es, von jedem Kuchen ein Stück zu verschlingen und das Ganze mit Milch hinunterzuspülen. Er ließ sich auf das Wohnzimmersofa fallen und stöhnte leise.

Vater und Herr Schwarz saßen ebenfalls im Wohnzimmer, tranken Kaffee und rauchten Zigaretten vor dem Kaminfeuer. Helmut und Karl waren wieder nach draußen gegangen, und die Frauen waren in der Küche. Emil wusste, dass sein Vater wahrscheinlich nicht bemerkt hatte, dass er mit ihnen im Zimmer war.

»Ich habe gestern eine Aktennotiz aus dem Hauptbüro erhalten«, sagte Vater fast flüsternd. »Eine Liste mit Namen. Jüdischen Namen.«

»Oh?« sagte Herr Schwarz und lehnte sich näher zu Vater. »Was hat das zu bedeuten?«

»Man fordert mich auf, sie zu entlassen. Sie dürfen nicht mehr in der Fabrik arbeiten.«

»Das ist unglaublich. Wie viele Namen?«

Vater nahm einen langen Zug aus seiner Zigarette und sah der Rauchfahne zu, die zur Zimmerdecke emporstieg. »Dreiundfünfzig.«

»So viele?«

»Ich will es nicht tun.«

»Dann lass es.«

»Wenn es so einfach wäre.«

Emil unterdrückte ein Stöhnen und grübelte über ihr Gespräch nach. Was sollte Vater tun? Emil hatte persönlich nichts gegen die Juden, schon gar nicht gegen solche wie Anne und ihre Familie. Aber was, wenn sie in irgendeiner Weise das Wachstum des neuen Reichs behinderten, wie es Heinz und sein Lehrer Herr Bauer sagten? Emil wollte nur, was das Beste für Deutschland war. Er liebte sein Land. *War es möglich, dass Vater das nicht tat?* Bei dieser Vorstellung schoss Angst durch seinen geblähten Körper. Wie könnte Vater Deutschland nicht lieben? Jeder liebte es. Zumindest jeder in der Schule und im Deutschen Jungvolk. Emil war froh, dass Heinz nicht hörte, wie sein Vater manchmal sprach.

Emil verstand nicht alles, was um ihn herum vorging, aber einer Sache war er sich sicher: Er war froh, dass er kein Jude war.

KAPITEL 6

Eine Woche später machte Emil auf dem Heimweg von der Schule einen Umweg. Er hätte es niemandem gegenüber zugegeben, aber er wollte nach Anne sehen. Er wusste nicht warum und schalt sich selbst dafür, so dumm zu sein. Nach den Nationalsozialistischen Dekreten hatte er jedem aus dem Weg zu gehen, der jüdisch war.

Doch die Juden waren in großen Schwierigkeiten – größeren als je zuvor. Ernst vom Rath, ein in Paris stationierter Nationalsozialist von niederem Rang, war kürzlich angeschossen worden und lag im Sterben. Der Schütze war ein Jude, der offenbar gegen die schlechte Behandlung seiner Familie in Polen protestierte. Diese »Schande« war die Topnachricht im staatlichen Radio und dominierte die Schlagzeilen der deutschen Zeitungen.

Eisige Luft blies ihm um die Ohren. Emil rieb sie heftig mit durchfrorenen Fingern und blies warmen Atem in seine Hände.

Die Kälte und die eintönig graue Novemberluft lenkten ihn erst von der zusätzlichen Betriebsamkeit auf dem Marktplatz ab. Da waren mehr Polizisten und Soldaten als sonst. Ein lautes Rattern schwerer Fahrzeuge schreckte Emil auf, und er drehte sich ruckartig um. Eine kleine Truppe aus Männern der SS folgte den Lastwagen. Sie marschierten in exakter Formation und starrten mit strengem Ausdruck geradeaus, wie gutgeölte Maschinen. Emil bemerkte Herrn Schwarz in der versammelten Menge und rannte zu ihm.

»Was geht hier vor?« fragte Emil.

»Vom Rath ist gestorben.« Das sonst so fröhlich-joviale Gesicht von Herrn Schwarz war so grimmig gerunzelt, dass Emil dachte, es würde in sich zusammenfallen. »Komm' ihnen einfach nicht in die Quere.«

Die Lastwagen hielten plötzlich an, und Soldaten mit Knüppeln, Schlagstöcken, Brechstangen und anderen altertümlichen Waffen schwärmten über den Marktbereich aus.

Emil war Zeuge des ersten Schlags und sprang zurück, als zersplittertes Glas auf die Straße schlug. Die Menge schrie auf, überrascht von diesem grundlosen Gewaltausbruch. Die Geschäftsbesitzer, deren Läden verwüstet wurden, rannten schreiend und brüllend aus ihren Geschäften.

»Halt!« kreischte einer der Händler, doch die einzige Antwort, die er bekam, war ein brutaler Hieb auf den Kopf.

Überall um Emil und in jeder Straße wurden Schaufenster zertrümmert. Das schrille Geräusch brechenden Glases erfüllte die Luft; scharfe, im Licht gleißende Splitter übersäten die Straße. Die Menge lichtete sich. Einige rannten nach Hause, die anderen suchten sich einen sicheren Platz, um das Spektakel zu beobachten.

Emils Beine fühlten sich an, als wären sie am Boden angefroren.

Waren die verrückt?

Ein Glasschauer klirrte in seiner Nähe auf den Boden, er kam wieder zu sich und duckte sich hinter einem geparkten Automobil.

Eine Kakofonie von Stimmen schrie: »Halt! Bitte, hört auf!«

Er erkannte die protestierenden Männer, die attackierten Ladenbesitzer. Es waren alles Juden.

Die Soldaten warfen Kleider, Schuhe, Schmuck und Nahrungsmittel aus den jüdischen Läden – der gesamte Warenbestand landete auf der Straße.

Chaos brach aus. Leute schrien und fluchten: »Judenschweine!«

Eine neue Scherbenwolke. Emil duckte sich tiefer und bedeckte seinen Kopf.

Betäubt und fassungslos sah er zu, wie Menschen, Nicht-Juden, die er sein ganzes Leben lang gekannt hatte, von der Straße klaubten, was ihnen nicht gehörte, und damit davonhasteten.

Die Soldaten stießen die jüdischen Männer, die es wagten, ihnen entgegenzutreten, zu Boden, traten sie und trieben sie in den hinteren Teil der Armeelastwagen.

Ein paar Soldaten näherten sich Annes Laden. Sie hatten kurze Holzplanken in den Händen und lachten. Emil stöhnte und murmelte: »Oh nein.« Sie zertrümmerten ein Schaufenster nach dem anderen, während sie Obszönitäten von sich gaben.

Dann zogen sie Herrn Silbermann, Annes Vater, aus der Bäckerei und schleiften ihn die Straße hinunter. Sie warfen ihn hinten in einen Armeelastwagen wie einen Sack Müll. Frau Silbermann und Anne rannten schreiend hinterher. Emil wollte auch hinter dem Lastwagen herjagen. *Nein, nein! Hört auf!* Herr Schwarz schien seine Gedanken zu lesen und packte ihn mit seiner fleischigen Hand an der Schulter, während er den Kopf schüttelte. Wenn er Annes Vater nachrannte, würden die Soldaten zweifelsohne keinen Moment zögern und ihn zu Herrn Silbermann in den Lastwagen werfen.

Anne brach zusammen; ihre Mutter fiel weinend und wehklagend neben ihr zu Boden. Emil wollte zu ihnen gehen, wollte ihnen irgendwie helfen, aber er wusste, dass er das nicht konnte. Zitternd stand er einfach da.

Jemand schrie: »Feuer!« Flammen und Rauchwolken

ergossen sich aus der Synagoge. Emil konnte nicht anders, als den Block hinunterzurennen und hinzustarren. Ein SS-Soldat kletterte auf das Dach und schwenkte Teile der Thora, der heiligen jüdischen Schriftrollen.

»Wir werden es als Toilettenpapier benutzen!«

Das waren Emils nationalsozialistische Vorgesetzte, seine Mentoren, und doch schämte er sich. Sein Mund fühlte sich trocken und geschwollen an, und er konnte kaum schlucken. Sie erwarteten von Emil, dass er applaudierte und das, was sich hier abspielte, bejubelte. Stattdessen fühlte er sich schwach und bekam keine Luft.

Emils Jungvolk-Kameraden Friedrich und Wolfgang schienen plötzlich aus dem Nichts aufzutauchen. Sie warfen Steine auf die Juden, die von der SS die Straße hinunter geschleift wurden.

Friedrich sah Emil und winkte ihn heran. Vor Aufregung fielen ihm fast die Augen aus dem Kopf, und ein schiefes Grinsen lag auf seinem Gesicht.

»Komm schon, Emil!«

Emil zögerte.

»Emil!«

Emil machte einen Schritt vorwärts, aber ihm war schlecht. Er wusste, dass er mitmachen und mit ihnen eine Einheitsfront bilden sollte, aber er konnte nicht. Er tat so, als ob er sich den Knöchel verstaucht hätte, und hoppelte stöhnend herum.

»Mann, Emil!« Friedrich drehte sich um und rannte auf ihn zu. »Du verpasst den ganzen Spaß!«

»Tut mir leid, ich kann nicht.« Emil verstärkte sein Hinken. Friedrich zuckte mit den Achseln und rannte ohne ihn davon, um Wolfgang einzuholen.

Emil wollte seiner Nation dienen und sie wieder groß machen. Er wollte ein guter Nationalsozialist sein, das wollte er wirklich. Aber dann dachte er an Anne und den entsetzten, mit Panik erfüllten Ausdruck auf ihrem Gesicht und schüttelte den Kopf.

Er täuschte auf dem ganzen Weg nach Hause ein Hinken vor.

KAPITEL 7

Früh am nächsten Morgen klopfte es an Emils Haustür. Es war Rolf.

»Alle Mitglieder des Deutschen Jungvolks und der Hitler-Jugend werden zur Straßenreinigung aufgerufen. Heinz will, dass wir in fünfzehn Minuten bei ihm sind.«

Johann und Moritz waren schon da und hielten einen Besen in der Hand, als Emil eintraf. Die älteren Jungen nagelten Sperrholzplatten über die zertrümmerten Schaufenster, einige räumten in der Synagoge auf.

»Schaut euch an, was ihr verpasst habt«, sagte Emil und zeigte auf die scherbenübersäten Straßen. Johann und Moritz lebten auf Bauernhöfen an der Stadtgrenze und hatten erst von den Anschlägen gehört, als sie schon vorüber waren.

Emils Atem traf wie kleine Dampfexplosionen auf die Winterluft. Der Schnee konnte nicht mehr weit sein – es war klug gewesen, Handschuhe anzuziehen.

»Ich habe gehört, dass es in jeder Stadt in Deutschland eine Reichskristallnacht gab«, sagte Johann. »In den Berichten steht, dass die Ermordung Vom Raths den fanatischen Hass der Bürger auf die Juden entfacht hat.«

Emil runzelte die Stirn. So, wie er es in Erinnerung hatte, hatten Soldaten und nicht die Bürger die Geschäfte attackiert.

»Die Bürger waren aber gut organisiert für so einen spontanen Anlass«, murmelte Moritz, während er Glas auf eine Schaufel häufte und in einen Mülleimer fallen ließ.

Die Straßen waren zu ruhig. Normalerweise traten die Ladenbesitzer mit freundlichem Lächeln vor die Tür und grüßten potentielle Kunden. Heute wirkten sie wie Schatten, während sie mit gebeugten Köpfen ihre Ladenfronten aufräumten.

Es ist wie in einer Geisterstadt, dachte Emil. Niemand kaufte ein. Es war unheimlich.

»Was ist passiert, Emil?« sagte Johann. Er sah sich um und schüttelte den Kopf. »Was für eine Riesensauerei.«

»Es war laut. Die Leute haben geschrien. Glasscherben fielen vom Himmel.«

Moritz leerte eine neue Schaufel voller Abfall in den Mülleimer. Leise sagte er: »Sie haben es wirklich auf die Juden abgesehen.«

Emil drehte sich vor Verwirrung der Magen um. »Der Jude hat Vom Rath getötet. Es ist verständlich, dass sie wütend sind.« Emil war selbst wütend. Nichts von alldem wäre passiert, wenn dieser Jude die Dinge auf sich hätte beruhen lassen.

Wirklich?

Plötzlich hallte Friedrichs Stimme durch die Straßen. »Juhu! Wir haben es diesen dreckigen Juden gezeigt, oder?!«

Die Jungen senkten die Köpfe und wischten weiter. *Wisch, wisch, wisch.*

Auf der anderen Straßenseite trat Herr Jäger, ein kleiner, plumper Mann mit ledriger Haut, aus seinem Schuhreparaturgeschäft und drehte den Schlüssel, um abzuschließen. Er ging mit federnden Schritten davon und pfiff vor sich hin. Emil war sicher, dass der Grund für seine überschäumende Fröhlichkeit dieses Mal nicht das von Frau Jäger vorbereitete Mittagessen war. Er konnte Herrn Jägers neue Armbinde sehen. Rot, darauf ein weißer Kreis und darin ein tiefschwarzes Hakenkreuz.

Es hatte Gerüchte gegeben, dass man jemanden bestimmen würde, um ein Auge auf die Leute im Viertel zu haben und sicherzustellen, dass sie all die neuen Gesetze befolgten. Er hatte dem Geschwätz zuerst keinen Glauben geschenkt. Aber in dem Moment wusste Emil, dass es stimmte. Herr Jäger war ihr neuer Wachmann.

Rolf wies sie an, fürs Mittagessen nach Hause zu gehen und in einer Stunde zurückzukommen. Schon bald würde Passau wieder in Betrieb sein, als ob nichts passiert wäre. Als ob die Kristallnacht nie stattgefunden hätte.

Emil fürchtete sich davor, nach Hause zu gehen. Letzte Nacht hatte Mutter einen hysterischen Anfall gehabt. Sie hatte geweint, gebetet und getrauert. Die Dinge, die sie über das Reich gesagt hatte, durfte man nicht wiederholen, daher hoffte Emil sehr, dass die Verbindungswände zu den Nachbarn schalldicht waren.

Der Tisch war gedeckt, und Vater rief alle herbei. Er senkte den Kopf, um zu beten, und sie schlossen mit einem gemeinsamen Amen. Mutter reichte das Brot und die Kohlrouladen herum. Schweigend aßen sie.

Die Stille war zu viel für Emil. »Es ist fast alles aufgeräumt«, sagte er. »Bald ist wieder alles beim Alten.«

»Nichts wird wieder wie vorher sein, Emil«, sagte Mutter scharf. »Nicht wenn die Juden in unserem Land nicht willkommen sind.«

In diesem Moment hörten sie einen Aufruhr von der Straße. Emil schlug seinen Vater im Rennen zur Eingangstür.

Eine Frau schrie: »Lasst mich los!« während zwei SS-Offiziere in schwarzen Anzügen sie in ein Auto stießen. Emil erkannte Fräulein Kreutz, eine Lehrerin der zweiten Klasse an seiner Schule. Sie lebte zwei Häuser weiter in einer Wohnung auf der anderen Straßenseite.

»Was geht hier vor, Vater?«

Vater schüttelte den Kopf. Herr und Frau Schwarz von nebenan sahen ebenfalls zu.

»Was auf Erden könnte Fräulein Kreutz getan haben?« fragte Frau Schwarz.

Sie muss etwas Furchtbares getan haben, dachte Emil. *Etwas, das dem Reich schadet.*

Am nächsten Tag in der Schule gab es keine offizielle Information, aber Emil hörte die Schüler im Flur über die Sache sprechen. Fräulein Kreutz hatte das Hakenkreuz kritisiert. Herr Jäger hatte es gehört und sie der Polizei gemeldet.

Herr Bauer verhielt sich, als ob nichts Ungewöhnliches passiert wäre. Er forderte die Klasse auf, aufzustehen und den Kehrreim aufzusagen, den er auf die Tafel geschrieben hatte.

Dein Name, mein Führer, ist das Glück der Jugend; Dein Name, mein Führer, ist ewiges Leben für uns.

Er ließ sie es dreimal aufsagen.

KAPITEL 8

»Das Leben ist ein Kampf«, begann Herr Bauer. Er unterrichtete Mathematik und Literatur, schien aber ein besonderes Interesse an der Rassenlehre zu haben.

»Es ist ein Überlebenskampf. Wer leben will, muss kämpfen. Wer in dieser Welt des ewigen Kampfes nicht in die Schlacht ziehen will, verdient es nicht, am Leben zu sein. Deshalb ist es von äußerster Wichtigkeit, stark zu sein.«

Herr Bauer durchschritt den vorderen Teil des Klassenzimmers, die Hand am Kinn, den Finger an seiner langen Nase. Die Rückseite seines runden, kahlen Kopfs verdickte sich zum Nacken hin und erinnerte Emil an einen gigantischen Daumen.

»So wie Pflanzen und Tiere in Arten unterteilt sind, sind Menschen in Rassen unterteilt.« Er trat an die Wandtafel, nahm ein Stück Kreide und schrieb: *Kulturbegründer*.

»Nun, unsere herausragend klugen nationalsozialistischen Forscher haben sich die Geschichte angeschaut, alle Zivilisationsfortschritte studiert und die Erblinien verschiedener historischer Gesellschaften und Persönlichkeiten untersucht. Sie fanden heraus, dass alle wichtigen Errungenschaften in der Kunst, Wissenschaft und Technik von der nordischen oder arischen Rasse ausgegangen sind. Deshalb ist sie ganz klar die einzige Rasse von Kulturbegründern.«

Emil saß am Pult hinter Johann und sah die Schultern seines Freundes herabsinken, der sich erdreistete, aus dem Fenster zu starren. Emil piekte ihn mit einem Bleistift, während Herr Bauer *arisch* unter das Wort *Kulturbegründer* kritzelte.

»Nun, die meisten arischen Menschen sind groß und schlank, haben ein kleines Gesicht und eine hoch angesetzte, schmale Nase, rosig weiße Haut, glattes, goldblondes Haar und blaue Augen.«

Emil hörte ein leises Kichern von Irmgard Schultz. Sie war die Schwester von Heinz, deshalb verdiente sie Beachtung, dachte Emil. Jeder, der die verschiedenen Schüler im Zimmer studierte, konnte sehen, warum sie kicherte. Sie und ihr Zwilling Rolf waren die einzigen im Raum, auf die die Beschreibung vollumfänglich zutraf. Emil war zwar groß, hatte aber dunkles Haar. Moritz war klein und stämmig. Von den drei Freunden kam Johann dem Bild am nächsten, obwohl niemand seine Nase als klein bezeichnet hätte und seine Augen braun waren.

»Arier sind geistig ungewöhnlich begabt. Deshalb verfügen sie über eine herausragende Wahrhaftigkeit und Tatkraft. Nordische Männer besitzen, selbst in Bezug zu ihresgleichen, ein hervorragendes Urteilsvermögen…«

Herr Bauer hielt inne. Wahrscheinlich bildete er sich ein, der Inbegriff des nordischen Mannes zu sein.

Dann fuhr er fort. »Sie sind ausdauernd und halten an einem Ziel fest, das sie sich gesetzt haben. Ihre Tatkraft offenbart sich nicht nur im Krieg, sondern auch in der Technik und der wissenschaftlichen Forschung. Sie, *wir*, sind von der Natur dazu auserkoren, zu herrschen.«

Er nahm sich einen Moment Zeit und musterte die Gesichter seiner Schüler. Emil wand sich ein wenig, als Herr Bauer bei ihm angelangte.

»Kinder, ihr seid Mitglieder der tüchtigsten Rasse und Bürger des großartigsten Landes auf Erden. Deshalb...«

Er grinste und schlenderte lässig durch den vorderen Teil des Klassenzimmers. »... ist es von äußerster Wichtigkeit, dass ihr rassisch rein bleibt. Unter keinen Umständen sollte es zur Paarung mit Menschen aus einer niedereren Rasse kommen.«

Eine Welle unterdrückten Gekichers rollte durch den Raum. Emil spürte, wie er rot wurde, und sah, dass er nicht der einzige war. Auch Johanns Gesicht hatte einen unschönen dunkelroten Farbton angenommen.

Herr Bauer kehrte zur Wandtafel zurück und schrieb: *Kulturzerstörer.*

»Nun, Klasse, wer sind die Kulturzerstörer?«

Ein Gefuchtel von Armen in der Luft. Friedrich, Wolfgang und Rolf reckten ihre Arme steif an die Zimmerdecke und machten dabei so lebhafte und begierige Gesichter, als ob sie einen Wettkampf um den längsten Arm austragen würden.

»Rolf?«

»Die Juden, Herr Lehrer«, sagte er mit dem Selbstvertrauen eines Siegers.

»Ja, du hast Recht, Rolf, die Juden.« Herr Bauer schrieb *DIE JUDEN* in großen, fetten Buchstaben unter das Wort *Kulturzerstörer.*

»Diese Kulturzerstörer sind durchtrieben, schlau und böse«, fuhr Herr Bauer fort. »Sie wollen die Welt regieren und geben sich als unseresgleichen aus, um die arische Rasse zu zerstören.«

Er hielt inne, den Finger an der Nase, und sah die Klasse an. »Dass das wahr ist, sehen wir daran, dass die Juden so viele erfolgreiche Geschäfte führen. Es ist offensichtlich, dass man ihnen unter keinen Umständen trauen kann, und deshalb ist die Kristallnacht gerechtfertigt.«

Die Kristallnacht ist gerechtfertigt, weil die Juden gute Geschäftsleute sind? Emil verstand den Zusammenhang nicht, aber er konnte es unmöglich wagen, Herrn Bauer danach zu fragen und sich vor der ganzen Klasse zu blamieren.

»Beweise für die Überlegenheit der arischen Rasse finden sich durch die ganze Geschichte«, fuhr Herr Bauer fort. »Sogar die Literatur, wie beispielsweise das gewöhnliche Märchen, weist auf die Bedeutung der deutschen Rasse hin. Kann mir jemand ein Beispiel geben?«

Irmgard hob die Hand. »Aschenputtel?«

»Ja, Aschenputtel ist ein ausgezeichnetes Beispiel.« Herr Bauer lehnte sich an den Rand seines Schreibtischs. »Unsere Heldin Aschenputtel ist ganz offensichtlich eine rassisch reine Dienstmagd. Alle Bilder zeigen sie blond, mit blauen Augen und körperlich gesund. Im Gegensatz zu ihr ist die böse Stiefmutter, die aus einem fremden Land kommt, möglicherweise eine Jüdin. Es scheint, dass Aschenputtels Vater ein schwacher Mann war, weshalb er in der Geschichte kaum vorkommt.«

»Unser Prinz, ebenfalls aus einer überlegenen Blutlinie, rettet Aschenputtel aus ihrer trostlosen Situation. Eindeutig ein Held und mutiger Krieger wie diejenigen in unserer eigenen großartigen Armee.«

Elsbeth Ehrmann hob ihre Hand. »Unser großer Führer ist mein Prinz!« sprudelte sie hervor.

»Und meiner!« fügte Irmgard an, und der Rest der Mädchen schloss sich kichernd an.

Diese albernen Mädchen und ihr Gekicher. Emil juckte es vor Ärger, und er hoffte, Herr Bauer würde etwas tun, um sie zum Schweigen zu bringen.

Später am Abend machten Emil und Helmut ihre Hausaufgaben am Küchentisch. Vater las am Kamin in der Zeitung, und Mutter war nebenan bei Frau Schwarz. Es war still, die einzigen Geräusche waren der Wind, der durchs Fenster pfiff, und das Rascheln der Zeitung, wenn Vater die Seiten umblätterte.

»Emil, kannst du mir helfen?« fragte Helmut. »Ich verstehe das nicht.«

»Was?«

»Dieses Rechnen. Es ist blöd.«

Emil reckte den Hals über Helmuts Aufgaben. Simple Addition. Er griff nach Helmuts Bleistift, aber bevor er ihm zeigen konnte, was er machen musste, unterbrach ihn die heftig zuschlagende Hintertür.

Mutter stand benommen da, ihr blasses Gesicht noch weißer als sonst, falls das überhaupt möglich war.

Sie eilte an Vaters Seite, beugte sich zu ihm und flüsterte ihm etwas ins Ohr. Seine Augen verengten sich, und tiefe Falten gruben sich von den Augenwinkeln in seine Schläfen.

»Was ist passiert?« fragte Emil.

Beide drehten sich langsam um und starrten ihn an. Mutter sah ihn an, als ob er mit einer Waffe auf sie zielen würde.

»Mutter?« sagte Helmut mit leiser Stimme.

Was war mit ihnen los? Warum redeten sie nicht?

»Mutter? Vater? Was ist los?« fragte Emil.

Vater räusperte sich. Mutter warf ihm einen scharfen Blick zu. »Es ist in Ordnung, Liebes«, sagte er. »Emil, deine Mitschülerin, Elsbeth Ehrmann...«

»Ja, Vater?« War sie krank geworden? Gestorben? Warum sollte das seine Eltern kümmern? Sie kannten sie nicht.

»Sie hat ihre Eltern bei der Gestapo gemeldet. Offenbar waren sie nicht mit dem Führer einverstanden. Herr und Frau Ehrmann sind verhaftet worden.«

»Oh...« Jetzt verstand Emil. Und er sollte nie vergessen, wie seine Eltern ihn an diesem Tag ansahen.

Sie trauten ihm nicht.

Wie gewöhnlich nahmen Moritz, Johann und Emil auf ihrem Weg zum Deutschen Jungvolk die Abkürzung durch den Park bei der St. Stephans-Kathedrale.

Emil entdeckte Irmgard und Elsbeth in ihrer Uniform des Bundes – ein schmaler, dunkler, wadenlanger Rock, weiße Söckchen mit schwarzen, flachen Schuhen und eine weiße Bluse mit schwarzer Krawatte. Sie lachten gerade über etwas. Die beiden lachten ständig. Irmgard warf ihren Kopf zurück, um eine Schneeflocke mit ihrer Zunge zu erwischen, ihre langen, blonden Zöpfe hingen über ihren Rücken hinunter.

Emil deutete auf die beiden. »Ich habe gehört, wie Friedrich und Wolfgang über sie gesprochen haben. Sie finden Elsbeth und Irmgard hübsch.«

Johann begutachtete die Mädchen. »Hübsch?«

»Das haben sie gesagt.«

»Ich habe es satt, von Elsbeth zu hören«, sagte Moritz. »Wir sollen wohl alle glücklich sein, wenn wir unsere Eltern ins Gefängnis geschickt haben.«

»Moritz!«

Er blickte um sich. »Niemand hat mich gehört.«

Elsbeth und ihre kleine Schwester lebten jetzt bei ihrem Onkel und ihrer Tante, Mitgliedern der Partei.

»Ich nehme an, sie sind schon irgendwie hübsch«, sagte Johann.

»Ich denke auch«, sagte Emil. Die Mädchen hielten inne, als ob sie wüssten, dass sie beobachtet würden. Sie kicherten noch etwas mehr und steuerten auf die Jungen zu.

Moritz' Augen verengten sich. »Was machen die?« Johann und Emil zuckten nur mit den Achseln.

»Guten Tag, Jungs.« Irmgard warf ihren Kopf zurück und lächelte. »Ist es nicht toll? Liebt ihr den Schnee auch so?«

Moritz, Johann und Emil standen nur da – mit offenem Mund. Sie waren viel zu geschockt von der Tatsache, dass Irmgard Schultz mit ihnen sprach, als dass sie hätten antworten können.

»Habt ihr etwa eure Zunge verschluckt? Ihr Jungs seid ganz anders als meine Brüder. Alles, was die machen, ist reden. Natürlich über den Führer, also gutes Reden.«

Die Jungen hatten nicht viel Erfahrung darin, mit Mädchen zu sprechen. Sie warfen sich besorgte Blicke zu, und jeder forderte die anderen mit den Augen auf, irgendetwas zu sagen.

»Ich glaube, sie sind schüchtern«, sagte Elsbeth. »Vielleicht sollten wir uns später mit ihnen treffen und ihnen zeigen, wie nett wir sind.«

Johann sagte schnell: »Ähm, wir sind beschäftigt. Später.«

»Vielleicht ein andermal.« Elsbeth wackelte mit den Fingern. »Bis dann.«

Irmgard winkte und kicherte.

Als sie außer Hörweite waren, packte Moritz Emil am Arm. »Mach das nie wieder.«

»Was denn? Ich habe sie nicht hergeholt.«

»Aber du hast über sie nachgedacht und auf sie gezeigt.«

»Und?«

»Ich spreche nicht mit Mädchen.«

»Ich schon«, sagte Johann. »Meine Schwester ist eins, und ich rede ständig mit ihr.«

»Das zählt nicht. Du weißt, was ich meine. Mädchen sind doof. Nicht deine Schwester, nur andere Mädchen.« Er nickte mit dem Kopf in Richtung Irmgard und Elsbeth. »Wie die.«

»Also gut, es tut mir leid«, sagte Emil. »Lasst uns gehen, bevor wir zu spät kommen.«

HERR GIESLER SAH aus wie ein Filmstar. Er hatte perfekte arische Gesichtszüge, blaue Augen, ein breites, strahlendes Lächeln und einen selbstbewussten, federnden Schritt. Er lehrte Französisch und Geografie und kam eines Tages in seiner Nazi-Parteiuniform zur Schule.

Die Mädchen kicherten und seufzten. Irmgard flüsterte Elsbeth zu, »Er sieht so gut aus!« aber alle hörten es. Und alle stimmten ihr zu.

Nachdem alle zusammen »Heil Hitler« gerufen hatten, entfaltete Herr Giesler aufgeregt eine Karte und hängte sie an die Tafel.

»Klasse, das ist unser neues Deutschland!« sagte er. Alle lehnten sich vor, als Herr Giesler mit einem langen Stock auf die Grenzlinien zeigte.

»Erst der erfolgreiche Anschluss von Österreich und jetzt die Tschechoslowakei – damit haben wir ein Stück hinzugefügt, das vor dem Großen Krieg zu Deutschland gehörte!« Seine Augen funkelten. »Unser großartiger Führer hat erfolgreich zurückgeholt, was unseres war – und mehr. Jetzt können wir atmen. Jetzt haben wir Lebensraum!«

Moritz hob die Hand.

»Moritz?«

»Haben wir denn jetzt genug?«

»Genug was?« fragte Herr Giesler.

»Lebensraum?«

Das ließ ihn kurz innehalten, aber seine sprunghafte Energie kehrte sofort zurück.

»Nun, lass uns sehen. Was denkt ihr, Klasse? Haben wir genug Lebensraum für unsere großartige Nation? Oder brauchen wir mehr?«

Ein stürmischer Hochruf brach aus. »Ja! Ja! Wir brauchen mehr!«

»Da hast du deine Antwort, Moritz. Jetzt zum Französischen. Noch mehr gute Neuigkeiten: Wir lernen kein Französisch mehr. Wir werden stattdessen Latein studieren.«

Wolfgang hob die Hand. »Warum lernen wir kein Französisch mehr?«

»Weil Französisch und andere Sprachen wie Englisch für diejenigen sind, denen es an Intelligenz und Einsicht fehlt. Den Franzosen und Briten kann man nicht trauen. Wir brauchen weder sie noch ihre Sprachen.«

»Was ist mit den Amerikanern?« fragte Emil. »Die sprechen auch English.«

»Was haben wir mit einer Nation gemeinsam, die Neger liebt?«

»Nichts?«

»Das ist richtig«, sagte Herr Giesler. Er rieb seine Hände gegeneinander, als ob er Staub loswerden wollte. »Nichts.«

I**ch** habe heute das letzte Roggenbrot erwischt«, sagte Mutter und stellte den Korb auf den Tisch. »Im Moment scheinen alle Läden ein Problem mit dem Nachschub zu haben. Ich habe für alle Fälle gleich zwei Stück Butter gekauft.«

Emil setzte sich an den Frühstückstisch. Draußen versperrten Wolken den Blick auf die aufgehende Sonne und warfen ein kühles, graues Licht durch den Raum. Das schien das Ende des Sommers zu kennzeichnen. Vater stellte das Radio an und summte das neuste Lied von Marlene Dietrich mit.

Emil strich Butter auf seine Scheibe Roggenbrot und belegte sie mit einer dünnen Scheibe Käse. Sein Mund war voll, als die Musik plötzlich aufhörte und eine erregte Stimme durch die Radiowellen drang.

»*In den frühen Morgenstunden hat eine Gruppe polnischer Soldaten die polnisch-deutsche Grenze überschritten und das Studiogebäude der Radiostation in Gleiwitz angegriffen...*«

Emils Vater warf sein Messer auf den Tisch und schreckte damit Helmut und Emil auf. »Und das sollen wir glauben!«

Emil schluckte seinen Bissen hinunter. »Was bedeutet das, Vater?«

»Es bedeutet, dass Hitler bekommt, was er die ganze Zeit wollte. Jetzt hat er eine Rechtfertigung für Krieg.«

»Oh nein«, sagte Mutter und kniff die Augen zu.

Also hatte Moritz Recht, dachte Emil. Sie wurden für den Kampf ausgebildet. Trotzdem – etwas in ihm wollte ihre Nation und den Führer verteidigen. Warum gingen sie einfach davon aus, dass der Radiosprecher nicht die Wahrheit sagte?

»Es muss nötig sein«, sagte Emil. »Du weißt, wie schlecht die Polen unsere Leute dort behandelt haben.«

»Ich weiß nichts Derartiges!« fuhr Vater ihn an.

»Aber die Zeitungen...«

»Glaub nicht alles, was du liest und hörst.«

»Was ist mit Danzig?« Danzig lag an der Nordsee und hatte einmal zu Deutschland gehört. Die große Import- und Export-stadt lag in einem schmalen Landstrich Polens, der Deutschland vom deutschen Ostpreußen trennte, und seine Einwohner waren mehrheitlich Deutsche. Für Emil machte es Sinn, dass zumindest diese Stadt wieder zu Deutschland kam.

»Außerdem würde Hitler unsere Nation nicht in den Krieg führen, wenn es nicht zu unserem Besten wäre«, beharrte Emil. »Er will ein ruhmreiches, großartigeres Deutschland für uns alle!«

»Emil«, sagte Mutter, »Krieg heißt nur eines: Tod. Junge Männer, die leben und von ihrer Zukunft träumen sollten, werden stattdessen sterben.« Sie warf ihre Arme in die Luft. »Gott helfe uns.«

Emil ignorierte sie. »Vater, es bedeutet nicht wirklich Krieg, oder? Wir haben Österreich und die Tschechoslowakei genom-men, und es hat niemanden gekümmert. Wenn sie damals nichts getan haben, werden sie jetzt wahrscheinlich auch nichts unternehmen.«

Vater schüttelte den Kopf und sank in seinem Stuhl zusam-men. Helmut kletterte wimmernd auf seinen Schoss.

»Sohn, die Welt wird nicht ewig zusehen. England hat versprochen, Polen zu verteidigen. Wenn sie es nicht tun, wird Hitler sie eines Tages ebenfalls angreifen.«

»England angreifen?«

Er fragte sich, was das bedeuten würde. Ob der Krieg mit Polen sich wirklich in praktischer Weise auf ihr Leben auswirken würde. Würden sie wirklich in den Krieg ziehen? Das konnte er sich nicht vorstellen.

Sie standen vom Tisch auf und eilten nach oben, um sich für den Tag bereitzumachen: Emil und Helmut für die Schule, Vater für seine Arbeit als Bürokaufmann in der Kleiderfabrik.

Emil nahm zwei Stufen auf einmal, ging an Helmut vorbei und gab ihm dabei einen guten Knuff.

»He!« Als Helmut spürte, dass ihr Vater hinter ihnen die Treppe hinaufstieg, heulte er. »Vater, Emil hat mich gestoßen.«

»Emil.« Mehr sagte Vater nicht. Erst jetzt bemerkte Emil die dunklen Halbmonde um Vaters Augen. Sein Vater hatte schlecht geschlafen.

Emil kämmte sich und putzte sich die Zähne. Das Schlafzimmer seiner Eltern war einen Spalt geöffnet, und er konnte ihre besorgten Stimmen hören. Er presste sich im Flur an die Wand und warf einen verstohlenen Blick hinein. Vater trug einen feinen Anzug. Das war das Gute an seiner Arbeitsstelle: Die ganze Familie trug immer die Qualitätskleidung aus der Firma, die Mutter sorgfältig bügelte.

»Ich musste alle Juden entlassen. Ich achte diese Leute; sie waren harte Arbeiter, und einige von ihnen habe ich als Freunde betrachtet. Ich konnte ihnen kaum in die Augen sehen; ich habe mich so geschämt. Und mit dieser Knappheit an Arbeitern ist es sehr schwierig, alle Aufträge rechtzeitig zu erledigen.« Er schüttelte den Kopf. »Und Leni – sie wollen, dass ich der Partei beitrete. Wenn ich mich weigere, könnte ich die Stelle verlieren.«

»Oh, Peter. Das ist furchtbar.« Mutter zitterte. Vater richtete seine Krawatte. Emil schlüpfte zurück in sein Zimmer und wartete, bis Vater gegangen war. Als er wieder an ihrem Zimmer vorbeikam, kniete Mutter betend an der Seite ihres Bettes.

Zwei Tage später machte Herr Bauer eine große Ankündigung.

»Großbritannien hat Deutschland den Krieg erklärt!«

Alle schnappten nach Luft, und es wurde Emil ganz flau im Magen. Sein Vater und seine Mutter hatten recht gehabt.

»Was heißt das für Deutschland?« fragte Friedrich.

»Es heißt, dass Großbritannien bekommt, was es verdient.« Herr Bauer berührte seine Nase und warf seinen Arm hoch. »Wir werden denen und der ganzen Welt zeigen, wie großartig Deutschland ist. Wir werden triumphieren!«

Vor Tagesende hatten Frankreich, Indien, Australien und Neuseeland sich England angeschlossen.

Emil biss sich nervös auf die Unterlippe. Der Krieg würde nicht in ihre kleine Ecke von Deutschland kommen, oder? Passau war so weit weg von Großbritannien, wie es nur ging. Bestimmt waren er und seine Familie sicher?

Jeder, der ein Automobil besaß, musste es dem Staat überlassen. Das ganze Benzin wurde jetzt für die Kriegsanstrengungen zurückbehalten.

Das führte zu einer Situation, wie sie die Bürgerinnen und Bürger Deutschlands noch nie erlebt hatten. Es gab keine Fahrzeuge, die den Schnee wegräumten, und keine Männer, die sie hätten bedienen können. Der Schnee türmte sich in den Straßen und auf den Bürgersteigen. Doch die Nationalsozialisten fanden eine Lösung für dieses Problem: Schickt die Frauen hinaus und gebt ihnen Schaufeln. Genauer gesagt, die jüdischen Frauen.

Emil hatte schwer daran gearbeitet, nicht an die schrecklichen Dinge zu denken, die Anne und ihrer Familie seit der Nacht des zerbrochenen Glases zugestoßen waren. Es war ein Schock für ihn, als er ihr eines Tages plötzlich begegnete. Sie und ihre Mutter standen draußen in der Kälte, trugen nur Kleider, Strümpfe und dünne Mäntel und schaufelten Schnee vom Bürgersteig – nur eine Häuserzeile von der Bäckerei entfernt, die ihnen einmal gehört hatte. Ihre Hände waren bloß und feurig rot, ihre Fingerknöchel und Fingerspitzen schwärzlich und geschwollen. Frostbeulen.

Ein Offizier stand in der Nähe Wache und zeigte kein Erbarmen. Als Emil anhielt und hinsah, ermahnte er ihn mit einem leichten Nicken, weiterzugehen. Anne sah ihn auch, und Emil wandte rasch seine Augen ab, die zu brennen und zu stechen begannen. Er ging davon und spürte, wie ihn seine Gefühle überwältigten – vor allem Wut, aber auch Verwirrung. Warum sollte er sich etwas aus Anne und ihrer Mutter machen? Sie waren nur Juden.

Aber er machte sich etwas aus ihnen. Anne war seine Freundin gewesen. Er musste etwas tun, aber was?

Emils Hände waren warm, er hatte Handschuhe. Und er hatte eine Idee. Kurz bevor er die Bäckerei betrat, die nun von einer nichtjüdischen Familie geführt wurde, kniete er sich nieder und öffnete einen Schnürsenkel.

Kurz darauf kehrte er auf die Straße zurück, ein warmes, süßes Gebäckstück in seiner behandschuhten Hand. Er trug es die Straße hinunter und blieb neben dem Offizier stehen, der Anne und ihre Mutter beobachtete. Aus seinen Augenwinkeln konnte er sie sehen, zitternd und frierend, mit eingesunkenen Augen, die auf seinen Strudel starrten.

Emil plauderte mit dem Wachmann.

»Heil Hitler!« sagte er.

»Heil Hitler!« Die Augen des Wachmanns schossen zu Emils Gebäck.

Emil nahm einen Bissen. »Mmh, es ist köstlich. Warm. Zucker und Zimt. Es sind nur noch ein paar übrig.«

Der Wachmann wusste, was Lebensmittelknappheit bedeutete.

»Nur noch ein paar?«

»Ja.« Emil nahm noch einen kleinen Bissen. »Das schmeckt so gut. Nun denn, Heil Hitler.« Er drehte sich um, und nach kurzer Zeit ging der Offizier davon, zweifelsohne in Richtung Bäckerei.

Er hatte nur wenig Zeit, um zu tun, was er geplant hatte. Er fing Annes Blick ein.

»Oh, mein Schuh ist offen.« *Schau mir zu*, sagten seine Augen. Er beugte sich hinunter, legte das Gebäck und seine Handschuhe in den Schnee und band sich rasch die Schnürsenkel zu. Dann stand er auf und ging davon. Als er einen kurzen Blick zurück wagte, sah er, dass Anne und ihre Mutter jede einen Handschuh trugen. Das Gebäck war bereits verschlungen, kein Krümel verschwendet. Annes eingesunkene Augen hielten Emils fest. Ihre Lippen formten ein lautloses *Danke*. Emil nickte leicht und drehte sich weg.

ALS ER IM PARK WAR, hörte er die Motoren der Luftwaffe. Er ließ sich auf dem Rücken in den Schnee fallen, steckte seine bloßen Hände tief in die Taschen und starrte in den Himmel.

Sie waren einfach fantastisch: glänzende, metallene Raubvögel, auf dem Heck ein schwarzes, deutschen Hakenkreuz. Es waren hunderte; so viele, dass Emil nicht alle zählen konnte, bis sie außer Sichtweite waren. Wenn er der Luftwaffe zusah, konnte er die stillen Straßen vergessen, die sich leerenden Ladenregale, die Verdunklungen.

Er konnte Anne Silbermanns geisterhaften Gesichtsausdruck und ihre frostgeplagten Finger vergessen.

Wenn Emil der Luftwaffe zusah, fiel es ihm leicht zu glauben, dass die deutsche Luftstreitmacht die schlagkräftigste der Welt war. Eines Tages, dachte er, würde er in der Luft sein und ein Flugzeug fliegen und nicht mehr am Boden stehen und sehnsüchtig in den Himmel starren. Eines Tages.

KAPITEL 12

Der *Boden in Polen muss bewirtschaftet werden. Wir brauchen mehr Arbeiter. Wir werden die Juden hinschicken.*

So stand es in den Zeitungen. Es schien weder richtig noch fair zu sein, aber Emil nahm an, dass es sinnvoll war, vor allem, wenn es nicht genug Deutsche gab, die die Arbeit machen konnten. Die Nationalsozialisten siedelten schon seit einiger Zeit Juden um, und wenn die Züge in Passau ankamen, nahmen die meisten Leute kaum Notiz davon.

Emil und Moritz kamen gerade am Bahnhof vorbei, als die Soldaten sie einluden. Emil hatte nicht realisiert, dass in Passau und im Umland so viele Juden lebten. Hunderte standen hier – nur mit einem kleinen Koffer und den Kleidern, die sie trugen. Sie verließen ihr Zuhause und mussten alles zurücklassen, was nicht in den einen Koffer passte.

Irmgard und Elsbeth liefen vor ihnen auf dem Gehsteig. Moritz stieß Emil an und gab ihm ein Zeichen. Die Jungen wechselten die Straßenseite und sahen zu, wie Irmgard und Elsbeth auf die Juden zeigten. An der Art, wie Irmgard ihr Gesicht verzog, erkannte Emil, dass sie etwas Gemeines gesagt hatte. Dann schürzte sie die Lippen und spuckte auf die Straße.

Emil konnte nicht glauben, dass er sie einmal hübsch gefunden hatte.

Anne und ihre Mutter standen in der Schlange. Ihre Gesichter waren dünn und bleich und von Gefühlen gezeichnet. Traurigkeit? Angst? Anne bemerkte Emil und seine Freunde, aber sie tat so, als hätte sie sie nicht gesehen.

Emil tat es leid, dass sie sich auf diese Weise verabschieden mussten, aber wenigstens konnten sie in Polen ein neues Leben beginnen. Wenigstens mussten sie nicht mehr länger in Passau Schnee schaufeln.

IN DEN DREI Monaten zwischen April und Juni marschierte Deutschland in Norwegen, Dänemark, Belgien, Luxemburg, Holland und Nordfrankreich ein. Nichts schien den Vormarsch der deutschen Armee aufhalten zu können.

Die Schule schwirrte vor Aufregung.

»Ich dachte, Hitler hätte versprochen, nicht in Holland einzumarschieren«, murmelte Moritz Emil und Johann zu.

»Es muss nötig gewesen sein«, sagte Emil. »Sonst hätten sie es nicht getan.«

Johann höhnte: »Glaubst du das wirklich?«

Emil zuckte mit den Achseln. Er wusste nicht, was er noch glauben sollte.

Im Klassenzimmer rief Herr Bauer: »Wir sind die Sieger!« Er hüpfte auf und ab und klatschte in die Hände wie ein Kind auf dem Spielplatz.

»Jetzt haben wir Paris! Bald wird ganz Frankreich uns gehören! Es ist unvermeidbar. Ich habe euch Bilder mitgebracht.« Herr Bauer reichte Fotografien der französischen Armee herum.

»Seht ihr, wie erbärmlich es ist? Ihre Panzer sind so klein und klapprig, dass sie kaum über einen Stein rollen können, ohne sich zu überschlagen. Und seht ihr, wie weibisch ihre Uniformen sind?«

Er lachte, und die Klasse stimmte ein, jedenfalls die Mehrheit. Moritz und Johann verzogen kaum die Lippen.

Rolf hob die Hand. »Wie kann Frankreich so schlecht vorbereitet sein? Bestimmt wussten die Franzosen, dass die deutsche Armee sich für den Einmarsch rüstet.«

»In der Tat«, stimmte ihm Herr Bauer zu, »wir haben unsere Waffen nie versteckt. Jeder konnte an den Paraden sehen, wie modern und fortschrittlich sie sind.«

»Ich bin so aufgeregt!« rief Irmgard etwas unangebracht.

Herr Bauer ließ es durchgehen. »Eines Tages werden wir in ganz Europa herrschen – von Westen bis nach Osten.«

Friedrich mischte sich ein: »Wenn es in diesem Tempo weitergeht, werden wir die Weltherrschaft übernehmen, genau wie es der Führer versprochen hat!«

Wirklich? fragte sich Emil. *Was würden sie mit der ganzen Welt machen?*

Nach der Schule machte Rolf im Schulhof eine Ankündigung: Alle Jungen des Deutschen Jungvolks und der Hitler-Jugend würden für drei Wochen in ein Sommerlager fahren. »Heinz wird euch mehr darüber erzählen«, sagte er. »Ich bin so aufgeregt, dass ich es nicht für mich behalten konnte!«

»Sommerlager?« sagte Moritz und rümpfte die Nase. Er stolperte über einen Stein, der aus dem Boden herausragte.

»Nicht nur irgendein Sommerlager, Trottel«, sagte Rolf verächtlich. »Wir bereiten uns darauf vor, in der größten Schlacht zu kämpfen, die es jemals gegeben hat. Wir müssen lernen, wie wir unseren Teil zum endgültigen Sieg beitragen können!«

Er rempelte Moritz mit der Schulter an und lachte. Zum zweiten Mal behielt Moritz nur knapp das Gleichgewicht. »Jeder hat seinen Teil beizutragen.« Rolf schrie so laut, dass es jeder im

Schulhof hören konnte. »Sogar du, Trottel!« Mit dem Selbstvertrauen des großen, blonden Ariers schlenderte Rolf davon, seine Bewunderer wie eine Horde Schafe im Schlepptau.

AM SONNTAGNACHMITTAG unterbrach ein Klopfen an der Tür die Kaffeezeit seiner Eltern. Vater und Mutter tauschten nervöse Blicke aus, und Mutter stand auf, um zu öffnen. Sie konnte ihre Überraschung nicht verbergen, als sie ihren Bruder erblickte. Onkel Rudi war Pilot der Luftwaffe und damit automatisch Emils Held.

»Rudolf?«

Onkel Rudi und Mutter umarmten sich ungeschickt. Vater stand auf und schüttelte ihm steif die Hand.

»Leni«, sagte Onkel Rudi. »Du siehst wunderbar aus.«

»Danke. Du siehst auch sehr gut aus.«

Onkel Rudi war ein großer Mann und trug ein frisches, weißes Hemd unter einem bläulich-grauen Waffenrock mit einer Reihe glatter Aluminiumknöpfe. Auf seinem Kopf saß eine elegante, spitz zulaufende Mütze, auf der das Wappen der Nation gestickt war: ein Adler mit weit gespreizten Flügeln und einem weißen Hakenkreuz in seinen Klauen.

Emil und Helmut starrten ihn hingerissen und mit offenen Mündern an.

Mit zusammengepressten Lippen betrachtete Onkel Rudi die beiden seinerseits – Helmut, einen dürren, kleinen Jungen mit auf eine Seite geplättetem Haar, und Emil, einen schlaksigen Zwölfjährigen.

Dann lächelte er und streckte die Hand aus. Und Emil wusste hier und jetzt, dass Onkel Rudi alles war, was er eines Tages sein wollte.

»Bitte setz dich.« Mutter wandte sich zu Emil. »Hol noch einen Stuhl.«

»Ich wollte euch nicht stören.«

»Wir freuen uns, dass du hier bist«, sagte Mutter mit gezwungener Fröhlichkeit. »Kann ich dir eine Tasse Kaffee bringen?«

»Gerne.«

»Es tut mir leid, dass wir heute keinen Kuchen haben.«

»Kaffee ist in Ordnung.«

Traditionsgemäß wurde sonntags Kuchen zum Kaffee serviert, aber das hatte aufgehört, als der Krieg begann. Am meisten vermisste Emil Mutters Schokoladentorte.

Die Erwachsenen unterhielten sich höflich. Es war leicht auszumachen, dass seine Eltern und sein Onkel die Welt komplett anders sahen. Onkel Rudi war ein Abenteurer und ein Weltenbummler. Soweit Emil sich erinnern konnte, war sein Vater nie außerhalb Deutschlands gewesen.

»Nun, Peter«, sagte Onkel Rudi, »bist du der Partei beigetreten?«

Das erklärte den unangemeldeten Besuch. Sein Onkel wollte, dass seine Eltern der Nationalsozialistischen Deutschen Arbeiterpartei beitraten und offiziell Nationalsozialisten wurden.

Eine ungemütliche Pause entstand.

»Peter...«

Vater räusperte sich und schnitt Onkel Rudi das Wort ab. »Noch nicht.«

»Nun, du solltest es bald tun.« Er sah zu Emil und Helmut. »Ich weiß, dass du es hassen würdest, in eine Lage zu kommen, in der du nicht für deine Familie sorgen könntest.«

»Rudi.« Mutter sah ihren Bruder flehend an. Emil wusste, dass sie über all das nicht vor ihm und seinem Bruder sprechen wollte.

»Es tut mir leid, Leni. Ich wollte euch nur daran erinnern, wie wichtig es ist, dass ihr Mitglieder werdet, bevor es zu spät ist. Ich bin sicher, ihr hattet einfach viel zu tun.«

Dann stürzte er sich in eine detaillierte und begeisterte

Beschreibung der ersten Riege der Militärflugzeuge, die er flog: den Junker Ju 87 Sturzkampfbomber, den Heinkel He 111 Zweizylinder-Bomber, die Messerschmitt Bf 109, ein einmotoriges Kampfflugzeug, und die Bf 110, ein zweimotoriges Kampfflugzeug.

Als er den Kampf in Polen anschnitt, wusste Emil, dass es Ärger geben würde.

»Mit den Me 109 Kamppflugzeugen haben wir die erbärmliche polnische Luftwaffe wie kleine Käfer vom Himmel gefegt«, prahlte Onkel Rudi. Emils Eltern blieben stumm.

Onkel Rudi fuhr fort. »Ich bin die Ju 87 B geflogen, einen tödlichen Sturzkampfbomber.« Er spreizte seine Finger wie ein Flugzeug und zog die Hand durch die Luft. »Ra-ta-ta-ta! Wir haben ihre Militärbasen zerstört. Es war fantastisch, Warschau brennen zu sehen!«

Helmuts Augen waren weit offen, und Emil spürte, dass auch seine rund wie Murmeln waren.

»Rudolf! Das reicht«, schalt Mutter.

»Was denn? Das sind aufregende Zeiten, Leni. Deine Kinder werden miterleben, wie Hitler Deutschland wieder groß macht!«

Zu Emils großem Bestürzen schickte Vater ihn und Helmut aus dem Zimmer.

»Aber Vater«, protestierte er.

»Tu, was dir gesagt wird.«

Sie stiegen die Treppe hinauf, bis sie außer Sicht waren.

Vaters Stimme driftete hinauf. »Wie genau wollen wir Polen germanisieren, wie du es nennst? Weniger als zehn Prozent der Leute sind Deutsche.«

»Ich gebe es zu, es ist ein anspruchsvoller Auftrag«, sagte Onkel Rudi, »aber im Laufe der Zeit werden die Polen umgesiedelt und durch anständige Deutsche ersetzt.«

»Wo sollen wir diese Deutschen finden? Wir haben schon zu

wenig für das Land, das wir jetzt besitzen. Und was um Himmels Willen machen wir mit vier Millionen Polen?«

»Es gibt Pläne.«

Schweigen.

Mutters Stimme war nicht so gut zu verstehen wie die von Onkel Rudi, aber Emil konnte hören, dass sie aufgebracht war.

Dann sagte Onkel Rudi: »Hat Gott das deutsche Volk mit Arbeit versorgt? Nein, der Führer hat es getan. Wird Gott das Vaterland zu einer großartigen Nation machen? Nein, aber der Führer.«

Das wird Mutter nicht gefallen, dachte Emil. Sie sprach leise; er konnte nicht verstehen, was sie sagte.

Dann sprach Onkel Rudi wieder. »Leni, das war ein schöner Glaube für die Kinder, die wir mal waren, aber jetzt müssen wir diese kindlichen Vorstellungen hinter uns lassen.«

Vater sprach. »Es tut mir leid, dass wir uns nicht einig sind.«

»Mir auch.«

Stuhlbeine kratzten auf dem Fußboden. Onkel Rudis Stimme. »Es ist Zeit. Ich muss gehen.«

Schritte zur Haustür.

»Es war schön, dich wiederzusehen, Leni. Und dich, Peter. Danke für den Kaffee. Heil Hitler.«

Emil und Helmut eilten leise in ihre Zimmer. Und Emil fragte sich, ob Onkel Rudi sie jemals wieder besuchen würde.

KAPITEL 13

»**E**mil!«
Emil hörte am Tonfall seiner Mutter, dass sie Arbeit für ihn hatte.

»Ich bin beschäftigt, Mutter«, rief er zurück. Rasch zog er seine Uniform an, und bevor seine Mutter wieder rufen konnte, sprang er auf sein Fahrrad und fuhr in Richtung von Johanns Bauernhof.

Er wich den Schlaglöchern auf dem Weg aus, die ein frühmorgendlicher Frühlingsregen mit braunem, suppigem Wasser gefüllt hatte. Er widerstand dem Drang, hindurchzufahren, und stellte sich stattdessen vor, wie das trübe Brackwasser seine Hosen vollsaugen würde. Es war in Ordnung, ein Treffen des Deutschen Jungvolks schlammbedeckt zu verlassen, aber ein ernstliches Vergehen, so aufzutauchen.

Der Fahrweg zum Bauernhof der Ackermanns war lang und schmal. Das Haus aus Betonziegeln war für fünf Personen klein. Es waren einmal sechs gewesen: Großvater Ackermann war am 30. Januar 1933 an einem Herzstillstand gestorben, am selben Tag, als Hitler zum deutschen Kanzler ernannt worden war. Johann war sich sicher, dass die beiden Ereignisse zusammenhingen.

Emil dachte, dass das lächerlich war. Hitler als Kanzler war das Beste, was Deutschland je passiert war.

Oder etwa nicht?

Er klopfte an die Haustür, und Johanns Mutter öffnete ihm.

»Hallo, Frau Ackermann. Ist Johann da?«

»Ja. Er übt mit seinem Vater Geige.« Aus dem hinteren Raum hörte Emil die süßen Klänge von perfekt aufeinander abgestimmten Saiteninstrumenten.

»Warte, ich hole ihn.«

Die Musik hörte abrupt auf, und bald darauf trampelte Johann heraus.

»Hallo, Johann.«

»Emil, was machst du hier?«

»Ich hatte etwas Zeit und dachte, ich fahre mit dir zusammen, Moritz abholen.«

»In Ordnung.«

Johann schlüpfte in seine Jacke und lief neben Emil her.

»Es tut mir leid, dass ich euch beim Üben unterbrochen habe«, sagte Emil. »Du und dein Vater seid sehr talentiert. Du hast keine Ahnung, was ich für Qualen erleide, wenn Helmut auf dem Klavier herumhämmert.«

»Wir müssen jetzt neue Lieder lernen«, sagte Johann. Er zog eine Grimasse. »Wegen des *Judenproblems*. Wie kann jemand, der die *Dreigroschenoper* geschrieben hat, kulturell entartet sein? Das ist alles ein Haufen Mist.«

»Johann!« Vor seinem inneren Auge sah Emil Herrn Jäger hinter einem Busch hervorspringen, seine Brillengläser an seiner kleinen, glänzenden Nase hinaufschieben, Aha! schreien, sie dann beide an den Ohren packen und zur *Gestapo* schleifen.

Johann zuckte mit den Achseln. Offensichtlich plagten ihn keine solchen Albträume.

Johanns Schwester hing nasse Wäsche an die Leine; weiße Laken umflatterten sie und blähten sich wie Segel im Wind. Als sie wieder hinunterschwebten, warf die untergehende Sonne ihre Silhouette wie die einer Schattenspielerpuppe auf die Laken.

»Emil?« Johann schnipste mit den Fingern. »Warum starrst du meine Schwester an?«

»T-tue ich nicht«, stammelte Emil. Heiße Röte kroch unaufgefordert seinen Nacken hinauf.

»Ist auch besser. Katharina ist zu alt für dich.«

»Sie ist nur ein Jahr älter.«

»Halt die Klappe!«

Trottel. Emil hätte ihm gern eine verpasst. Egal – Johanns Schwester sah sowieso wie ein Junge aus.

Emil schob sein Fahrrad neben sich her. Einer der Reifen von Johanns Rad war geplatzt, und Ackermanns hatten kein Geld, um es zu reparieren. Als die Jungen bei Moritz ankamen, klopften sie an die Tür, und Moritz öffnete. Er trug immer noch seine Schulkleidung.

»Was macht ihr hier?«

»Wir dachten, wir gehen zusammen zum Deutschen Jungvolk«, sagte Emil. »Wo ist deine Uniform?«

»Ich gehe nicht hin.«

»Was?«

»Ich gehe nicht hin. Es macht mir keinen Spaß. Ich habe es satt, dass immer auf mir herumgehackt wird.«

»Aber du musst gehen«, beharrte Emil. »Sie werden deine Familie mit einer Geldstrafe belegen, wenn du es nicht tust.«

»Dann zahle ich eben die Buße. Ich gehe nicht hin.«

Johann war ebenfalls besorgt. »Heinz erzählt uns heute alles über das Sommerlager.«

»Das spielt keine Rolle. Ich gehe auch nicht ins Sommerlager.«

Er schloss die Tür und ließ seine entgeisterten Freunde auf der Veranda stehen.

Als sie außer Hörweite waren, sagte Emil zu Johann: »Vielleicht kommt er heute nicht zum Deutschen Jungvolk, aber du kannst deine letzte Reichsmark wetten, dass er mit ins Sommerlager kommen wird.«

»Klar«, sagte Johann und nickte.

SIE BRACHEN MITTE Juni ins Sommerlager auf. Tatsächlich hatten sie inzwischen herausgefunden, dass es nicht nur ein Sommerlager war, sondern ein Sommerlager im Reichsarbeitsdienst. So ein Name ließ jedem einen Schauer über den Rücken rieseln, und Emil blickte mit einer Art von düsterer Vorahnung auf die vor ihnen liegenden Wochen.

Das war dumm. Es würde ihnen gut gehen.

Er verabschiedete sich von seiner Familie und schüttelte stoisch Helmuts Hand. Er war froh, dass er und nicht sein Bruder weggeschickt wurde.

Vater gab Emil einen festen Händedruck, Ober- und Unterkiefer fest zusammengepresst. »Pass gut auf dich auf, Sohn.«

Mutter bemühte sich nicht, ihre Gefühle zu unterdrücken. Tränen rannen ihr über die Wangen, und sie drückte Emil fest an sich.

»Ich bin in drei Wochen wieder zuhause, Mutter. Ich gehe nicht für immer weg.«

»Ich weiß. Sei einfach vorsichtig, und komm in einem Stück zurück.«

Moritz und Johann standen mit der Einheit des Deutschen Jungvolks am Bahnhof, als Emil ankam. Sie sahen wirklich wie eine Horde Jungs aus, die ins Sommerlager fuhren. Alle trugen die braunen Hemden der Sommeruniform, kurze, schwarze Hosen und Wanderschuhe. Jeder trug einen Rucksack mit seinen persönlichen Habseligkeiten. Es gab Grinsen, Gelächter und Schulterklopfen. Man hätte meinen können, vor ihnen läge ein

Sommer mit Schwimmen, Spielen und Liedern am Lagerfeuer, dachte Emil. Aber er wusste es besser.

»Ich bin noch nie mit dem Zug gefahren«, murmelte Moritz. Johann und Emil nickten – sie auch nicht. Die meisten Jungen waren noch nie außerhalb von Passau gewesen, schon gar nicht ohne ihre Eltern. Dort, wo die Sonne auf die Sitze schien, waren sie feurig heiß und brannten sich in die Rückseite von Emils bloßen Beinen. Obwohl keiner der Jungen rauchte, hing der Tabakgeruch der letzten Reisegruppe noch im Abteil.

Das durch die Anspannung bedingte Geschnatter ebbte ab, und Emil sah zu, wie Passau außer Sicht glitt. Das Tuckern und Rattern des Zugs drückte das Metall an seine Schenkel, und er rutschte hin und her, um bequemer zu sitzen.

Heinz versuchte angestrengt, alle um sich zu scharen, und bestand darauf, dass sie alle zusammen *Hurra, hurra, hurra für Deutschland* sangen.

Es war keine brillante Idee, aber es ließ die Zeit vorbeigehen. Bald kamen sie an der Station in den Bergen an, und Heinz teilte ihnen mit, dass dies ihre Haltestelle war.

Aber es war nicht das Ende ihrer Reise. Neben der Straße parkten fünf Krupp-Armeelastwagen mit von Planen bedeckten Ladeflächen.

»Alle einsteigen!« schrie Heinz.

Emil kletterte hinein und kämpfte um einen Platz in der Nähe der hinteren Öffnung; er brauchte Luft. Es drehte ihm den Magen um, und er fühlte, wie sich Feuchtigkeit auf seiner heißen Stirn bildete. Sommerhitze oder Nerven, Emil war nicht sicher. Der Motor erwachte donnernd zum Leben, und der Fahrer legte den Gang ein. Eine Staubwolke wirbelte über den Straßenbelag.

Moritz und Johann sahen auch nicht besonders gut aus. Dunkle Flecken bildeten sich unter ihren Armen, und Johanns Fäuste waren so fest zusammengepresst, dass die Knöchel weiß unter der gespannten Haut hervorblitzten. Die bergigen Straßen bogen und wanden sich und Emils Magen mit ihnen. Das musste das sein, was man Reiseübelkeit nannte, dachte Emil. Sein Magen schmerzte, und das Blut wich aus seinem Gesicht. Er hoffte, dass er nicht hinten aus dem Lastwagen kotzen musste.

»Ist dir schlecht, Emil?« Johann beugte sich zu ihm.

»Es ist nur die Fahrt. Wenn wir dort sind, geht es mir wieder gut.«

Johann nickte und presste die Hand ebenfalls fester auf seinen Magen.

Endlich bogen sie in eine Schotterstraße ein, und die Reifen des Lastwagens trieben ihnen Staub in die Augen. Emil rieb sie sauber, und als er wieder aufsah, sah er das Schild:

WIR SIND ZUM STERBEN FÜR DEUTSCHLAND GEBOREN.

Sie waren da.

KAPITEL 14

Wie eine Rinderherde wurden sie in eine rechteckige Steinhalle getrieben. Die Passauer Jungen waren nicht allein – Gruppen der Hitler-Jugend und des Deutschen Jungvolks aus ganz Bayern waren hier zusammengekommen. Emil drängte sich etwas näher an Johann und Moritz. Sie setzten sich auf lange Bänke, die beidseitig an ebenso langen Tischen standen. Der Duft aus der Küche wehte in den Raum hinein. Bratwürste und Bratkartoffeln, vermutete Emil. Doch anders als sonst löste der Duft bei ihm keinen Appetit aus. Die Reiseübelkeit hielt an, und er spürte, wie sein Magen rebellierte. Am liebsten hätte er sich auf einer der Bänke ausgestreckt und frei heraus gestöhnt.

Offizier Vogel, der Lagerleiter, forderte ihre Aufmerksamkeit. Er war Anfang zwanzig und natürlich groß, blond und fit. Er kam schnell zur Sache.

»Ihr werdet lernen, die Tugenden zu lieben, die einen guten Soldaten ausmachen«, sagte er. »Ihr werdet die höchste Stufe an Reinlichkeit, Ordentlichkeit, Teamwork und Gehorsamkeit anstreben und wertschätzen. Diese Anforderungen sind nicht verhandelbar. Jeder, der sie nicht erfüllt, wird bestraft.«

Emil fiel auf, dass es zwei Sorten Jungs gab. Die einen hatten ein eifriges Funkeln in den Augen und aufgeregte, brennend rote Wangen und konnten kaum stillzusitzen; die anderen saßen steif da, und ihre Münder zuckten in dunkler Vorahnung. Sie wollten zwar ziemlich sicher dem Vaterland dienen, aber sie fingen bereits an, ihre Mütter zu vermissen.

Die drei Brüder, die Emil gegenüber saßen, gehörten zur ersten Sorte. Emil schätzte sie auf zwölf, vierzehn und sechzehn. Alle hatten schmutzige, blonde Haarschöpfe und graue, funkelnde Augen. Betroffen stellte Emil fest, dass er zur zweiten Gruppe gehörte. Alles, was er wollte, war, dass ihn seine Mutter ins Bett steckte und ihm eine warme Schüssel Hühnersuppe brachte.

»Jede Woche hat ein Motto«, fuhr Offizier Vogel fort. Woche eins: *Wir kämpfen!* Woche zwei: *Wir opfern!* Woche drei: *Wir siegen!*«

Die ganze Halle brach in »Heil Hitler«-Sprechgesänge aus, und Sorte eins schrie am lautesten.

Dann sah Emil den grimmigen Gesichtsausdruck von Moritz und Johann und realisierte, dass es eine dritte Sorte gab: Eine kleine Zweiergruppe, die niemandem nichts von alledem abkaufte.

Nach dem Essen nahm Offizier Vogel alle auf einen Rundgang mit. Er zeigte ihnen das Spielfeld für den Mannschaftssport und den Schießplatz, und Emil dachte kurz, dass das Sommerlager vielleicht doch nicht so schlimm werden würde. Dann zeigte er ihnen einen Schuppen voller Schaufeln und wies auf ein Feld aus harter Erde und Steinen. »Hier werdet ihr lernen, Schützengräben und Unterstände zu graben«, sagte er. Und Emil änderte seine Meinung.

Zuletzt führte er die Jungen zu den Waschräumen und Schlafabteilen. Der Raum war karg eingerichtet, mit Etagenbetten von Wand zu Wand und perfekt gemachten Betten. Es roch nach Desinfektionsmittel. Er verließ sie, damit sie sich ein

Bett aussuchen konnten, und Emil wählte seines rasch, verlor keine Zeit und legte sich flach auf den Rücken, während seinen Lippen ein mausähnliches Stöhnen entwich.

»Es sind nur drei Wochen«, murmelte Moritz, der das Bett neben ihm nahm.

Johann kletterte auf Moritz' Etagenbett. »Ich habe keinen Strand gesehen«, sagte er.

»Oder Mädchen«, fügte Emil hinzu. »So ein Urlaub!«

Es sollte ein Witz sein, aber niemand lachte.

Die hellhaarigen Brüder waren im gleichen Schlafraum. Tobias, Jörg und Marcus Schindel. Es stellte sich heraus, dass Tobias ihr Abteilungsleiter war. Großartig, dachte Emil sarkastisch.

»Junge Soldaten!« rief er. »Vor dem Abendbrot müssen wir zehn Runden um das Spielfeld rennen. Wir treffen Offizier Vogel in genau fünf Minuten.«

Wenigstens fühlte Emil sich besser, und die Erwähnung des baldigen Abendessens ließ seinen Magen knurren. Zehn Runden waren nicht so schlimm. Es war ja nicht so, dass sie nicht daran gewöhnt waren.

Um 20 Uhr waren sie im Bett. Das war gar nicht so früh, wenn man wusste, dass kurz nach Sonnenaufgang der Weckruf kam. Im dunklen und stillen Schlafraum lag Emil in seinem Bett. Er war noch nie von Zuhause weg gewesen und war überrascht, dass er plötzlich an seine Familie denken musste. Ihm wurde es ganz schwer ums Herz, und er ärgerte sich darüber, dass ihm Tränen in die Augen stiegen. Er wünschte sich, er wäre so enthusiastisch und hart im Nehmen wie die Schindelbrüder. Manchmal beneidete er sogar Friedrich und Wolfgang um ihre standhafte Hingabe – wenn sie nur nicht solche Trottel wären.

Emil konnte Jörg in der Koje über ihm schnarchen hören; offenbar hatte er keine Sorgen oder Heimweh, das ihn wachhielt. Emil seufzte lang und wartete auf den Schlaf.

Nach einer Woche hatten sich die Jungen an die Lagerroutine gewöhnt. Der Lautsprecher ertönte um 5 Uhr. Emil und der Rest der Jungen hatten eine halbe Stunde, um sich zu waschen und ihre Betten zu machen. Um 6 Uhr trugen sie ihr Essgeschirr, ihren Becher und ihr Besteck zum Frühstück. Nach dem Frühstück wuschen sie wieder ab, dann folgte eine Morgenwanderung und danach Sport.

Wie auf all ihren Wanderungen mit Heinz hielt sich Emil mit Moritz und Johann zuerst etwas zurück, wobei sie alle wussten, dass er und Johann sich irgendwann absetzen und Moritz mit den langsameren Läufern hinter sich lassen würden.

Friedrich begann immer locker, um allen zu zeigen, wie schnell er sprinten konnte. Auch bei einem langsamen Start ging er am Schluss in Führung. Er liebte es, jedem in seiner Einheit einen Klaps auf den Kopf zu verpassen, wenn er an ihm vorbeirannte. Unausweichlich würde er Emil, Moritz und Johann erwischen, drei auf einmal. *Klaps, Klaps, Klaps.*

»He!« sagte Johann.

»Dummköpfe!«

»Er ist so ein Trottel«, sagte Moritz.

»Ich würde ihm so gern eine Dosis seiner eigenen Medizin verpassen«, sagte Johann, während er sich den brennenden Hinterkopf rieb.

OFT UNTERNAHMEN sie lange Märsche durch die Hügel mit schweren Rücksäcken. Dieser Nachmittagsmarsch war erst nicht anders. Moritz, Johann und Emil hielten eine konstante Geschwindigkeit in der Mitte der Gruppe, obwohl Emil schon den schnellen, schweren Atem von Moritz hören konnte. Alle hatten rote Gesichter und schwitzten in der Nachmittagshitze. Es roch nach Staub und Schweiß, und Emils Mund war geschwollen und stachlig wie Mutters Nadelkissen. Er griff nach seiner Feldflasche und nahm noch einen Schluck Wasser.

In geordneten Viererreihen schlängelten sich die Jungs einen Feldweg entlang. Die einzigen Geräusche waren die ihrer Stiefel, die im Rhythmus links, rechts, links, rechts marschierten, bis sie mehr Blasen als heile Haut an den Füßen hatten und jeder Muskel in ihrem Köper schmerzhaft pochte. Das waren ihr Dienst, ihre Pflicht und ihr Opfer. Alles aus Liebe zu ihrer großartigen Nation und ihrem wagemutigen Führer.

Links, rechts, links, rechts. Emil glaubte es immer noch.

Oder etwa nicht?

Plötzlich schrie Offizier Vogel: »Feindliches Maschinengewehrfeuer von rechts!« Nach einer kurzen Pause warf sich die erste Reihe in den nächsten Graben. Alle schalteten schnell und rollten sich auf dem Boden. Dabei holten sie sich blaue Flecken und schürften sich die bloßen Knie auf. Emil stöhnte und wischte sich ein Rinnsal Blut vom Bein. Johann rieb sich die Schulter, während Moritz flach auf dem Rücken lag und nur versuchte, wieder Luft zu bekommen. Friedrich kauerte tief, den Bauch fast am Boden, und wartete auf den nächsten Befehl wie ein Löwe, der bereit ist, sich auf seine Beute zu stürzen.

Die Muskeln um Offizier Vogels Mund zuckten, als ob er versuchte, ein Grinsen zurückzuhalten. Er rief sie zurück in die Formation. Schneller, Schneller.

Er war mit seinem Spiel noch nicht fertig. »Tieffliegendes feindliches Flugzeug von links!« und die Jungen wiederholten den Sprung wie zuvor in den gegenüberliegenden Graben. Emil landete hart auf seinem Rucksack, das zusätzliche Gewicht grub sich in seine Rippen. Er biss die Zähne zusammen und unterdrückte einen Schmerzensschrei. Jetzt verstand er, warum sich seine Mutter darum sorgte, dass er in einem Stück zurückkam.

Schließlich kamen sie zu einer Felsenschlucht. Auf ihrem Grund schlängelte sich in etwa fünfzehn Metern Tiefe ein flaches Flüsschen. Offizier Vogel befahl ihnen, sich in einer Reihe aufzustellen.

Sein Mund zuckte immer noch, als er anfing: »Da ihr euch auf dem Schießplatz als ausreichend tauglich erwiesen habt, werdet ihr heute euren Wert unter Beweis stellen, indem ihr eine Handgranate werft.«

Eine Handgranate? dachte Emil verblüfft. Sie hatten gerade mal eine Übung auf dem Schießplatz gehabt. Seine Augen und die der anderen Jungen weiteten sich, bei den einen aus Angst, bei einigen im Rausch der Aufregung.

Offizier Vogels Mundwinkel krümmten sich langsam nach oben, bis er in bellendes Gelächter ausbrach. »Es ist keine scharfe Granate, ihr Schwachköpfe! Es sind Übungsattrappen. Mein Gott, ihr solltet eure dummen Gesichter sehen.«

Emils Schultern sackten voller Erleichterung ab, aber er stimmte nicht in Offizier Vogels Lachen ein wie einige andere, auch Friedrich, es taten. Seine Lippen schürzten sich zu einem verärgerten, finsteren Blick, und er musste sich anstrengen, um die Gefühle aus seinem Gesicht zu verbannen.

Der Reihe nach zogen sie die Übungsabzüge und warfen die Übungsgranaten so weit, wie sie konnten. Offizier Vogel war erbarmungslos gegenüber Jungen mit schwachen Armen und schrägen Würfen.

Emil hielt die eiförmige Übungsgranate in einer Hand und war überrascht, wie schwer sie war. Er fühlte, wie sich Schweiß auf seiner Oberlippe bildete, während er den Abzug zog und die Granate warf. Sie landete auf der anderen Seite der Schlucht, aber für Offizier Vogels Geschmack nicht gerade genug.

»Mädchen! Ihr seid eine Horde Mädchen!« Er rieb sich die Hände, bevor er die nächste Granate hervorholte.

»Ich glaube, wir sollten eine richtige ausprobieren.« Er hantierte vorsichtiger damit als mit den anderen, was Emil davon überzeugte, dass er keinen Witz machte.

»Das ist eine Eihandgranate M39«, sagte Offizier Vogel, während er die Jungen der Reihe nach beäugte. »Wer hier ist Manns genug sie zu werfen?«

Keiner der Jungen wagte es, die Augen abzuwenden, aber Emil war sicher, dass alle das gleiche dachten. »Bitte nicht ich.»

Offizier Vogels Augen blieben auf Wolfgang ruhen. Wenigstens hatte er sich einen der athletischen Sorte ausgesucht.

Trotzdem bemerkte Emil, dass Wolfgangs Arm zitterte, als er nach der Granate griff. Offizier Vogel ging nochmals den einfachen Ablauf durch: den Abzug ziehen, dann werfen.

»Spreng dich nicht in die Luft, Wolf«, stichelte Friedrich.

»Halt die Klappe!« sagte Wolfgang. Zimperlich hielt er die Granate in der Hand.

Emil stellte sich vor, wie Wolfgang den Abzug zog, das dumme Ding fallen ließ und sie damit alle in die Luft sprengte.

»Komm schon Wolfgang«, sagte Rolf, »wirf das Ding, so weit du kannst!«

Wolfgang zog den Abzug und warf. Er zeigte Nerven, und sein Wurf war schwach. Die Granate landete knapp vor dem Felsabhang. Alle schnappten nach Luft und duckten sich. Langsam kullerte das gefährliche Ei auf krummer Bahn vorwärts, bis es schließlich über den Rand rollte, wie in einem Golfspiel um Leben und Tod.

Die Granate explodierte.

Es war aufregend, und alle brachen in Jubel aus, sogar Moritz und Johann – alle waren einfach froh, dass der erste Versuch gut ausgegangen war.

Jetzt, wo das Schauspiel vorbei war, hoffte Emil, dass sie zusammenpacken und zurück ins Lager gehen würden. Nichts da. Offizier Vogel hatte offenbar einen Todeswunsch. Er holte eine andere M39 hervor und zeigte mit einem bösartigen Grinsen auf Emil.

Es ist einfach, kein Problem, dachte Emil, und versuchte, sich selbst Mut zu machen. Er konnte das. Offizier Vogel reichte ihm die Granate. Das große, schwere, grüne Ei in der Hand zu halten ließ ihn in Schweiß ausbrechen, der klebrig von seinen Achseln in seine Uniform rann.

Plötzlich fühlte er sich entsetzlich. Anstelle von Wolfgang, der sich selbst in die Luft jagte, sah er sich selbst, wie er in Millionen kleiner, verschmorter Stücke zerplatzte. Wie konnte er dieses Ding werfen, mit all dem Schweiß? Was, wenn er es fallen ließ?

»Wirf schon, du Dummkopf!« schrie Friedrich.

Emil würde es tatsächlich werfen. Oh ja. Er würde es direkt an Friedrichs dämlichen Schädel werfen. Er warf einen vor Zorn glühenden Blick in Friedrichs Richtung, der seine Gedanken offenbar lesen konnte – er hielt nämlich endlich die Klappe und machte einen Schritt zurück.

Emil zog den Abzug. Die Zeit schien sich zu verlangsamen, alles verschwamm vor seinen Augen. Er war so verschwitzt und nass, dass er sicher war, sich in die Hose gepinkelt zu haben. *Wirf sie!* Plötzlich spürte Emil, wie eine Art übernatürliche Kraft seinen Arm über seinen Kopf schwingen ließ. Die Granate folgte einem hohen, unsichtbaren Bogen und landete mit einem *BUMM!* in der Schlucht.

Am nächsten Morgen nach der Wanderung kündigte Offizier Vogel ein Fußballspiel an. Er suchte die Reihe der jugendlichen Gesichter ab, und sein Blick blieb auf dem größten Jungen ruhen.

»Friedrich, du bist Kapitän von Mannschaft eins.« Eine schnelle Entscheidung brachte ihn zu seiner nächsten Wahl. »Emil, du bist Kapitän der Mannschaft zwei. Jungs, wählt eure Mannschaften aus.«

Emil war noch nie Kapitän gewesen, und die Vorstellung –

nein, die Realität davon bewirkte, dass er sich gut fühlte. Wichtig. Und da Friedrich der »feindliche« Kapitän war, wollte Emil unbedingt gewinnen.

Friedrich machte den Anfang. »Wolfgang.«

»Johann.«

»Rolf.«

Emil suchte nach einem weiteren starken Spieler. »Sebastian.«

Aus der Reihe der Jungen wählten sie ihre Mannschaft aus, jeder auf der Suche des stärksten und kämpferischsten.

»Ihr werdet vernichtet«, feixte Friedrich. »Wie kleine Welpen, die von Wölfen verspeist werden.«

Emil würde nicht gegen diesen Schwachkopf verlieren. Seine Konzentration darauf, die beste Mannschaft aufzubauen, hielt ihn so gefangen, dass er Johanns verdutzten Blick und sein Missfallen erst sah, als es zu spät war.

Er hatte vergessen, Moritz zu wählen. Moritz landete trotzdem in Emils Mannschaft, aber automatisch und nicht, weil Emil ihn ausgewählt hatte. Moritz tat so, als ob es ihn nicht kümmerte, aber Emil kannte ihn wie seinen eigenen Bruder. Er hatte ihn tief verletzt.

Emils Aufregung und Vorfreude auf das Spiel schrumpfte, als er beobachtete, wie Moritz sich mit gesenktem Kopf auf die Bank setzte. Johann weigerte sich, aufs Feld zu gehen, und setzte sich mit zusammengepressten Lippen neben ihn.

Als Kapitän versuchte Emil, alles abzuschütteln. Er rief seine Mannschaftskollegen auf, sich der Herausforderung zu stellen. Jetzt hasste er Friedrich noch mehr.

Es überraschte ihn nicht, als sie verloren.

»Emil, du bist so ein Bubi!« prahlte Friedrich und stolzierte wie ein Pfau über das Feld, als ob der Sieg in einem dummen Fußballspiel ihn zum Prinz machen würde.

Moritz ging ihm danach aus dem Weg, und Emil hatte keine

Gelegenheit, sich zu entschuldigen. Aber was konnte er schon sagen, ohne es noch schlimmer zu machen? Moritz würde es hassen, von ihm bemitleidet zu werden.

In der Kantine roch es wundervoll nach würzigen Würsten und Bratkartoffeln, und Emils Magen knurrte. Er setzte sich an seinen üblichen Platz gegenüber von Moritz und Johann. Die Halle vibrierte vom Geschnatter der Jungen, in das sich johlendes Gelächter mischte. So war es an den meisten Abenden auch an ihrem Tisch. Heute nicht: nichts als kühles Schweigen von Moritz und Johann.

Emil musste sich entschuldigen, das wusste er. Aber es war so peinlich, damit anzufangen. Moritz würde schon darüber hinwegkommen, sprach Emil sich gut zu. Morgen würde es sein, als ob nichts passiert wäre. Er entschied sich für leichtes Geplauder.

»Es ist echt heiß draußen.«

Moritz und Johann grunzten.

Emil versuchte es nochmals. »Die Wurst schmeckt herrlich.«

Das Äußerste, wozu Moritz und Johann sich herabließen, war ein unverbindliches Schulterzucken.

Emil kaute auf seiner Bratwurst herum und spülte sie mit lauwarmem Wasser hinunter. »Hört mal, Friedrich ist ein Trottel, in Ordnung?«

Moritz und Johann hoben beide ihre Augenbrauen und sahen ihn unverwandt an. Emil wusste, was das hieß. Sie dachten, dass Friedrich nicht der einzige Trottel war.

»Ich habe eine Meldung!« Kommandant Rieslings Stimme erhob sich über das Geschnatter. »Eine unglaubliche Meldung!«

Der Klamauk im Saal machte Stille Platz. In gespannter Erwartung legte Emil sein Besteck ab.

»Die Luftwaffe hat soeben mit einem Luftangriff gegen Großbritannien begonnen!«

Lauter Jubel brach im Saal aus. »Luftwaffe! Luftwaffe!«

skandierten die Jungen im Chor. Auch Emil wurde von der Energie mitgerissen. Johann und Moritz schienen von den Neuigkeiten bis ins Mark getroffen. Als sie in den Applaus einstimmten, konnte Emil sehen, dass sie sich dazu zwingen mussten.

Später am Abend traf Emil im Waschraum allein auf Moritz, der sich das Gesicht sauber schrubbte.

»He«, sagte Emil. Das war seine Chance, die Dinge wieder gerade zu biegen. »Wegen des Spiels heute. Das mit Friedrich hat mich so gefangen genommen. Ich wollte nicht...«

»Vergiss es. Es spielt keine Rolle.«

Es spielte eine Rolle – Emil konnte es daran erkennen, wie Moritz es sagte. Aber er ließ das Thema fallen. Er wusch sich die Ohren mit einem nassen Lappen aus und bemühte sich verzweifelt, das Thema zu wechseln.

»Das war ja was mit der Luftwaffe heute. Vielleicht war mein Onkel Rudi dabei.«

Moritz sah Emil an, als käme er von einem anderen Planeten. »Warum mussten wir Großbritannien angreifen, Emil? Haben wir inzwischen nicht genug Lebensraum?«

Moritz beendete seine Wäsche und ging, während Emil stehenblieb – fassungslos über das, was Moritz gerade gesagt hatte. Sie wussten beide, dass seine Äußerung Verrat war und mit Zwangsarbeit oder sogar mit dem Tod bestraft werden konnte. Alles, was Emil tun musste, war, ihn zu melden.

Moritz wusste es, und Emil wusste es. Stellte Moritz ihre Freundschaft auf die Probe? Wegen eines dummen Fußballspiels?

Ich kann entweder ein guter Freund oder ein guter Nazi sein, dachte Emil. Er wusste jetzt, dass er nicht beides sein konnte.

KAPITEL 15

Zumindest körperlich überlebten sie das Sommerarbeitslager, und sogar ihre Freundschaft überstand die Zeit unversehrt. Das war das Gute an Moritz: Es war nicht seine Art, jemandem etwas nachzutragen. Emil war dankbar dafür. Er konnte es nicht ertragen, wenn Moritz wütend auf ihn war.

Falls das Sommerarbeitslager das Ziel gehabt hatte, ihn in einen radikalen Nazi zu verwandeln, hatte es versagt.

Trotzdem war er nicht bereit, die große Sache aufzugeben. Wie konnte er? Er liebte Deutschland und würde seinem Regime treu bleiben. Hatte er denn eine andere Wahl? Er musste einfach einen Weg finden, wie er seine Freunde trotzdem bei Laune halten konnte.

Sie hatten noch ein paar faule Sommertage vor sich, bis die Schule wieder anfing, aber Emil dachte bei sich, dass es nur eine Frage der Zeit war, bevor sich diese trügerische Ruhe dem Ende neigen würde. Er sollte Recht behalten.

Das Ende kam am 25. August spät abends. Herr Schwarz platzte durch die Haustür der Radles und schrie: »Berlin ist getroffen worden! Berlin wurde bombardiert!«

Seine korpulente Brust hob und senkte sich, als er die Neuigkeit überbrachte. Emils Eltern und Emil selbst standen benommen da. *Die Royal Air Force hatte Berlin bombardiert? Wie hatte das passieren können?* Propagandaminister Joseph Goebbels hatte versprochen, dass keine einzige Bombe auf Deutschland fallen würde.

Es stellte sich heraus, dass der Bombenangriff nicht verheerend war. Trotzdem war die ganze Nation erschüttert. Wie war dem Feind so ein Kunststück gelungen?

Die Bombardierung stoppte Deutschlands Blitzkrieg auf London nicht. Die Luftwaffe setzte ihren Angriff auf Großbritannien fort, Radio und Zeitungen berichteten unaufhörlich über Sieg um Sieg des Vaterlandes.

An der Heimatfront galt es, sich auf den kommenden Winter vorzubereiten. Emil und Mutter pflegten den Garten und ernteten die letzten Kartoffeln, Karotten, Kohlrabi, Bohnen und Rüben. Alle Frauen arbeiteten unermüdlich daran, Vorräte für ihre Familien anzulegen.

Mutter und Frau Schwarz bearbeiteten ihre Hinterhofgärten oft gemeinsam, und Emil sah ihnen zu, als sie eine Pause machten und sich auf ihre Gartenhacken stützten.

»Hast du die ‚Volksseife' ausprobiert?« fragte Frau Schwarz. Sie strich sich eine blonde Haarsträhne aus der Stirn und klemmte sie unter ihr graues Kopftuch.

»Sie ist furchtbar«, antwortete Mutter. »Sie scheuert auf der Haut und riecht seltsam, und sie produziert fast keine Lauge, egal wie hart du schrubbst. Außerdem nutzt sie die Kleider stark ab.«

Mutter trug eine leichte Jacke über ihrem Kleid. Das Material war dünn geworden, das Muster verblasst. Emil konnte sich nicht erinnern, dass sie jemals etwas anderes als Qualitätskleidung in bestem Zustand getragen hatte. Sogar mit einem Ehemann, der in einer Kleiderfabrik arbeitete, konnte sie kein neues Kleid mehr bekommen.

Zorn brannte in seinen Eingeweiden. Er wollte, dass seine

Mutter ein neues Kleid bekam. Dann wies er dieses Gefühl von sich. Was war los mit ihm? Jeder musste Opfer bringen.

Frau Schwarz nickte. »Jetzt wollen sie, dass wir die Seife sparen und das Haus mit Sand oder Natron putzen. Kannst du dir das vorstellen?«

»Wie sollen wir uns in einer solchen Zeit um Kinder, Küche und Kirche kümmern?«

»Hast du schon die neuste Geschichte über die Hausfrau gelesen?« Frau Schwarz verdrehte die Augen. ,Wie der weibliche Vogel macht sie sich schön für ihr Männchen und legt Eier für ihn, während der männliche Vogel den Feind abwehrt.' Das habe ich in der Zeitung gelesen!«

Mutter wurde still. Dann fügte sie fast flüsternd an: »Ich habe Angst, Margarita. Unsere Männer werden bald eingezogen. So viele Männer sterben jeden Tag. Ich weiß nicht, was ich ohne Peter machen würde.«

Emil grub weiter Kartoffeln aus und achtete darauf, kein Geräusch zu machen.

»Ich kann nicht glauben, dass Hitler uns in einen weiteren Weltkrieg geführt hat«, sagte Frau Schwarz.

Emil hielt überrascht inne, als er das Gift in den Worten seiner Nachbarin hörte. *Das hatte Hitler, oder nicht?* Seine Eltern hatten Recht behalten.

»Pst! Margarita!« Mutter sah sich um. Als sie Emil sah, schien sie zu erschrecken.

»Es tut mir leid, Leni. Ich hätte das nicht laut sagen dürfen.«

Helmut und Karl unterbrachen den heiklen Moment, indem sie durch den Hof rannten und Helmut Karl mit einem lauten »Du bist!« abklatschte.

Emil hob den Korb mit den Kartoffeln auf und ging in Richtung Keller. Die Tür war schwer und sperrig. Er stieß sie auf, und eine Wolke modrig-kalter Luft stürmte auf seine Sinne ein. Die Stufen waren eng, und er schielte angestrengt über den Korb, um nicht zu stolpern und hinunterzufallen. Der Keller war klein und hatte eine niedrige Decke, und wenn Emil sich streckte, war er groß genug, um die hölzernen Balken mit seinem Kopf zu berühren. Bald würde er sich ducken und wie sein Vater den Kopf einziehen müssen.

Eine Reihe Einmachgläser bedeckte die Regale. Tomaten, gelbe und grüne Bohnen, Aprikosen- und Himbeermarmelade, eingelegtes Gemüse und Dosen mit Fisch aus dem Fluss. Mit all dem Essen, das Mutter über den Sommer und Herbst eingekocht hatte, sollten sie gut über den Winter kommen.

Emil schüttete die Kartoffeln in die Kiste, die nun halbvoll war. Voll genug, dachte Emil. Er musste raus, weg von seiner Mutter und Frau Schwarz und all ihren Sorgen. Er würde Johann besuchen.

Ausnahmsweise war das Ackermannsche Haus still, keine wunderschöne Musik, die durch die Fenster ins Freie strömte. Johanns Vater war mit dem Orchester unterwegs. Seine Schwester Katharina machte sich gerade für ein Treffen des Bunds Deutscher Mädel fertig. Sie war etwas größer als Emil und so dünn wie ein Junge, und sie trug die Standarduniform des Bunds Deutscher Mädel: einen langen, schwarzen Rock und eine braune, taillierte Jacke.

Etwas an ihr faszinierte ihn. Da er nicht wieder dabei ertappt werden wollte, wie er sie anstarrte, ließ er seinen Blick durch den Raum schweifen und jeweils nur für ein paar Sekunden auf ihr ruhen. Emil hatte keine Schwester, und ein Mädchen, das im Zimmer herumging, war neu für ihn. Fremd und irgendwie furchteinflößend, als würde ein Pfau oder ein Panther in deinem Haus leben.

Katharina sagte »hallo« zu Emil, als sie ihn auf Johann warten sah. Emil winkte schüchtern.

Johann kam dazu, und Emil folgte ihm hinaus zum Schuppen.

»Was machen die Mädchen im Bund?« fragte Emil, als er sicher war, dass sie weit genug von Katharina weg waren und sie ihn nicht hören würde. »Ist es wie im Deutschen Jungvolk?«

»Sie wandern und machen Sport«, sagte Johann. »Aber meistens reden sie über Mutterschaft.«

»Mutterschaft?«

»Ja. Sie müssen gute Mütter für die arische Rasse sein. Darum müssen sie kräftig und gesund sein. Laut meiner Schwester sagt man ihnen, es sei ihre Aufgabe, viele Kinder für das Dritte Reich zu gebären.«

»Während ihre Ehemänner im Krieg sind«, hielt Emil etwas sarkastisch fest.

»Es ist nicht länger nötig, einen Ehemann zu haben. Nur Babies.«

Emil hob eine Augenbraue. »Was meinst du damit?«

»Das Reich kümmert es im Grunde nicht, ob eine Frau verheiratet ist oder nicht«, sagte Johann.

Emils Augenbrauen schossen in die Höhe.

»Ich mache keine Witze.« Johanns Gesicht wurde ernst. »Du kannst meine Schwester fragen.«

Emil hatte nicht vor, Johanns Schwester irgendetwas zu fragen, schon gar nicht so etwas. »Ich rede nicht viel mit Mädchen.«

»Wenn es nach Irmgard geht, wirst du es bald tun.«

»Was meinst du damit?«

»Ich glaube, sie mag dich.«

»Wer?« fragte Emil.

»Irmgard.«

»Mag wen?«

»Mensch, bist du schwer von Begriff?«

Emil dachte kurz darüber nach. Tatsächlich sah Irmgard ihn in letzter Zeit oft an, lächelte und machte dieses Ding mit den

Wimpern. Als er daran dachte, spürte er, wie eine heiße Röte seinen Nacken hinaufkroch. Er wich aus.

»Irmgard liebt Herrn Giesler. Alle Mädchen tun das.«

»Mädchen können mehr als einen Kerl auf einmal lieben, weißt du.«

»Woher weißt du das?«

»Das ist allgemein bekannt.«

»Oh.« Offensichtlich musste Emil noch viel über Mädchen lernen.

DIE TATSACHE, dass sich die Nation im Krieg befand, hielt Passau nicht davon ab, seinen traditionellen Weihnachtsmarkt abzuhalten. Sobald der November dem Ende zuging, legten Händler und Kunsthandwerker in den weihnachtlich geschmückten Verkaufsbuden ihre Waren aus – Brote, Semmeln, Kerzen, Glas- und Kristallschmuck. Bunte Lichterketten hingen über allem, und eine Gruppe Sänger füllte die Luft mit Chorälen und Weihnachtsliedern in dreistimmigem Harmoniegesang. Normalerweise war jeder begierig, den Markt zu besuchen, sich ins Getümmel zu stürzen und mit einem Becher heißem Glühwein durch den Markt zu schlendern.

Wenn es ein Versuch war, die Realität zu vergessen, scheiterte er kläglich. Die Leute redeten nicht so frei und lachten nicht so laut wie in früheren Jahren. Die Bestände schwanden rasch dahin, und die Händler entboten denen, die nicht schnell genug gefunden hatten, was sie suchten, ein vorsichtig entschuldigendes Lächeln.

Der vierte Advent kam, und der Weihnachtsmarkt und alle Geschäfte der Stadt hatten geschlossen. Wer in die Kirche gehen konnte, tat dies. Vater wurde in der Fabrik gebraucht, also gingen nur Emil mit Helmut und Mutter.

»Beeilt euch, Jungs!« mahnte sie. Ihre Stiefel knarzten auf

dem frisch gefallenen Schnee, während Mutter sie zum Eingang der evangelisch-lutherischen Kirche St. Matthäus scheuchte.

Moritz und Johann waren schon dort und saßen bei ihren Familien.

St. Matthäus fehlte das ornamentale Gepränge der katholischen Kirche, und die Orgel war in einer anderen Liga. Der Stephansdom hatte die größte Pfeifenorgel Europas, sie nahm eine ganze Wand ein. Im Vergleich dazu war ihre Orgel geradezu eine Demütigung, dachte Emil. Fräulein Post spielte zimperlich darauf, während alle »Macht hoch die Tür, die Tor macht weit« sangen.

Pastor Kühnhauser näherte sich dem Podium, gekleidet in seinen weißen Talar, über seinen Schultern ein purpurner Schal. An der Wand hinter ihm, hoch über seinem Kopf, prangte ein Wandbild des auferstandenen Christus.

Helmut und Emil saßen steif da und gaben keinen Ton von sich. Sie wussten, dass Mutter ihnen auf dem Heimweg eine Kopfnuss verpassen würde, wenn sie den Gottesdienst störten. Auch Johann und Moritz saßen steif wie Ölgötzen auf der anderen Seite der Kirche.

»Liebe Mitgläubige in unserem Herrn Jesus Christus«, begann Pastor Kühnhauser. »Lasst uns zum Abschluss der Adventszeit darüber nachdenken, wie Gott, unser liebender Vater, seinen Sohn gesandt hat, um ein Licht in dieser dunklen Welt zu sein. Besonders in diesem dunklen Moment der Geschichte möge Gott euer Trost und euer Licht sein.«

Es war mutig von ihm, den Krieg einen dunklen Moment zu nennen, dachte Emil. Oder war es töricht? Gemäß der Nazipropaganda war es der strahlendste Moment aller Zeiten.

In diesem Moment öffnete sich die hintere Tür. *Wer würde so spät in den Gottesdienst kommen?* fragte sich Emil. Wer immer es war, würde sich wahrscheinlich Mutters missbilligenden hochgezogenen Augenbrauen einfangen. Die kleine Gemeinde bewegte sich unruhig, bevor sie nach Luft schnappte.

Schwarzmäntel!

Die SS hatte es gewagt, in eine heilige Stätte einzudringen – in das Heiligste. Emil drehte rasch den Kopf, um Pastor Kühnhauser anzusehen. Der erbleichte und schluckte leer. Emil nahm an, dass die neuen Gäste seiner Predigt eine leicht andere Note verleihen würden.

Mutter blickte weiter starr geradeaus, die Schultern zurückgedrückt, die Lippen zu einem wütenden Knoten geschürzt.

Sogar das Haus Gottes gehörte jetzt Hitler.

Die ersten Monate des Jahres 1941 krochen mit simpler Routine dahin. Schule, Deutsches Jungvolk; Mutter, die das Beste aus den immer kleiner werdenden Vorräten machte, Vater mit seinen langen Arbeitstagen, Helmut, der das Piano malträtierte. Und Emil, der inzwischen fast dreizehn war, hatte diesen Abfolgen eine neue Routine hinzugefügt: das Abpassen von Katharina Ackermann.

Katharina hatte das gleiche blonde, wellige Haar wie Johann und trug es kürzer als die meisten deutschen Mädchen. Für Emil sah sie aus, als würde sie lieber Hosen tragen, und er war sich sicher, dass sie im Fall der Fälle die meisten Jungs in einem Ringkampf besiegen konnte.

Es war reiner Zufall, dass er früh an einem Februarmorgen aus seinem Schlafzimmerfenster blickte und Katharina sah. Sie schleifte eine Kanne Milch in die Stadt. Offensichtlich war die Kanne voll, denn ihr Körper neigte sich stark zur Seite. Emil nahm an, dass sie sie auf dem Markt verkaufen wollte. Etwas an der Art, wie sie mit gerunzelten Augenbrauen und purer Entschlossenheit im Gesicht ihren Auftrag ausführte, zog ihn so an, dass er sie weiter beobachtete.

Sie war so gar nicht wie Irmgard und Elsbeth. Emil

versuchte, den Unterschied auszumachen. Zum einen schien es Katharina nicht zu kümmern, wie sie aussah. Und zum anderen konnte sich Emil nicht vorstellen, wie Irmgard einer solchen Aufgabe nachging.

Jeden Tag machte sie ihre Tour zum Markt mit der schweren Milchkanne, und jeden Tag schlich sich Emil ans Fenster, um ihr zuzusehen. Als es wärmer wurde, legte sie ihren Wintermantel ab, und ihre Frühlingskleider enthüllten eine weiblichere Figur als Emil erwartet hätte. Sein Herz raste, wenn er sie sah. Was hatten die Mädchen an sich, das so etwas verursachte?

Oder besser: dieses besondere Mädchen?

An einem warmen Maitag passierte Emil ein Ausrutscher. Eigentlich waren die Vögel schuld: Schwalben hatten genau über seinem Schlafzimmerfenster ein Nest im Dach gebaut und machten eine Menge Lärm. Emil beobachtete sie und Katharina gleichzeitig, was seine Reflexe beeinträchtigte. Katharina bemerkte die Vögel auch und sah hoch.

Sie sah ihn und winkte.

Emi fiel zu Boden, als ob ihn ein Geschütz getroffen hätte. Er hasste den Gedanken, dass er dabei erwischt worden war, wie er sie beobachtete. Unbehaglich erinnerte er sich daran, wie wütend Johann damals geworden war, als er dachte, dass Emil sie beim Wäscheaufhängen beobachtete.

Emil hoffte inständig, dass sie ihm nichts erzählen würde.

Trotzdem stahl sich ohne sein Zutun ein Lächeln auf seine Lippen. Sie hatte *gewinkt*.

Am 22. Juni 1941 fiel Deutschland in Russland ein, was im ersten Moment unfassbar schien. Deutschland hatte einen Nichtangriffspakt mit der Sowjetunion unterzeichnet, und dennoch hatten sich vom Nördlichen Polarkreis hinunter bis zum Schwarzen Meer mehr als drei Millionen deutsche Truppen formiert. Es war kein Geheimnis, dass Hitler die Kommunisten hasste, und die Kriegspropaganda deckte Deutschland reichlich mit Angst vor einer möglichen russischen Attacke ein. Unter diesem Blickwinkel leuchtete ein Angriff, der dem zuvorkam, durchaus ein.

Obwohl Russland die größte Luftstreitkraft der Welt besaß, wurde diese durch den Überraschungsangriff der Luftwaffe empfindlich dezimiert. In nur drei Tagen wurden mehr als 2.000 russische Flugzeuge zerstört. Onkel Rudi flog Einsätze dort, und Emil hoffte, dass es ihm gut ging.

Als sie die Nachrichten hörten, sagten Emils Eltern kein Wort. Doch er wusste, was sie dachten: *Sag nichts, wenn Emil in der Nähe ist.*

Ich werde euch nicht melden! hätte Emil am liebsten geschrien. Aber er schwieg. Er durfte nicht dabei erwischt werden, wie er Partei ergriff.

Als nächstes bombardierte Hitler Moskau. Die Nachrichten über die gewaltige Glanzleistung der Luftwaffe drangen durchs Radio, und Emil war hin- und hergerissen. Er liebte die Luftwaffe immer noch.

Seine Eltern machten sich Sorgen. Emil hörte sie sagen, dass viele Deutsche dachten, der Angriff auf Russland sei ein großer Fehler – sogar diejenigen, die der Nationalsozialistischen Partei treu ergeben waren. Es war ein großes Land. Sie würden sicher zurückschlagen. Und außerdem hatte bisher noch keiner die Russen geschlagen.

Was, wenn sie zurückschlugen? Was würde mit ihnen allen passieren?

An einem dieser Tage voller Unsicherheit sprang Emil auf sein Rad und fuhr zu Johanns Bauernhof. Es war hauptsächlich ein Versuch, der Langeweile zu entfliehen, denn manchmal war die Kriegszeit einfach unglaublich öde. Frau Ackermann öffnete die Tür und teilte Emil zu dessen Enttäuschung mit, dass Johann nicht da war.

»Wo ist er?« fragte Emil.

»Bei Moritz.« Frau Ackermann runzelte die Stirn. »Die beiden haben letztens viel Zeit zusammen verbracht. Ich hoffe, dass sie sich nicht in Schwierigkeiten bringen.«

Sie haben viel Zeit zusammen verbracht? Ohne mich? Emil wunderte sich.

Emil drehte sich um, um zu gehen. »Wenn du ihn siehst«, sagte Frau Ackermann, »sag ihm, er soll nach Hause kommen. Er hat Hausarbeit zu erledigen.«

Emil fuhr direkt zu Moritz' Haus. Es war ruhig, kein Anzeichen von Moritz oder Johann im Hof. Er klopfte an die Tür, ohne zu erwarten, dass Moritz' Mutter öffnete, da er wusste, dass sie bei der Arbeit sein würde. Mütter arbeiteten normalerweise nicht außer Haus, aber Moritz' Mutter war Witwe, und damit war es akzeptabel. Als Moritz auch nicht öffnete, drehte Emil den Türknauf und ging hinein.

»Moritz?« rief er leise. Emil betrachtete Moritz' Haus als zweites Zuhause, denn er hatte hier haufenweise Zeit verbracht. Doch niemand hatte das Licht angemacht, als es dämmerte, und die Schatten waren unheimlich.

Es war seltsam, bei jemandem im Haus zu sein, der nicht da war. Emil beschloss, kurz in Moritz' Zimmer nachzusehen, ob er da war, und sonst wieder nach Hause zu gehen.

Leise stieg er die Stufen zu Moritz' Zimmer im Dachboden hinauf und vermied unbewusst diejenigen, von denen er aus Erfahrung wusste, dass sie sein Kommen mit einem lauten Knarren ankündigen würden. Wenn Moritz und Johann etwas im Schilde führten, wollte er nicht, dass sie wussten, dass er da war, bis er gesehen hatte, was es war.

Die Tür war nur einen Spalt weit geöffnet. Durch den Spalt sah Emil, wie seine Freunde sich um das Pult zusammendrängten. Er konnte Stimmen hören, aber nicht von ihnen, sondern aus dem Radio.

Warum hörten sie so Radio? War wieder eine deutsche Stadt bombardiert worden?

Emil trat ein. »Was ist hier los?«

Moritz und Johann zuckten erschreckt zurück. Moritz drehte rasch den Knopf und stellte das Programm ab.

»Emil?« sagte er seltsam steif. »Was machst du hier?«

»Johanns Mutter hat gesagt, dass ihr zusammen seid. Was macht ihr denn?«

»Nichts«, sagte Moritz zu schnell. »Nicht viel.«

»Ihr habt euch etwas im Radio angehört. Warum habt ihr es abgestellt?«

Johann und Moritz warfen sich seltsame Blicke zu. Johann ging zu Moritz' Bett und legte sich hin. Moritz stopfte seine Hände in die Hosentaschen und stand ungeschickt vor dem Pult, als ob dort etwas war, das Emil nicht sehen sollte.

Weshalb Emil es umso mehr sehen wollte. Moritz versteifte sich, als Emil auf ihn zuging. »Emil?«

»Was ist los mit euch Jungs? Ihr führt euch wie Verrückte auf.«

Dann sah er das Radio. So etwas hatte er noch nie gesehen.

»Was ist das?«

Moritz atmete tief ein und sah Johann an. »Wir können es ihm auch einfach erzählen.« Johann nickte.

»Was erzählen?« Emils Verstand raste. Was konnten Moritz und Johann vor ihm versteckt haben? Und die größere Frage war: warum?

»Es ist ein Radio«, sagte Moritz.

»Das sehe ich«, antwortete Emil ungeduldig. Aber es war nicht das übliche Standardradio, das von den Nazis genehmigt war und nur deutsche Nachrichten empfangen konnte.

Moritz fuhr fort. »Es nennt sich Rola. Es hat *Kurzwelle*. Mein Bruder hat es aus Holland mitgebracht.«

»Weiß er, dass du es hast?«

»Nein, ich habe es in seinem Zimmer gefunden. Ich hatte nicht vor...«, stammelte er mit einem Schulterzucken. »Egal, jedenfalls läuft es auf kürzeren Wellenlängen als die deutschen Radios.«

»Was heißt das?«

»Mit Kurzwelle kann man Großbritannien empfangen. Die British Broadcast Corporation sendet Nachrichten auf Deutsch, weil sie wissen, dass es Leute gibt, die zuhören.«

Moment mal, dachte Emil. »Aber das ist illegal.«

»Ja«, rief Johann dazwischen. »Das wissen wir.«

Moritz reichte Emil ein Stück Papier, das in seiner Handschrift beschrieben war. »Sieh dir das an.«

Die Deutschen haben schwere Verluste zu verzeichnen...

»Was ist das?« sagte Emil, während Furcht langsam seine Brust hinaufkroch.

»Wir haben es auf BBC gehört. Ich habe es aufgeschrieben.«

Emil las weiter. »Aber es kann nicht stimmen. Das ist das genaue Gegenteil unserer Kriegsberichterstattung.« Er warf das Papier wieder auf das Pult. »Es muss Propaganda sein.«

»Propaganda? Ich erzähle dir, was Propaganda ist.« Moritz stach mit seinem Finger auf das Papier. »Unsere Truppen marschieren in Russland ein, und die Zahl der getöteten oder gefangenen ‚feindlichen‘ Soldaten ist gemäß unserer Kriegsberichterstattung sagenhaft, aber unsere eigenen Verluste werden mit keinem Wort erwähnt.«

»Hör zu, Emil.« Johann setzte sich auf. »Es ergibt keinen Sinn. Sie haben Waffen. Sie müssen dabei sein, zurückzuschlagen. Die britischen Nachrichten geben auch ihre eigenen Verluste an, nicht nur die des Feindes.«

Emil setzte sich langsam auf den Stuhl, den Johann verlassen hatte. »Warum habt ihr mir nichts davon erzählt?«

»Ehrlich gesagt«, antwortete Moritz. »Wir waren nicht sicher, ob du damit umgehen kannst. Du scheinst sehr, nun ja, auf, ähm, all das, ähm, reingefallen zu sein.«

Weil ich ein besseres Deutschland will? dachte Emil. *Was daran ist falsch?*

»Ich werde euch nicht melden, falls es das ist, was euch Sorgen macht. Ihr seid meine besten Freunde, egal was passiert. Aber seid ihr sicher? Seid ihr wirklich sicher?«

»Du kannst es dir selber anhören, wenn du willst.«

Was, wenn es stimmte? Was, wenn das deutsche Volk auf seinem vom Staat genehmigten Volksradio mit einem Haufen Lügen abgespeist wurde? Fast wollte Emil es gar nicht wissen. Das Leben war schon hart genug.

Emil fühlte sich selbst nicken, aber sein Herz raste. Er wusste, dass es streng verboten war, sich feindliche Nachrichten anzuhören. Als die Einleitungstöne der BBC durch den knackenden Empfang drangen, konnte er es kaum hören, weil das Blut in seinen Ohren pulsierte.

Die BBC-Nachrichten widersprachen allem, was Emil je gehört hatte. Sie brachten Einzelheiten der Kämpfe von beiden Seiten. Die deutschen Nachrichten meldeten, dass die Deutschen leichte Verluste hatten. Die BBC hingegen, dass die deutsche Armee Hunderttausende verloren hatte.

Emil wollte es nicht glauben. »Sie lügen!«

»Wirklich?« forderte Moritz ihn heraus. »Wie kann es immer so gut für Deutschland und so schlecht für alle anderen aussehen?«

»Großbritannien ist unser Feind. Sie wissen, dass ein paar verräterische Deutsche illegal Radio hören. Sie können alles sagen. Das heißt nicht, dass es wahr ist.«

»Aber was, wenn doch?« entgegnete Johann.

»Es kann einfach nicht sein.«

»Warum?« sagte Johann. »Weil du nicht willst, dass es so ist? Reicht dir das?«

»Es kann nicht wahr sein.« Emil bedeckte sein Gesicht mit den Händen. »Wenn es wahr ist, sind wir in riesigen Schwierigkeiten.«

»Emil«, sagte Moritz sanft. »Ich fürchte wir *sind* in Schwierigkeiten.«

Emil stöhnte. »Alles, woran wir geglaubt haben, ist falsch?«

»Es ist nicht das erste Mal, dass du das denkst«, sagte Moritz. »Nicht wahr?«

Nein, war es nicht. Schreckliche kleine Gedanken hatten sich in Emils Verstand geschlichen, obwohl er versucht hatte, sie niederzuschlagen und wegzustoßen. Schreckliche, quälende Gedanken, die immer häufiger und beängstigender wurden, während die Monate vergingen. Schreckliche, heimtückische Gedanken. Zweifel über Hitler und das Reich. Er erinnerte sich, was sie Anne angetan hatten, und Frau Kreutz und Elsbeths Eltern. Er hatte gehofft, wenn er sie lange genug ignorieren würde, würden die furchtbaren kleinen Gedanken vielleicht verschwinden.

»Weiß sonst noch jemand davon?« fragte er. Seine Brust fühlte sich so eng an, dass er kaum atmen konnte.

Die beiden schüttelten den Kopf.

»Gut, das ist gut. Wir können es niemandem erzählen. Sie würden uns festnehmen.«

Johann schlug vor: »Lasst uns im Moment nichts tun.«

Emil und Moritz stimmten rasch zu.

Bald wurde es zu einer Art Sucht für die drei, bei Moritz BBC zu hören. Emils Eltern fragten ihn nie, was er machte. Sie hatten gelernt, seine Aktivitäten mit dem Deutschen Jungvolk nicht in Frage zu stellen, und nahmen an, dass er dorthin ging.

Einmal, nachdem der Zehnuhrbericht geendet worden war,

drehte sich Moritz zu Emil und Johann um. »Wir müssen etwas unternehmen.«

»Was meinst du damit?« fragte Emil.

»Wir müssen die Wahrheit irgendwie unters Volk bringen.«

»Wie?«

»Handzettel. Wir können Handzettel schreiben und sie in die Briefkästen und Telefonzellen stecken. Die Leute müssen die Wahrheit hören.«

»Weißt du, was du da vorschlägst?« erwiderte Johann. »Wir kommen ins Gefängnis, wenn wir erwischt werden.«

»Dann werden wir eben nicht erwischt.«

Beim ersten Mal machten sie nur kleine Karten mit einer einzigen Nachricht. *Tausende von toten deutschen Soldaten in Russland. Wir kämpfen einen unmöglichen Krieg.*

Mit den drei Karten, die er in seine Taschen gestopft hatte, fühlte sich Emil, als würde er wieder diese Granate halten. Er wollte sie von seinem Körper wegwerfen! Zum Glück war es eine mondlose Nacht, und die Verdunklungsvorschriften gaben ihnen gute Deckung. Er schlüpfte in die Eingangshalle eines Wohnblocks und legte seine Karten hin. Als er zu Hause ankam, waren seine Nerven bis zum Zerreißen gespannt. Emil beschloss hier und jetzt, dass er das nie wieder tun würde.

Aber am nächsten Morgen schien alles nicht mehr so schlimm. Ihr Feldzug für die Wahrheit hatte begonnen.

Die vom selben Blut gehören ins selbe Reich. Macht dieses Land wieder deutsch für mich!

Spruchbänder mit solchen Losungen von Adolf Hitler bedeckten jede freie Mauer und jeden Zaun im Zentrum von Passau. Im Sommer, als Emil dreizehn wurde, hatte er viel zu tun mit den Aktivitäten im Deutschen Jungvolk, die die Kriegsanstrengungen unterstützen sollten. Hitler kam bisher mit seinen

Versprechungen durch, dass er den Osten kolonisieren und damit ein größeres Deutschland schaffen würde.

Das hielt die Jungen nicht davon ab, sich in ihrer freien Zeit in Moritz' Zimmer zu treffen, um Handzettel zu schreiben und die Wahrheit zu verbreiten.

»Wo ist Johann?« fragte Emil, als er Moritz bei der nächsten geheimen Schreibsitzung traf.

»Er kommt gleich.« Moritz legte auf seinem Pult Papier und Stifte aus. Wie auf ein Stichwort hörten sie das Knarren der Stufen.

Das hätte ihnen den ersten Hinweis geben sollen – Johann wusste, welche Stufe knarrte, und vermied sie.

Johann hatte seine Schwester mitgebracht! Emils Gesicht spiegelte Moritz' schockierten Gesichtsausdruck wieder.

»Bist du verrückt?« fauchte Emil.

»Entspannt euch«, sagte Johann, während er mit den Armen winkte und selber überhaupt nicht entspannt aussah. »Sie weiß Bescheid.«

»Warum weiß sie davon?« sagte Moritz spitz.

»Sie hat in meinem Zimmer einen Handzettel gefunden. Ich wollte ihn verteilen, aber...«

Katharina stampfte mit dem Fuß auf. »Hört auf über mich zu reden, als ob ich nicht da wäre.«

»Es ist sehr gefährlich«, sagte Emil, ohne sie anzusehen.

»Ich kenne das Risiko«, sagte Katharina. »Ich finde gut, was ihr macht, und ich will helfen.«

»Aber es ist wirklich gefährlich«, sagte Emil wieder. Er wollte nicht, dass ihr etwas zustieß, obwohl er sie nicht *mochte* oder sowas.

»Alles wird gefährlich«, fügte Johann an. »Zugang zur Wahrheit ist jetzt wichtiger als je zuvor.«

»Wie viele von euch schreiben die Handzettel?« fragte Katharina.

»Drei.«

Sie lächelte. »Dann sind es jetzt vier.«

»Na gut, da sie nun mal hier ist«, sagte Moritz mit einem tiefen Seufzer. »Ein weiterer Schreiber wäre hilfreich.«

Dann brach er seinen eigenen Pakt, nicht mit Mädchen zu sprechen, und sagte zu Katharina: »Also gut, aber du musst schwören, *schwören*, dass du alles, was du hier siehst und tust, absolut geheim hältst.«

»Ich schwöre es«, sagte sie.

Ihre kleinen Karten wurden langsam größer, bis es volle Seiten waren, auf denen sie fast komplette Nachrichtensendungen abgeschrieben hatten. Sie hatten keine Schreibmaschine und keine Möglichkeit, Kopien zu machen, aber jeder von ihnen verpflichtete sich, drei von Hand zu schreiben und neue Orte zu finden, um sie einzuwerfen. Es war nicht viel, aber es fühlte sich gut an, das Richtige zu tun, und vielleicht würde etwas Gutes daraus entstehen.

Sie gingen nie zusammen. Jeder machte seine Lieferungen alleine und immer in einem anderen Stadtteil. Sie hatten auch einen Pakt geschlossen. Wenn einer von ihnen erwischt wurde, würde er oder sie (Gott behüte, dachte Emil) die anderen nicht mit hineinziehen. Nach außen sollte es so aussehen, als ob jeder von ihnen allein handelte.

Nach einer Weile verlor Emil sein Angstgefühl. Wer achtete schon auf ein Stück Papier, das einem Jungen aus der Tasche fiel? Aber die Nachricht dieses »Akts des Verrats« hatte sich in der SS verbreitet. Eines Tages, als Emil das Papier aus den Fingern gleiten ließ, fühlte er, wie ihn eine starke Hand an der Schulter packte.

»Halt, Junge!«

Der SS-Offizier hielt etwas in der Hand. Es war sein Handzettel!

Emil schluckte hart und erinnerte sich an das Gelübde, das er seinen Freunden gegeben hatte. Er arbeitete allein.

»Du hast das fallen gelassen«, sagte der Offizier.

»Ja, Herr Offizier.«

»Wir dürfen das Vaterland nicht mit Abfall verdrecken. Sicher haben dir deine Eltern und Lehrer so viel beigebracht.«

Emil konnte sein Glück kaum fassen. Der SS-Offizier faltete das Papier nicht einmal auf, sondern gab es ihm zurück.

»Es tut mir so leid«, stammelte Emil. »Es wird nicht wieder vorkommen.«

»In Ordnung. Heil Hitler!«

»Heil Hitler!«

Das Jahresende von 1941 läutete den Beginn des Zweiten Weltkriegs ein. Japan attackierte Pearl Harbor. Amerika und Großbritannien erklärten Japan den Krieg. Deutschland und Italien erklärten Amerika den Krieg.

Und die Juden, die noch in Deutschland lebten, mussten an ihren Jacken einen großen, gelben, sechszackigen Davidstern tragen.

Emil schlenderte mit klappernden Zähnen und Fingern, die vor Kälte brannten, durch die Straßen von Passau. Er stopfte seine Hände tief in die Taschen, seine Schritte waren kurz und schnell. Nirgends war es warm; sogar die Türme des Doms schienen unwirtlich und nackt.

Sein Verstand führte ihn an all die Orte, zu denen er nicht gehen wollte: zum Krieg, immer zum Krieg, und wie er tief in seinem Innersten inzwischen fürchtete, dass sie ihn nicht gewinnen konnten. Zu Helmut, und wie sehr er seinem kleiner Bruder eine sorgenfreie Kindheit wünschte. Ihnen allen.

So schlimm diese Gedanken auch waren: Alles war besser, als an den rohen, schmerzenden, stechenden Hunger zu denken, der an ihm nagte.

»Emil!«

Er drehte sich um und sah Katharina auf sich zu rennen, bis sie ihn eingeholt hatte.

»Hallo«, sagte er. Er fühlte sich seltsam unbehaglich. Er war noch nie mit Katharina allein gewesen, sie waren sonst immer in der Gruppe zusammen.

Katharina vergrub ihre rote Nase in ihrem Schal. Ihr Haar war jetzt länger, die Zöpfe standen unter ihrer Wollmütze heraus. Sie hatte graue Halbmonde unter den Augen und eingesunkene Wangen – Zeichen dafür, dass auch sie über längere Zeit zu wenig gegessen hatte – und ihr Gesicht war leuchtend rot vor Kälte. Trotz alldem fand er sie immer noch hübsch.

Sie schien es nicht eilig zu haben, ihn zu verlassen. »Mutter schickt mich, um Mehl für Brot zu kaufen. Glaubst du, dass auf dem Markt noch welches zu haben ist?«

»Ich weiß nicht. Kann nicht schaden, es zu versuchen, denke ich.«

»Es ist kalt«, hielt Katharina das Offensichtliche fest. »Uns wäre wärmer, wenn wir laufen. Wie wär's mit einem Rennen?«

Alles war besser als eine peinliche Unterhaltung.

»Klar, bis wohin?«

»Von hier bis zum Ende der Straße.«

»In Ordnung.«

Sie nahmen die Startposition ein. Emil beschloss, sie zu schonen und dafür zu sorgen, dass er sie nicht um Längen schlug. Ihnen war beiden kalt, und sie waren hungrig; er wollte dem nicht noch Demütigung hinzufügen.

»Achtung«, sagte sie, »fertig, los!«

Er hätte sich nicht darum sorgen müssen, dass er sie demütigen würde. Ihre Beine bewegten sich wie die Kolben einer Maschine, und es war Emil, der Gefahr lief, um Längen geschlagen zu werden. Er strengte sich noch mehr an, und sein Herz klopfte wild als Resultat der plötzlichen Anstrengung –

und wegen der Gefahr, dass er gegen ein Mädchen verlieren könnte.

Emil schaffte es, knapp die Führung zu behalten. Er wusste nicht, ob sie ihn hatte gewinnen lassen, und er wollte es auch nicht wissen. Sie plumpsten auf eine Bank in der Nähe, und Katharina begann zu lachen.

»Warum – lachst – du?« prustete er.

»Weil es Spaß gemacht hat, Emil«, sagte sie zwischen zwei Atemzügen. »Es ist eine Weile her, dass ich welchen hatte.« Sie lächelte ihn an, und Emil spürte, wie sich im Gegenzug ein großes, dämliches Grinsen auf seinem Gesicht ausbreitete.

Plötzlich wollte er noch etwas länger mit ihr zusammen sein. »Ich gehe mit dir zum Markt«, sagte er.

»Klar.«

Sie betraten das Geschäft, und wie erwartet waren die Regale leer. Das Ladeninnere sah aus wie das Gesicht eines Riesen, der sich alle Zähne ausgeschlagen hatte. Emil fragte sich, warum es trotzdem geöffnet hatte. Wann immer eine Lieferung irgendeiner Art einging, verbreitete sich die Nachricht wie ein Lauffeuer, und innerhalb kürzester Zeit formte sich eine lange Schlange von Menschen, die darauf erpicht waren, alles zu kaufen, was sie in die Finger kriegen konnten.

»Tut mir leid, Katharina.«

»Ich weiß.«

Auf der anderen Straßenseite entdeckten sie Heinz. Er hatte den Arm um ein Mädchen gelegt, das sich schäkernd und kichernd an seinen Körper presste, um sich warm zu halten.

»Elsbeth wird ja so eifersüchtig sein«, sagte Katharina. »Sie ist sehr in ihn verknallt.«

Emil konnte den Blick nicht von den beiden abwenden. Wie würde es sich anfühlen, den Arm um ein Mädchen zu legen? Er stellte sich vor, wie er seinen Arm um Katharina legte. Sie würde sich weich, warm und wohlig anfühlen. Emil fürchtete, dass in seinem Gesicht seltsame Dinge vorgingen, denn plötzlich sprach ihn Katharina an: »Geht es dir gut, Emil?«

Er täusche ein Husten vor. »Ähm, ja, alles in Ordnung. Nur das übliche. Hungrig und kalt.«

Sie starrte ihn an. »Ja«, sagte sie, »das übliche.« Dann nahm sie seine Hand und rieb sie, und ein seltsames, aber angenehm schwebendes Gefühl stieg in ihm auf.

Emil konnte sich erinnern, wie es war, als er nur in der letzten halben Stunde vor dem Abendessen an Hunger dachte. Damals wurde jedes Gefühl von Dringlichkeit rasch mit einer Mahlzeit aus Schweinebraten und Kartoffeln befriedigt.

Solche Mahlzeiten waren jetzt etwas aus einem anderen Zeitalter, wie aus einem Traum. Es hieß, es würde schlimmer werden, bevor es besser werden würde. Aber Emil konnte sich nicht vorstellen, was schlimmer sein konnte als dieser unaufhörliche, bohrende, dumpfe Schmerz, der tief in seinem Magen saß. Dabei waren sie noch nicht am Verhungern – sie hatten immer noch Kartoffeln. Aber wenn Mutter sie zum Abendessen rief und Emil zu Tisch rannte, brauchte es nur drei oder vier Bissen, um das wütende, knurrende Biest in seinem Magen zu beruhigen, und schon fingen die Kartoffeln an, wie Staub zu schmecken.

Es hieß, der Mensch lebe nicht von Brot allein. Emil hätte den Spruch gern um Kartoffeln erweitert.

Es war nach so einer Mahlzeit aus Kartoffeln, mit einer Beilage aus Kartoffeln und einer Nachspeise aus Kartoffeln, als Mutter und Vater ihnen die Neuigkeiten mitteilten. Schlechte Neuigkeiten.

»Jungs«, fing Mutter an, »ich muss arbeiten gehen.«

»Wie meinst du das?« fragte Emil.

»Sie meint weg von Zuhause«, antwortete Vater.

Weg von Zuhause? Das war schwer zu verstehen.

»Wie du, Vater?« Helmuts Gesicht verzog sich ratlos. »Ich dachte, dass nur Väter arbeiten gehen und Mütter zuhause bleiben.«

»Die Zeiten haben sich geändert, Sohn. Der Krieg ändert alles.«

»Was wirst du machen?« fragte Emil seine Mutter.

»Ich werde in der Kleiderfabrik arbeiten.«

»Mit Vater? Dann ist es nicht so schlimm. Auch wenn du Helmut und mich nicht mehr so viel sehen wirst, hast du doch Vater.« Emil wollte sie aufmuntern. Sie war so traurig. »Wir kommen schon klar. Ich verspreche es. Wir werden aufeinander aufpassen.«

Mutter lächelte, und Emil dachte, dass er das Wunder vollbracht hätte. Dann sah er, wie eine große, glitzernde Träne ihr Gesicht hinunterrollte. Sie und Vater sahen sich an, und Vater ergriff ihre Hand.

»Was habt ihr? Ist noch etwas anderes?« fragte Emil.

»Ja, Sohn«, sagte Vater. »Jungs, ich werde nicht mit eurer Mutter arbeiten. Ich wurde zum Dienst einberufen. Ich gehe nach Berlin.«

»Du wurdest eingezogen!« Emil erinnerte sich an die Diskussion von Mutter und Frau Schwarz im Garten, in der sie sich Sorgen wegen der Einberufung gemacht hatten. Obwohl Emil damals beunruhigt gewesen war, hatte er nicht wirklich geglaubt, dass es passieren würde. Nicht ihrer Familie. Nicht Vater. Seine Brust wurde eng, und er seufzte schwer.

»Du und Mutter, beide weg!« rief Helmut. »Das ist nicht fair!«

»Wie lange wirst du weg sein, Mutter?« fragte Emil. Er ballte seine Fäuste unter dem Tisch und versuchte mit aller Kraft, seine Wut zu beherrschen.

»Oh, ich gehe nicht von zuhause weg, ich werde nur in der

Fabrik arbeiten. Aber ich werde oft dort sein. Ich werde nicht mehr so viel Zeit für euch haben, Jungs.«

Helmut sah aus, als ob er gleich weinen würde.

Mutter begann am nächsten Tag zu arbeiten. Vorbei die Tage, als die deutsche Frau zuhause blieb, um sich um das Haus und die Familie zu kümmern. Oh, der Platz einer Frau war immer noch zuhause, wurde ihnen gesagt, aber da ganz Deutschland ihr Heim war, mussten sie dienen, wo immer sie konnten.

Vater verließ sie kurze Zeit später. Mutter und Helmut schluchzten, aber Emil war fest entschlossen, stark zu bleiben. Er würde der Hausherr sein, solange Vater weg war.

»Bitte Peter, komm zurück zu uns«, flehte Mutter. Eine Horde Familien war am Bahnhof, um sich von ihren Ehemännern, Vätern, Brüdern und erwachsenen Söhnen zu verabschieden. Sie füllten die Züge, einige in freudiger Erwartung, andere mit viel Widerwillen und Kummer. Wie Vater.

Der Zug kroch aus dem Bahnhof, und Emil, seine Mutter und sein Bruder standen da und winkten, bis sie Vaters Gesicht nicht mehr ausmachen konnten.

Auf dem Weg nach Hause kamen sie an einer Beerdigungsprozession vorbei. Ein weiterer Soldat, der in Ausübung seiner Pflicht umgekommen war.

Ein schrecklicher Gedanke überkam Emil: *hatte er seinen Vater gerade zum letzten Mal lebend gesehen?*

KAPITEL 18

Emil hörte den Namen Helmut Hübener zum ersten Mal Anfang Februar, kurz nach dessen Verhaftung.

Früher am Tag war Emil an einem Mann vorbei gegangen, der eine Zeitung in einen Abfalleimer geworfen hatte. Emil blieb stehen und nahm sie heraus. Die Schlagzeile lautete:

MITGLIED DER HITLER-JUGEND SCHULDIG DES VERRATS

Helmuth Hübener aus Hamburg, ein siebzehnjähriges Mitglied der Hitler-Jugend, wurde wegen Verrats festgenommen. Er und drei andere wurden dabei erwischt – ein faustgroßer Kloß formte sich in Emils Hals, und er schluckte hart – *wie sie sich verbotene Nachrichtensendungen anhörten und Lügen über das Reich vervielfältigten und in Umlauf brachten.*

Emil stopfte die Zeitung in seine Jacke und rannte den ganzen Weg zum Ackermannschen Bauernhof. Johann und Moritz waren dort.

»Wir leben in der südwestlichen Ecke Deutschlands und sie ganz im Norden«, sagte Moritz aufgeregt. »Und sie tun dasselbe wie wir!«

»Aber sie wurden erwischt«, sagte Emil.

»Ja, aber es beweist, dass wir nicht allein sind«, entgegnete er.

»Falls es nicht purer Zufall ist, bedeutet es, dass es noch andere gibt, die sich ausländische Nachrichten anhören und es wagen, sie zu verbreiten.«

»Sie waren älter als wir«, sagte Johann.

»Na und?« entgegnete Moritz.

»Ich weiß nicht.« Johann zuckte mit den Achseln. »Ich frage mich, wie sie erwischt wurden. Was wird wohl jetzt mit ihnen passieren?«

Sie verfolgten die Geschichte und den Prozess der vier Jungen in Hamburg mit großem Interesse. Die Jungen wurden bekannt als die Hübener-Gruppe. Sie wurden an den gefürchteten Volksgerichtshof in Berlin verlegt, um auf ihr Urteil zu warten. Die Neuigkeiten über die Inhaftierung dämpften Emil und seine Gruppe nicht – tatsächlich hatten sie den gegenteiligen Effekt. Das Wissen, dass sie auf ihrer Mission nicht allein waren, trieb sie an. Anstatt auszusteigen, zogen sie jede Nacht los und lieferten noch mehr Handzettel aus.

Die Treffen auf Moritz' Dachboden mussten an einen anderen Ort verlegt werden, als seine Mutter krank wurde und ihre Stelle aufgeben musste. Sie beschlossen, sich auf dem Dachboden der Scheune des Ackermannschen Bauernhofs zu treffen. Herr Ackermann war oft mit dem Orchester unterwegs, und die Scheune war leer, da Achermanns Hilfskraft in Russland kämpfte. Zum Glück war der Frühling dieses Jahr früh gekommen – so hatten sie es auf dem zugigen Dachboden warm genug.

»Fällt es nur mir auf«, sagte Moritz, »oder sehen wir alle ein bisschen...ähm...dünn aus?«

»Du nennst mich dünn, Junge?« witzelte Johann. Die drei Jungen waren auf dem Dachboden, und Johann ließ sich glucksend ins Heu fallen. »Ich habe nie im Leben besser ausgesehen!«

Sie lachten, aber sie kannten die Wahrheit. Emil erinnerte sich an die Zeit, als Moritz ein bisschen stämmig war. Jetzt waren sie alle beängstigend mager und hielten ihre abgetragenen Hosen mit Gurten oder Seilen oben.

»Ich habe Jägers Sohn gesehen«, begann Johann.

»Albert«, warf Emil ein.

»Ja, Albert. Im Urlaub, zurück aus Berlin. Er sieht gut aus. Fast dick.«

»Ich habe ihn auch gesehen«, sagte Emil und legte sich neben Johann auf den Rücken. Er legte die Arme über den Kopf, und seine spitzen Ellbogen staken heraus wie Pfeile. Moritz tat es ihm gleich.

»Ich habe mich so an die bleichen Gesichter gewöhnt, dass es richtig komisch war, jemanden mit roten Backen zu sehen«, meinte Johann.

Emil drehte sich zu ihm um und bemerkte die dunklen Kreise um seine Augen.

»Die Truppen bekommen Vitamine. Das habe ich zumindest gehört«, brachte Moritz ein.

»Kartoffeln haben Vitamine«, entgegnete Emil. »Wenn man die Haut dranlässt. Mutter lässt jetzt immer die Haut dran.«

»Lecker!« schnaubte Johann.

»Ich glaube, meine Haare fallen aus«, stellte Moritz fest.

»Meine Zähne auf jeden Fall«, behauptete Johann. »Es fühlt sich an, als ob sie schmelzen würden, wie Zuckerwürfel in einem Glas Wasser.«

»Was meinst du, wie lange Albert in der Stadt sein wird?« fragte Emil. »Wenn er auch nur ein bisschen wie sein Vater ist, sind wir in Schwierigkeiten.«

Schweigen.

Dann Angst.

War es möglich, dass man sie auf dem Dachboden hören konnte? Waren sie wirklich sicher? Ließ Jäger sie von jemandem bewachen? Von Albert?

»Wisst ihr was? In der Zukunft werden die Zahnärzte die Zähne durch die Nase rausziehen müssen«, sagte Johann.

»Was?«

»Warum?«

»Weil sich niemand mehr traut, den Mund aufzumachen.«

Noch mehr Schweigen.

»Versteht ihr?« Er setzte sich auf und starrte Emil und Moritz an. »Das war ein Witz!«

Sie lachten, erst aus Nervosität, dann, weil es wirklich lustig war. Ihr Lachen war ansteckend.

»Aber wir sollten uns wirklich vor Albert in Acht nehmen«, ermahnte Emil. »Ich glaube, er ist ein Wiesel.«

»Wir sollten uns vor jedem in Acht nehmen«, sagte Moritz.

»Ich bin einfach froh, dass wir nicht alt genug sind, um zu kämpfen«, ergänzte Johann. »Und zwar nicht, weil ich Angst habe.«

»Ich habe Angst«, sagte Emil.

»Ich auch«, stimmte Moritz zu.

»Na gut, ich habe auch ein bisschen Angst. Aber wir sollten hier sicher sein. Passau bedeutet den Briten und Amerikanern gar nichts.«

»Du hast wahrscheinlich recht, Johann«, sagte Moritz. »Wir müssen es einfach aussitzen.«

»Mit Kartoffelschalen zum Abendessen.«

»Pst!« flüsterte Emil.

Moritz versteifte sich. »Was?«

»Ich habe etwas gehört.«

Stille. Dann Heu, das unter Schritten knirschte. Sie atmeten kaum. Die Leiter zum Dachboden schwankte.

»Jungs?«

»Katharina!« stammelten sie einstimmig.

»Du hast uns zu Tode erschreckt!« sagte Johann.

»Das ist jetzt unwichtig.« Sie kletterte hinauf und setzte sich zu ihnen. »Ich habe schlechte Neuigkeiten.«

»Was?«

»Lübeck ist bombardiert worden.«

»Das ist schrecklich«, sagte Emil.

»Die Stadt brennt nieder«, berichtete sie. »Die Royal Air Force betrachtet das als ihren ersten großen Sieg.«

»Es braucht nicht viel, um Lübeck abzubrennen«, sagte Johann. »Der mittelalterliche Stadtteil ist aus Holz.«

»Trotzdem: Es ist der Beweis, dass kein Ort sicher ist«, sagte Moritz. »Es spielt keine Rolle, dass wir nicht alt genug für die Einberufung sind. Sie bombardieren Städte, wie sie es gesagt haben. Wir sind zuhause genauso verwundbar wie jeder Soldat an der Front.«

AM NÄCHSTEN TAG lag ein Brief aus dem Hauptquartier der Hitler-Jugend im Briefkasten. Er war an Emil adressiert.

»Was wollen sie?« fragte Mutter.

»Sie wollen, dass ich am Segelfluglager teilnehme! Das Segelfluglager, Mutter!« Flugzeuge fliegen! Bald würde sein Lebenstraum beginnen. Er verdrängte den Gedanken, dass diese Gelegenheit von einer Quelle kam, die er inzwischen ablehnte.

»Aber Emil, du bist erst dreizehn.« Sie teilte seine Begeisterung nicht.

»Ich bin fast vierzehn, Mutter, und ich werde endlich fliegen können!«

»Emil, wenn du zum Fliegen bestimmt wärst, wärst du mit Flügeln geboren worden. Kann ich den Brief mal sehen?«

Das Lager lag in der bayrischen Rhön.

»Was ist mit der Schule?« fragte Mutter.

»Das Segelfluglager ist nur am Wochenende.«

»Du verpasst die Samstagslektionen.«

»Ich werde hart arbeiten.«

Emil wollte sie mit dieser Diskussion in gute Laune versetzen. Es war ja nicht so, also ob sie in dieser Sache wirklich etwas zu sagen hatte.

Das Segelfluglager war Emils offizieller Eintritt in die Hitler-Jugend, und er fühlte sich gut dabei, die Kinderversion hinter sich zu lassen. Er atmete leichter und empfand so etwas wie Freude. Alle Kinder im Segelfluglager waren mit Leidenschaft bei der Sache, wenn es ums Fliegen ging, und Emils eigene Begeisterung für Flugzeuge war eine blendende Tarnung für die geheime Abscheu gegenüber dem Naziregime, die langsam und schleichend in ihm gewachsen war. Im Segelfluglager konnte er alles andere für eine Weile vergessen.

Der Schulgleiter 38, oder SG 38, hatte einen offenen Rumpf aus Holz, der auf einem hölzernen Gestell befestigt war. Die mit Draht verstärkten Flügel spreizten sich beidseitig vom Rumpf, und kleine Metallkufen schützten die Flügelspitzen, wenn sie den Boden berührten, was vorkam.

Aber sie lernten das Fliegen nicht von heute auf morgen.

Tatsächlich verbrachte jeder Schüler viele Stunden damit, anderen beim Fliegen zu helfen, bevor er an die Reihe kam.

Gustav war sechzehn und nahm seit über einem Jahr am Lager teil. Er brauchte noch mehr Flugzeit, um eine Bescheinigung für die nächste Stufe zu erhalten.

Achtzehn Jungen warteten auf der Hügelkuppe und beobachteten Gustav, wie er seinen Helm festschnallte und sich in das offene Cockpit faltete.

Er tippte sich an den Helm als Zeichen, dass er bereit war, und der Rest der Jungen ergriff das dicke Gummiband, das wie eine gigantische Schleuder aussah.

Jemand schrie: »Ziehen!«

Emil kniff sein Gesicht vor Anstrengung zusammen, während er mit all seiner Kraft zog und seine Fersen in den Boden grub.

»Loslassen!«

Gustav wurde in die Luft katapultiert. Er zog den Hebel zurück und stieg immer höher.

»Wunderbar!« schrie Emil mit den anderen. Wunderbar.

Es war ein kurzer Flug. Gustav segelte sicher zu Boden, und die Jungen rannten den Hügel hinunter, um ihn abzuholen. Es war die Aufgabe der Neuen, die SG 38 zurück den Hügel hinauf zu ziehen, aber das machte Emil nichts aus.

Während sechs glorreicher Wochenenden nahm Emil den Zug ins Segelfluglager. Wenn sie kein älteres Kind in die Luft schossen, katapultierten sie einander knapp über Bodenhöhe, damit sie lernen konnten, den Segler zu balancieren. Sie mussten die Flügel vom Boden fernhalten können, bevor sie die Erlaubnis erhielten, in die Luft zu gehen. Es war nicht so schwierig, dachte Emil, ganz ähnlich wie Fahrradfahren. Nach einigen Versuchen berührte er kaum einmal den Boden.

Im April begann Emils Hitler-Jugend-Einheit mit dem Training an der Flugabwehrkanone, kurz Flak. Emil würde lernen, wie man Flugzeuge vom Himmel schoss – richtige Flugzeuge, geflogen von richtigen Piloten. Rolf, Friedrich, Otto, Hans, Wolfgang, Moritz, Johann und Emil trafen sich alle mit Heinz, der natürlich an der Steuerung saß. Es fühlte sich seltsam an, dass Katharina nicht dabei war, dachte Emil. Sie war in ihrer Einheit des Bunds Deutscher Mädel, und sie hasste es. Aber wenn es etwas gab, in dem Emil mit dem Nationalsozialismus übereinstimmte, war es der Grundsatz, dass Frauen keine Waffen tragen sollten. Obwohl Katharina irgendwie einer der Jungs war, war sie immer noch ein Mädchen. Ein Teil von Emil wollte sie beschützen.

Da es ein besonderer Ausbildungsanlass war, schloss sich ihnen eine Einheit von der anderen Seite der Stadt an. Die Inbrunst, die ihr Leiter an den Tag legte, konnte sich durchaus mit der von Heinz messen.

An diesem Tag machten sie die Bekanntschaft von SS-Offizier Heimlich.

Er trug eine elegant aussehende graue Uniform der Waffen-SS mit einer Reihe Medaillen und Abzeichen, die ordentlich über der rechten Brusttasche festgesteckt waren, und einem Panzerjägerabzeichen, das auf seinen rechten Oberarm aufgenäht war. Das bedeutete, dass er mindestens einen feindlichen Panzer mit einer Handgranate zerstört hatte.

Selbst Heinz schien eingeschüchtert zu sein.

SS-Offizier Heimlich führte sie in die leichten und mittleren Modelle der Fliegerabwehrkanonen ein. Während man für eine mittlere Flak ein großes Team brauchte, konnte die leichte Flak von einer Person bedient werden.

»Diese leichte Flak ist ausgerüstet mit einem 12,7 mm Flugabwehrmaschinengewehr und 20 mm Feldkanonen«, erklärte er. Er zeigte auf Heinz, der sich in den tief am Boden liegenden Sitz positionierte und seine langen Beine vor sich ausstreckte. Seine linke Hand lag an einem Hebel, während seine rechte Hand einen Griff hielt, der an etwas festgemacht war, das wie ein großer Steuerknüppel aussah. Ein schmaler Kanonenschacht, höher als ein Mann, zeigte in den Himmel.

»Diese Geschütze sind leicht«, sagte SS-Offizier Heimlich. Seine Worte waren knapp und betont, als wären es selbst Geschosse. »Sie können schnell aufgebaut werden, sind schnellfeuernd und ziemlich erfolgreich gegen Fluggeräte, die in niedriger Höhe fliegen. Ein fähiger Flakkämpfer liefert den nötigen

Schutz für Bahnlinien, Brücken, Städte und Küstenstreifen«, sagte er, während sein Mund eine grimmige Linie formte.

»Da sich in Passau drei Flüsse vereinen und die Stadt viele Brücken hat, wird dies für uns sehr wichtig sein.«

Ernst und prüfend sah er die Jungen an. »Jetzt seid ihr an der Reihe.« Er nickte Heinz zu, der auf Rolf zeigte.

Rolf ging steif und hoch aufgerichtet zur Flakkanone und setzte sich in den Sitz, wie Heinz es vorgemacht hatte. Tatsächlich, dachte Emil, sah Rolf jeden Tag mehr wie sein Bruder aus: größer, stärker und arroganter.

SS-Offizier Heimlich zeigte ihm, wo er seine Hände platzieren und wie er schießen musste. Plötzlich löst sich ein Kanonenschuss, schoss in die Höhe und explodierte!

Emil zuckte überrascht zurück, und Rolfs schockiertes Gesicht sah so besorgt aus, wie sie sich alle fühlten. *War Rolf in Schwierigkeiten?*

SS-Offizier Heimlichs ernstes Gesicht verzog sich zu einem leichten Grinsen.

»Gut gemacht«, sagte er. »Der Nächste.«

Einer nach dem anderen schossen sie Flakgeschosse in den Himmel.

Emil beobachtete nervös, wie Johann den Hebel umlegte, während sein kräftiger Arm sich vor Anstrengung wölbte. Dann Moritz. Seine Augen folgten dem orangenen Streifen, der sich scheinbar endlos hinzog, aber er schien von seinem Erfolg nicht sonderlich beeindruckt.

Friedrich kam an die Reihe und führte sich auf wie eine Bulldogge, die man gerade von der Leine gelassen hatte.

»Runter mit euch, ihr dreckigen alliierten Hunde!« schrie er. Das schien SS-Offizier Heimlich besonders zu gefallen.

Als Emil an die Reihe kam, trat er mit geheucheltem Selbstvertrauen vor und setzte sich wie die Jungen vor ihm in den Sitz. Das Geschütz war schwerer, als es bei den anderen Jungs gewirkt hatte. Die Nase der Kanone zeigte steil hinauf, und Emil bewegte ihr Gewicht und zielte auf einen imaginären Feind. Er drehte den Griff mit seiner rechten Hand und drückte auf den Knopf, um das Feuer auszulösen.

Die Kraft der Explosion schoss in den Himmel und zurück durch seinen Körper. Eines Tages würden sie von ihm verlangen, dass er einen Alliierten vom Himmel schoss. Konnte er das tun? Wenn er schon nicht an diesen Krieg glaubte, würde er trotzdem kämpfen? Wie konnte er nicht? Emil spürte, wie sich ein Kloß in seinem Hals bildete.

SS-Offizier Heimlich nickte anerkennend und rief den nächsten Jungen auf. Emil kehrte an seinen Platz in der Reihe zurück.

Natürlich konnten sie diesen Tag nicht beenden, ohne öffentlich ihren vereinten Stolz und ihre Bedeutung zu demonstrieren. Beide Einheiten der Hitler-Jugend marschierten im Gleichschritt durch Passaus Innenstadt, den rechten Arm steif und gerade nach vorn gestreckt, im Gänsemarsch und perfekt abgestimmt. Die Menge blieb stehen, um sie zu beobachten und zu bewundern. »Heil Hitler!« riefen sie. »Heil Hitler!« jubelten die Jungs im Gegenzug.

KAPITEL 19

Die Armee positionierte mehrere Flakstationen an den Außenbezirken Passaus in der Nähe der Flüsse. Emil konnte sein Pech nicht fassen, als Heinz ihn anwies, eine davon mit Friedrich zu bedienen. In acht Stunden allein mit ihm würde Friedrichs Ego ihn mit Sicherheit verrückt machen.

»Wir haben unheimliches Glück, dass wir am Leben und alt genug sind, um in der deutschen Armee zu kämpfen«, sagte Friedrich, während er an einer Zigarette zog. »Wir sind zwar noch keine Soldaten, aber verdammt, wir könnten ein Flugzeug vom Himmel schießen. Stell dir das mal vor!«

Emil wusste seit ihrer Zeit auf dem Spielplatz, dass Friedrich es liebte, Dinge zu zerstören. Oder zu werfen. Solange das Ding etwas kaputtmachte, selbst kaputt ging oder einen unbeteiligten Zuschauer verletzte, war Friedrich glücklich. Er machte seiner Mutter viel Ärger, wenn er seine Spielzeuge kaputtmachte oder Kinder auf dem Spielplatz verprügelte. Es ging soweit, dass ihre Ankunft auf dem Kinderspielplatz einen Massenexodus hervorrief, Emil und seine Mutter eingeschlossen. Die Scham auf dem Gesicht von Friedrichs Mutter war nicht zu übersehen, aber Friedrich fand es lustig.

Ein Flakgerät musste für ihn das Beste aus zwei Welten verbinden, dachte Emil. Kanonen werfen und die Alliierten treffen.

»Ich wünschte, ich könnte eine Flak in Berlin bedienen«, sagte Friedrich nach einem bedrohlich langen Moment peinlichen Schweigens. »Dann würde ich etwas erleben!«

Emil hob die Augenbrauen, was Friedrich dazu ermutigte, weiterzufahren.

»Kannst du dir vorstellen, so ein Schwein von der Royal Air Force abzuschießen?« Er richtete die Nase der Flak auf einen imaginären Flieger, und machte *ra-ta-ta-ta*-Geräusche.

»Nach Passau wird keiner kommen«, sagte Emil, während er ein Gähnen unterdrückte. »Wir sind im langweiligsten Teil Deutschlands.«

»Da hast du recht, Kamerad.« Friedrich schritt einen kleinen Kreis ab. Er fischte eine neue Zigarette aus seinem Päckchen und zündete sie an. Es war seine siebte in dieser Schicht, und sie waren erst seit zwei Stunden hier. Kein Wunder, dass Friedrich so kribbelig war. »Bald werden wir zum Kämpfen einberufen, und dann fängt der Spaß an.«

»Warum bist du so wild aufs Kämpfen?« fragte Emil. »Hast du Todessehnsüchte?«

»Ich will kämpfen, Emil, weil ich mein Land liebe.« Friedrich sagte das, als ob er mit einem Kind reden würde. »Der Führer hat einen Traum von einer großartigen und ruhmreichen Nation, frei von Gesindel. Rein und stark. Das ist auch mein Traum. Und wenn du etwas unbedingt willst, musst du Manns genug sein, um dafür zu kämpfen.«

Emil bewegte sich unbehaglich in seinem Sitz, ohne zu antworten.

Nach einer Weile fragte er: »Bist du nicht hungrig, Friedrich?« *Nur wegen des Krieges? Ist das die versprochene Größe?*

»Natürlich. Was denkst du, warum ich so viel rauche? Es hilft, den Schmerz zu dämpfen, und es löst meine Gedanken vom hier und jetzt, damit ich mich auf die kommende Größe konzentrieren kann. Du solltest es versuchen, Emil. Willst du eine?«

Es war verführerisch. Emils Bauch schmerzte, aber er stellte sich vor, wie er einen Zug nahm und dann mit einem Hustenanfall auf dem Boden kollabierte. Friedrich würde es lieben und es allen erzählen – natürlich entsprechend ausgeschmückt.

»Danke, aber ich verzichte«, lehnte Emil ab.

»In Ordnung.« Friedrich ließ das Päckchen zurück in seine Tasche gleiten.

Emil versuchte, an andere Dinge als an seinen Hunger zu denken, um die Zeit herumzubringen und Friedrich auszublenden. Was gab es neben dem Krieg? Da war ihre geheime Mission. Und die Tatsache, dass sein Vater in Berlin war und sie seit Wochen nichts von ihm gehört hatten. Es gab nicht viel, worüber er nachsinnen konnte, das keine solche Angst in ihm auslöste.

Außer Katharina. Er dachte viel an sie. Sie wusste es nicht, aber sie verbrachten oft Zeit miteinander.

Mit der Dämmerung endete Emils Schicht, und er konnte endlich Friedrich und dessen Ego entfliehen. Er fuhr mit dem Rad an die Bushaltestelle, um Mutter zu treffen, wenn sie mit der Arbeit fertig war. Die Straßenlampen waren wegen der Verdunklung ausgeschaltet, und Emil wollte nicht, dass sie allein im Dunkeln nach Hause laufen musste.

»Hallo Sohn«, sagte sie, als er abgestiegen war. Ihre Schultern hingen hinunter, und sie seufzte vor Erschöpfung. Emil schob sein Rad schweigend neben ihr her. All die Dinge, über die sie nie sprachen – Vater in Berlin und ob er noch lebte, oder wie dünn sie alle waren, besonders Helmut, der nicht zu wachsen schien – hingen zwischen ihnen in der Luft.

Helmut wartete auf sie, als sie zuhause ankamen. Mutter

umarmte ihn und bat ihn, vorsichtig zu sein. Dann stieg sie schweren Schrittes die Treppe hinauf.

Helmut machte die kleine Taschenlampe in seiner Hand an. Emil gab ihm sein Fahrrad, da Helmut keines hatte, damit er seine Pflicht für das Vaterland tun konnte. Es war Helmuts Aufgabe, sicherzustellen, dass die Verdunklungspflicht erfüllt wurde, und Zuwiderhandelnde zu melden.

Da das Fahrrad zu groß für ihn war, stand er beim Fahren und fuhr nun los in die Dunkelheit. So ein mutiger kleiner Junge, dachte Emil.

EMIL KAM LANGSAM zu dem Schluss, dass schlimme Dinge immer auf einmal auftraten. Eine Reihe alltäglicher Ereignisse – Schule, Hitler-Jugend, Kirche, Flakdienst – wurde zwingend von einer Reihe Katastrophen abgelöst. Die Monotonie und Eintönigkeit reichte gerade aus, um einen einzuschläfern und einige dazu zu verführen, unachtsam zu werden.

Dieses Mal war es Herr Schwarz. Eines Morgens wachte Emil früh auf, weil Fäuste an die Nachbarstür hämmerten. Er spähte aus seinem Fenster und schrie kurz auf. Die Gestapo.

»Mutter!« schrie Emil. Er rannte die Treppe hinunter ans Küchenfenster, wo man bessere Sicht hatte.

»Emil! Was ist los?«

»Es gibt Ärger bei den Schwarzes!«

Ihre Köpfe schlugen aneinander, während sie versuchten, etwas zu sehen. Vor die Tür treten würden sie auf keinen Fall – das würde nur zu mehr Festnahmen führen, und ins Gefängnis zu gehen stand nicht auf Emils Liste.

Frau Schwarz war außer sich. Sie weinte und klammerte sich an das Hemd ihres Mannes, was mit dem harten Hieb eines Schlagstocks gemaßregelt wurde. Frau Schwarz wimmerte vor

Schmerzen und hielt sich das Handgelenk, während sie zusah, wie Herr Schwarz abgeführt wurde.

In jedem Fenster zur Straße waren die Vorhänge an einer Seite aufgezogen, und neugierige Gesichter spähten dahinter hervor. Frau Schwarz rannte zurück in die Wohnung.

»Ich gehe zu ihr«, sagte Mutter. Sie machte ihren Morgenmantel zu und schlüpfte durch die Hintertür.

Später erzählte sie Emil die Geschichte: Herr Schwarz hatte einen Witz gemacht. Das war nicht verwunderlich – er lachte gern und fand, Lachen sei die beste Medizin für ein sorgenvolles Herz. Er hatte etwas wenig Schmeichelhaftes über den Führer zu einem Mitarbeiter gesagt, der ihn prompt meldete.

»Margarita hat ihm gesagt, dass er lügen soll«, berichtete Mutter. »Es gab keine Zeugen. Herr Schwarz hat aber nicht gesagt, ob er es tun wird. Margarita ist nicht sicher, ob er die Wahrheit leugnen wird, um sich zu retten.«

Mutter hatte Emil und Helmut immer gesagt, dass Lügen Sünde sei. Aber was die Gestapo tat, war eine größere Sünde. Herr Schwarz verdiente es nicht, dafür ins Gefängnis gesteckt zu werden. Was würde jetzt mit Frau Schwarz und Karl passieren?

Emil wusste nicht, ob Herr Schwarz gelogen hatte oder nicht, aber sie schickten ihn nicht ins Gefängnis. Sie schickten ihn nach Frankreich. Nicht, um wie Vater eine Büroarbeit zu übernehmen: Herr Schwarz wurde an die Front gesandt.

DEUTSCHLAND VERWANDTE NUN all seine Anstrengungen auf den Krieg, und Emils Tage im Segelfluglager fanden ein abruptes Ende. Fast hätte er geweint. Er war nicht zum Fliegen gekommen.

Zwei Tage später bombardierten die Alliierten Essen. Nicht einmal die sorgfältig kontrollierte deutsche Presse konnte diesen Vorfall herunterspielen. Johann, Moritz, Emil und Katharina redeten von nichts anderem, und als George Orwell mit seiner tiefen, rauen Nachrichtensprecherstimme sich im BBC an die Bürgerinnen und Bürger Großbritanniens wandte und der Text danach ins Deutsche übersetzt gesendet wurde, saßen Moritz, Johann, Katharina und Emil vor dem Radio.

»An zwei Tagen dieser Woche wurden auf Deutschland zwei Luftangriffe verübt, deren Ausmaß weit größer ist als alles, was man bisher in der Weltgeschichte gesehen hat. In der Nacht des 30. Mai haben mehr als tausend Flugzeuge Köln angegriffen ...«

»Oh mein Gott«, stieß Katharina aus.

»...im Herbst und Winter 1940 hat Großbritannien unter einer langen Serie von Angriffen gelitten, die zu dieser Zeit beispiellos waren. In London, Coventry, Bristol und vielen anderen englischen Städten wurden ungeheure Verwüstungen angerichtet.«

»Ich wusste, dass wir dafür bezahlen würden«, flüsterte Moritz.

»Die großen Bomber, die jetzt von der Royal Air Force verwendet werden, tragen eine weit größere Ladung Bomben als alles, was vor zwei Jahren möglich war. Insgesamt wurden sowohl über Köln als auch über Essen dreimal so viele Bomben abgeworfen, wie die Deutschen jemals in einem ihrer schlimmsten Angriffe auf Großbritannien abgeworfen haben.«

Emil saß da wie vom Donner gerührt. Wie jeder in Deutschland hatten sie die Propagandafotos der Zerstörung gesehen, die der Blitz in London angerichtet hatte. Emil konnte sich nicht vorstellen, wie Köln jetzt aussehen musste.

Orwell fuhr fort: *»... Dazu sollte vermerkt werden, dass diese Tausend-Flugzeuge-Angriffe allein mit Flugzeugen der Royal Air Force ausgeführt wurden, die in Großbritannien gebaut wurden. Später in diesem Jahr, wenn die amerikanische Luftwaffe uns zur Hand geht, sollte es möglich sein, Angriffe mit 2.000 Flugzeugen auf einmal zu fliegen. Eine deutsche Stadt* *nach der anderen wird dann auf diese Weise angegriffen werden.«*

»Eine Stadt nach der anderen?« fragte Emil entsetzt. »Ist das möglich?«

Der Schock in den weit geöffneten Augen von Moritz, Johann und Katharina spiegelte seine Angst wieder. Die Nachrichten waren zu Ende, und eine trübe Stille füllte den Raum.

KAPITEL 20

Am **27**. Oktober 1942 wurde Helmuth Hübener, der junge Naziwiderständler aus Hamburg, exekutiert. Moritz, Johann, Katharina und Emil waren in der Scheune und reichten wieder eine Zeitung herum, die Emil hatte mitgehen lassen.

»Sie haben ihm den Kopf abgeschlagen!« rief Katharina aus.

»Ich kann es nicht glauben«, sagte Johann. »Gefängnis ja, aber Tod?«

»Sie waren noch Kinder«, fügte Katharina hinzu, »nicht viel älter als wir.«

»Vielleicht sollten wir eine Pause machen«, sagte Emil. »Ihr wisst schon, für eine Weile.«'

»Nein!« Moritz war unerbittlich. »Jetzt ist der Zeitpunkt, um Gas zu geben, nicht um zu bremsen.« Er ging auf dem Dachboden auf und ab und schlug sich an der schrägen Decke fast den Kopf. »Seht ihr es nicht? Die Leute hören hin. Vielleicht tun sie so, als ob sie nicht einverstanden wären, aber je mehr die Leute darüber reden, desto eher werden sie die Wahrheit erkennen!«

Emil saß gegenüber von Katharina. Er konnte den Gedanken nicht ertragen, dass ihr etwas Schlimmes passieren könnte. »Ich weiß, was du meinst, aber wollen wir wirklich Gefängnis riskie-

ren?« *Oder Schlimmeres?* »Ich habe Geschichten gehört. Das Gefängnis ist kein Kinderspielplatz.«

»Ich habe keine Angst vor dem Gefängnis oder dem Tod«, hielt Moritz ruhig fest. »Alle großen Revolutionäre haben der Gefahr des Todes ins Auge gesehen. Die Menschen verdienen es, die Wahrheit zu erfahren.«

Sie schwiegen eine Weile.

»Hört mal«, sagte Moritz, »wenn einer von euch gehen will, ist er frei zu gehen. Aber ich bin immer noch dabei.«

»Ich auch«, sagte Katharina. Für Johann und Emil besiegelte das die Sache. Sie würden auf keinen Fall zulassen, dass sie das allein auf sich nahm.

»Ich auch.«

»Und ich.«

Eines Tages, als Emil von der Schule nach Hause kam, holte er die Post aus dem Briefkasten. Darin lag ein gefaltetes Stück Papier mit einer kleinen Rose, die in eine Ecke gezeichnet war.

Er begann zu lesen, hielt dann inne, faltete es und steckte es in seine Tasche. Nach einem kurzen Blick auf den Inhalt wusste er, dass er das im Schutz seines eigenen Zimmers lesen musste.

Dann rannte Emil zu Moritz.

»Was ist los?« Moritz sah die Aufregung in Emils Gesicht. Emil brachte ihn mit einem Blick zum Schweigen und gestikulierte ihn zur Scheune hinter dem Haus. Niemand durfte hören, was Emil zu erzählen hatte.

»Sieh dir das an«, sagte Emil. »Es war in unserem Briefkasten. Von einer Gruppe, die sich *Die Weiße Rose* nennt.«

Er las laut vor: *Aufruf an alle Deutschen!*

Der Krieg geht seinem sicheren Ende entgegen. Wie im Jahre 1918 versucht die deutsche Regierung alle Aufmerksamkeit auf die wachsende U-Boot-Gefahr zu lenken, während im Osten die

Armeen unaufhörlich zurückströmen, im Westen die Invasion erwartet wird. Die Rüstung Amerikas hat ihren Höhepunkt noch nicht erreicht, aber heute schon übertrifft sie alles in der Geschichte seither Dagewesene. Mit mathematischer Sicherheit führt Hitler das deutsche Volk in den Abgrund. Hitler kann den Krieg nicht gewinnen, nur noch verlängern! *Seine und seiner Helfer Schuld hat jedes Maß unendlich überschritten. Die gerechte Strafe rückt näher und näher!*

Moritz griff nach dem Papier in Emils Hand. »Das war in eurem Briefkasten?«

»Ja.«

Emil betrachtete Moritz' Gesicht – er wusste, was dieser gerade las: *Was aber tut das deutsche Volk? Es sieht nicht, und es hört nicht. Blindlings folgt es seinen Verführern ins Verderben. Sieg um jeden Preis, haben sie auf ihre Fahne geschrieben. Ich kämpfe bis zum letzten Mann, sagt Hitler – indes ist der Krieg bereits verloren.*

»Mensch!« sagte Moritz.

»Glaubst du, sie wissen von uns? Glaubst du, es ist eine Falle?« Plötzlich kamen Emil jeder knackende Zweig und jeder Windstoß verdächtig vor. Er blickte nervös um sich und war sicher, dass man ihm gefolgt war.

»Nein, ich glaube nicht, dass es seine Falle ist. Ich glaube, es ist Zufall. Jemand anders verteilt stichprobenartig Handzettel, und zufällig haben sie euer Haus ausgewählt.«

»Das ist großartig, Emil!« Moritz führte einen kleinen Freudentanz auf. »Ich liebe es. Wir sind nicht allein. Die Weiße Rose - was für ein großartiger Name. Wir sollten uns auch einen Namen geben.«

»Dieser Zettel ist nicht handgeschrieben oder mit Durchschlägen getippt«, stellte Emil fest. »Er ist vervielfältigt worden. Jemand hat eine Vervielfältigungsmaschine.«

»In Passau?«

»Eher nicht. In einer größeren Stadt wie Nürnberg oder München.«

Es spielte keine Rolle. Sie fühlten sich einfach großartig, weil sie Teil von etwas Größerem waren.

»Wir müssen heute Nacht wieder losziehen. Ich habe Handzettel von den Nachrichten von gestern Abend geschrieben.«

»Vielleicht sollten wir warten«, sagte Emil. »Die Gestapo wird in Alarmbereitschaft sein.«

»Aber mein Handzettel wird die Botschaft der Weißen Rose untermauern. Wir müssen die Stadt mit einem Blitzkrieg der Wahrheit überziehen. Vielleicht bleibt etwas hängen.«

»Ich nehme es an«, sagte Emil, der noch nicht überzeugt war.

DIE VIER TRAFEN sich in der Scheune, und die Bedeutung ihrer Mission spiegelte sich in ihren ernsten Gesichtern wieder. Sie kritzelten Kopien der Nachrichtennotizen, bis sich ihre Finger verkrampften. Jeder hatte zehn Kopien, mehr als sie je zuvor geschrieben und verteilt hatten.

Sie entschieden sich, sich wieder aufzuteilen. Jeder sollte einen anderen Stadtbezirk abdecken, und anschließend würden sie sich im Park des Stephansdoms treffen.

Eine schreckliche Vorahnung braute sich in Emil zusammen, und er fürchtete, dass sich sein Magen erneut zusammenzog. Er schlüpfte in einen Wohnblock und ließ sechs Handzettel fallen. Er dachte darüber nach, alle dort zu lassen – das wäre der einfachste, aber auch der feigste Weg. Ihre Botschaft musste sich in der ganzen Stadt verbreiten.

Eine Anzeigetafel in einem Gemeinschaftsbereich zog Emils Aufmerksamkeit auf sich. Sie war mit Ankündigungen von Nazi- und Stadtanlässen vollgepflastert. Er »lieh« sich eine Reißzwecke der Nachricht einer Nazikundgebung und befestigte den Hand-

zettel am Brett, während er zusah, wie das Propagandablatt der Nazis in der Abendbrise davonflatterte.

Emil zwang sich, mit den drei restlichen Zetteln in Richtung Stadtzentrum zu bummeln, wobei ihm der Stephansdom als Wegweiser diente. Der Bahnhof war ein natürlicher Treffpunkt. Er sah mehrere »Schwarzmäntel«, SS-Offiziere, die gewichtig durch die Stadt stolzierten. Beruhige dich, sprach Emil sich gut zu. Benimm dich natürlich. Wenn er schuldbewusst aussah, würden sie ihn sich mit Sicherheit greifen.

Es waren zu viele. Irgendetwas war im Gange. Emil saß auf einer Bank und beobachtete, wie all die Leute vorbeihasteten, die den nächsten Zug erwischen wollten. Er legte die drei Handzettel unter seinen Hintern und wartete fünf Minuten. Dann lief er davon, ohne zurückzublicken.

Was für eine Erleichterung, die belastenden Zettel los zu sein! Emil wäre am liebsten zum Stephansdom gerannt, aber er tat es nicht, um keine Aufmerksamkeit auf sich zu ziehen.

Zum Glück waren Johann und Katharina schon da.

»Kommt es nur mir so vor, oder ist hier mehr los als sonst?« fragte Emil.

»Ich weiß es nicht«, antwortete Johann kopfschüttelnd. »Ich glaube schon.«

»Ich bin einfach froh, dass es geschafft ist«, sagte Katharina. »Moritz müsste bald hier sein.«

Dann sahen sie ihn. Sein ungeschickter Gang war unverkennbar. Moritz rannte, zwei Gestapo-Offiziere mit angelegten Waffen im Schlepptau. Er hatte keine Chance, ihnen zu entkommen.

»Halt!«

Moritz blieb stehen. Er drehte sich um und sah den Offizieren ins Gesicht. Johann, Katharina und Emil duckten sich hinter der Statue von Maximilian Joseph. Emil begann entsetzlich zu zittern. Moritz war erwischt worden! Würde er sie auch verraten?

»Du hast das fallen gelassen!« rief einer der Offiziere.

»Nein«, sagte Moritz und schüttelte den Kopf. »Das ist nicht meiner.«

Der zweite Offizier trat vor und schlug Moritz ins Gesicht. Emil zuckte zusammen. Blut tropfte von Moritz' Lippe.

»Lüg nicht! Bist du ein Mitglied der Weißen Rose?«

»Bin ich nicht.«

»Trotzdem verteilst du verräterisches Material.«

»Das tue ich.«

Emil traute seinen Ohren nicht. Moritz gestand gerade ein Verbrechen, auf das die Todesstrafe stand.

»Wo sind deine Komplizen?«

»Ich habe keine. Ich arbeite allein.«

»Lügner!« Der zweite Offizier schlug ihn erneut. Moritz' Hand ging zu seinem Gesicht. Er spuckte Blut.

»Ihr seid die Lügner!« schrie Moritz. »Und Hitler ist der größte Lügner von allen.«

Hatte Moritz den Verstand verloren?

Eine Menschenmenge hatte sich versammelt, aber seltsamerweise stieß sie zurück wie Wasser von einem Tropfen Öl.

»Du wagst es, mit solcher Unverfrorenheit vom Führer zu sprechen?« sagte der erste Offizier.

Moritz sagte nichts.

»Die anderen«, schrie der zweite Offizier, »wo sind sie?«

»Es gibt keine anderen«, sagte Moritz. Emil rechnete ihm hoch an, dass er sie nicht verriet, aber er hatte große Angst. Sie konnten ihn zum Sprechen bringen.

Moritz blinzelte rasch. In Gedanken sah Emil, wie er sich umdrehte und mit einem seiner kurzen Finger in ihre Richtung zeigte.

Dann bewies Moritz ihm das Gegenteil.

»Ihr Nazischweine!« schrie Moritz. »Hitler ist völlig irre. Nieder mit Hitler!« Er spie dem Offizier ins Gesicht.

Daraufhin hob der Offizier seine Waffe. Ein einzelner Schuss. Ein roter Punkt auf seiner Stirn, und Moritz sackte auf dem Boden zusammen.

»Moritz!« rief Katharina. Johann presste seine Hand auf ihren Mund und zog sie außer Sicht.

Emil starrte in Schocklähmung auf die Szene.

Moritz hatte dafür gesorgt, dass er niemals reden und seine Freunde verraten würde. Er war gestorben, um sie zu retten.

KAPITEL 21

Die Gesichter schneeweiß vor Angst und Ungläubigkeit, saßen sie zusammengekauert auf den untersten Stufen der Statue. Sie blieben still, aber Emil nahm die erhöhte Bewegung um sie herum wahr. Leute versammelten sich, um zu sehen, was passiert war.

»Wir können nicht hier bleiben«, flüsterte Emil. »Wir sehen verdächtig aus.«

»Wir brauchen ein Alibi«, sagte Johann. »Wer ist bei dir zuhause, Emil?«

»Nur Helmut, wenn er nicht draußen herumrennt. Mutter ist auf Arbeit.«

»Wird er für uns bürgen?«

Johann fragte, ob Helmut für sie lügen würde. Vor einem Jahr hätte Emil sofort ja gesagt, aber jetzt? Er wusste es wirklich nicht. Sie redeten kaum miteinander, und Helmut hatte Angst vor ihm – genau wie seine Eltern.

»Ich weiß es nicht.«

»Johann.« Katharina griff nach dem Arm ihres Bruders. »Wir müssen uns trennen und unter die Leute mischen. Leute, die uns kennen, werden uns sehen. Dann sind wir wie alle anderen einfach Zeugen.«

Emil nickte. »Das ist eine gute Idee.«

»Gut«, beschloss Johann. »Katharina, wir bleiben zusammen, Emil, du bist auf dich gestellt. Wir haben uns heute Abend nicht gesehen.«

Emil nickte, kroch durch die Büsche in die entgegengesetzte Richtung und mischte sich unter die Menge der Gaffer. Eine unsichtbare Barriere hielt die Leute ein paar Meter vom Schauplatz fern.

Jedes Molekül in Emils Körper wollte flüchten. Er hielt sich den Mut vor Augen, den er eben in Moritz beobachtet hatte, und drängte sich durch die beobachtende Masse nach vorne. Er stellte sich auf die Zehenspitzen und konnte die Polizisten sehen, die sich um Moritz' Leiche scharten, die wie ein Haufen dreckige Wäsche verkrumpelt am Boden lag. Emil wünschte, er hätte nicht hingesehen, aber seine morbide Neugier ließ ihn weiter hinstarren.

»Ist der Junge nicht ein Freund von dir?«

Emil erstarrte. Es war Albert Jäger.

»Nein«, sagte Emil zu seiner eigenen Überraschung.

»Ich dachte, ich hätte euch zusammen gesehen.«

»Das war nicht ich.« Emil biss sich auf die Unterlippe. Er fühlte drohende Tränen aufsteigen und war froh, dass es dunkel wurde.

Emil stellte sicher, dass er von mehreren Leuten gesehen wurde, die ihn kannten. Sie würden sein Alibi sein. Schon wieder fragte einer, ob er nicht ein Freund dieses Jungen war. Nein, sagte Emil und fühlte sich wie Petrus, der geleugnet hatte, Jesus zu kennen.

Ein Polizeiwagen fuhr heran und hielt an. Sie warfen Moritz in den hinteren Teil. Eine abgrundtiefe Trauer drohte Emil zu überwältigen. Er trauerte um Moritz, trauerte um dessen Mutter und was ihr das antun würde, trauerte um den guten Freund, den er verloren hatte. Als er nach Hause kam, stellte er dankbar fest, dass Helmut und Mutter weg waren. Er warf sich auf sein Bett und weinte.

AM NÄCHSTEN MORGEN traf die Polizei beim Radleschen Heim ein. Sie wurde angeführt vom schleimigen Albert Jäger, der ihnen den Weg zeigte.

Helmut und Emil spähten um die Ecke, als Mutter die Tür öffnete. Drei Uniformierte drängten sich ohne Begrüßung oder Erklärung in die Küche.

»Was wollen Sie?« fragte Mutter alarmiert. Die Polizei sagte nichts und ging systematisch durch jeden Raum des Hauses, öffnete und durchsuchte Schränke und Kommoden. Ein Offizier blieb in der Küche, einer ging ins Wohnzimmer, und der andere eilte nach oben zu den Schlafzimmern.

»Offizier Jäger? Bitte...«, sagte Mutter.

Albert Jäger hob eine Augenbraue und schwieg. Sein selbstgerechter Ausdruck sagte alles. *Ich muss deine Fragen nicht beantworten.*

Der Offizier in der Küche fuhr mit seinem behandschuhten Finger an einem Regal des Besenschranks entlang. Er hielt inne, betrachtete den Staub auf seinem Finger und wandte den Blick zu Mutter.

»Ich, ähm, arbeite in der Fabrik...«, stammelte Mutter.

Wut und Entrüstung kochten in Emil hoch, als er die offenkundige Geringschätzung ihres Zuhauses und all ihrer Sachen mitansehen musste.

Der Offizier, der nach oben gegangen war, kam zurück und informierte seine Kollegen mit einem leichten Kopfschütteln. Natürlich hatte er nichts gefunden. Alle Beweise waren in Moritz' Haus.

»Frau Radle?«

»Ja?«

»Ich muss Ihnen mitteilen, dass Ihr Sohn Emil Radle zu einem Verhör abgeholt wird.«

Helmut sah Emil an und schluckte.

»Weswegen?« fragte Mutter.

»Bekanntlich ist Ihr Sohn der Freund eines Jungen, der in illegale Aktivitäten verwickelt war, und alle seine Kollegen werden verhört.«

Emil trat vor. »Es ist in Ordnung, Mutter. Ich werde gehen.«

»Aber Emil...« Ihre Hand zitterte, als sie nach ihm griff.

»Ich muss meine Pflicht gegenüber dem Führer erfüllen!« Emil salutierte vor dem Polizeioffizier. »Offizier Jäger.« Sogar in seinen Ohren redete er viel zu laut. »Gehen Sie voraus.«

DER VERHÖRRAUM WAR KLEIN und hatte einen Holzboden und zwei langgezogene Fenster, durch die man auf den öden, grauen Himmel hinausblickte.

Ermittler Schmidt saß auf einem großen Stuhl auf der einen Seite eines metallenen Schreibtischs, während Emil ihm gegenüber saß, die Füße flach auf dem Boden. Ermittler Schmidt zündete sich eine Zigarette an und blies den Rauch in Emils Richtung, während er Emil nicht aus den Augen ließ.

»Du bist Emil Radle, wohnhaft in der Rosenstraße 45?«

»Ja.«

»Vierzehn Jahre alt?«

»Ja.«

»Deine Mutter arbeitet seit September in der Kleiderfabrik, und dein Bruder ist Mitglied des Deutschen Jungvolks.«

»Ja.«

»Dein Vater?«

»Er ist in Berlin.«

Ermittler Schmidt lehnte sich nach vorne und schob den Haufen Papier auf seinem Schreibtisch zusammen.

»Aha. Du warst ein Freund des Verräters, den man gestern Abend auf der Straße erschossen hat?«

»Wir kannten uns.«

»Ihr kanntet euch? Deine Nachbarn sagen, dass sie dich oft mit ihm gesehen haben.«

»Wir waren in derselben Einheit der Hitler-Jugend. Und wir waren in derselben Schulklasse. Es ist klar, dass man uns zusammen gesehen hat.«

»Warst du bei ihm zuhause?«

»Manchmal, wenn meine Pflichten in der Hitler-Jugend es erforderten.«

»Ich verstehe. Warst du je Zeuge der verräterischen Aktivitäten des Verstorbenen?«

»Nein.«

»Bist du dir bewusst, dass die besagten Handzettel unter Kriegsrecht fallen?«

»Ich habe nie darüber nachgedacht.«

»Weißt du, welche Strafe auf Hochverrat und Unterstützung des Feindes steht?«

Emil antwortete nicht. Ermittler Schmidt blies mehr Rauch in sein Gesicht. »Gefängnisstrafe oder Tod.«

Emil schwieg weiter.

»Hat er dir nie von den Handzetteln erzählt?«

»Nein.«

»Kennst du die Geschwister Johann und Katharina Ackermann?«

»Ja.«

»Wart ihr gestern Abend zusammen?«

Hatte sie jemand zusammen gesehen? Sie hatten vereinbart zu sagen, dass sie sich nicht gesehen hatten.

»Nein.«

»Sie waren dort.«

»Gestern Abend waren viele Leute dort. Ich war neugierig,

was die Polizei dort machte, wie jeder andere auch. Ich habe mich nicht umgesehen, falls sie also dort waren, habe ich sie nicht gesehen.«

»Ich verstehe«, sagte er. »Aber ihr seid gute Freunde?«

»Nein.«

»Bist du sicher?«

Waren Johann und Katharina schon verhört worden? Emil hatte Angst, dass ihre Antworten nicht übereinstimmen würden.

»Johann und ich gehen in die gleiche Einheit der Hitler-Jugend, wie Moritz. Katharina kenne ich nur als seine Schwester.«

»Dann hast du also überhaupt keine guten Freunde?«

»Mein einziger guter Freund ist der Führer. Ich habe kein Bedürfnis nach anderen engen Beziehungen, es sei denn, sie dienen dem Wohle Deutschlands.«

Seine Lügenkarriere, dachte Emil, stand auf einer soliden Grundlage.

Und Emil schien ganz gut darin zu sein. Ermittler Schmidt lächelte, drückte seine Zigarette aus und kam um seinen Schreibtisch herum auf ihn zu.

Er streckte die Hand aus, und Emil schüttelte sie.

»Sehr gut, Emil Radle«, sagte er. »Es freut mich, dass du ein pflichtbewusster Bürger bist. Du kannst gehen.«

»Ich danke Ihnen.« Emil stand auf und ging zur Tür.

»Herr Radle«, rief Ermittler Schmidt.

Emil drehte sich um. »Ja?«

»Wir werden Sie beobachten.«

MORITZ STARB AN EINEM FREITAG. Am Samstag wurde Emil verhört, am Sonntag ging er mit Mutter und Helmut in die Kirche, und am Montag hieß es zurück in die Schule. Aber nichts war wie sonst.

Von Ermittler Schmidt war Emil von jedem Verdacht auf ein Fehlverhalten freigesprochen worden. Im Klassenzimmer galt das nicht. Johann und Emil waren schuldig, weil sie mit Moritz zusammen gewesen waren.

»Verräter!« zischte Friedrich, als Emil an ihm vorbei zu seinem Stuhl lief.

Emil versuchte, den leeren Platz rechts von sich zu ignorieren. Als Emil auf Johanns blonden Hinterkopf starrte, konnte er spüren, dass alle Augen auf sie gerichtet waren. Sie waren Freunde von Moritz gewesen, und er hatte das Vaterland verraten.

Als Herr Bauer das Zimmer betrat, stand die Klasse rasch auf und salutierte. »Heil Hitler!« Mit mehr Inbrunst als je zuvor.

Nach dem Rascheln von fünfundzwanzig, nein, vierundzwanzig Schülern, die sich wieder auf ihre Plätze setzten, füllte eine unangenehme Stille das Klassenzimmer. Herr Bauer durchschritt den vorderen Teil des Zimmers und schlug mit dem Lineal leicht auf seine Handfläche.

»Ich gehe davon aus, dass jeder von den abscheulichen Ereignissen weiß, die in unserer ruhigen Stadt vorgefallen sind«, begann Herr Bauer. »Der Feind ist schnell und betrügerisch genug, sich als hingebungsvolles Mitglied der Hitler-Jugend zu tarnen.« Er hielt inne und blickte scharf zu Emil und Johann. »Und in meinem Klassenzimmer zu sitzen.«

Die Klasse schien den Atem anzuhalten. Alle warteten auf die Maßregelung, die kommen würde.

Herr Bauer schritt ihre Reihe hinunter und blieb neben Emils Pult stehen, während er mit seinem Lineal darauf tippte. *Tap, tap, tap.*

»Emil«, sagte er. »Wie ich gehört habe, hattest du eine Unterredung mit unserem guten Ermittler Schmidt.«

Wollte er eine Antwort? Das war weithin bekannt.

»Und du auch, Johann.«

Johann antwortete. »Ja.«

»Ihr Jungs haltet euch für schlau!« Herr Bauer knallte sein Lineal auf Johanns Pult. »Aber ihr könnt euch sicher sein: Ab jetzt haben die Wände Augen!«

Er drehte sich rasch herum und marschierte zurück vor die Klasse. »Ein Verräter in meinem Klassenzimmer!« schrie er. »Eine Schmach und eine Schande!«

Wie Hitler senkte er nach dem Geschrei seine Stimme zu einem Flüstern. »Ich habe kürzlich erfahren, dass der Verräter, dessen Name wir jetzt nicht mehr aussprechen dürfen, jüdisches Blut hatte. Das war ein gut bewahrtes Geheimnis, und es erklärt, warum er plötzlich verrückt wurde.«

Emil wusste mit Sicherheit, dass Moritz kein bisschen jüdisch war. Herr Bauer hatte sich das ausgedacht.

»Ein verräterisches Schwein! Man hätte ihn am Hals aufhängen sollen, damit alle es sehen können, auch wenn er schon tot war!«

Johanns Nacken rötete sich, und er bewegte sich auf seinem Stuhl. Emil hatte ein ungutes Gefühl.

Johann platzte heraus: »Er ist...«

Plötzlich war Emil auf den Beinen und unterbrach ihn: »... unserer Zeit und Aufmerksamkeit nicht würdig! Er war ein Schwein und ein Verräter an unserem großen Führer und Vaterland, eine Bedrohung für unsere Gesellschaft und unsere guten deutschen Mitbürger, ein Hindernis auf unserem Weg nach mehr Lebensraum!« Emil fühlte sich, als hätte er eine außerkörperliche Erfahrung. Er setzte sich wieder, aber nicht bevor er die Wut in Johanns Augen gesehen hatte.

Herr Bauer konnte seine Überraschung über diesen Ausbruch nicht verhehlen.

»Danke Emil«, sagte er. Seine Lippen krümmten sich zu einem schiefen Grinsen. »Gut gesagt.«

Er kehrte zu seinem Pult zurück. Leider hinderte ihn die

aktuelle Aufregung nicht daran, ihnen eine Mathematiklektion zu geben.

Er las laut vor: »Eine geistig behinderte Person kostet die Öffentlichkeit vier Reichsmark pro Tag, ein Krüppel fünfeinhalb und ein verurteilter Krimineller achteinhalb Reichsmark. Vorsichtige Schätzungen gehen davon aus, dass innerhalb des Deutschen Reichs dreihunderttausend Personen in Anstalten für Geisteskranke versorgt werden.

Wie viele Heiratsdarlehen zu tausend Reichsmark pro Paar könnten aus den Geldmitteln finanziert werden, die für diese Institutionen aufgewendet werden?«

EMIL HOLTE Johann auf dem Weg durch das Feld ein, das Johann als Abkürzung von der Schule nach Hause benutzte.

»Johann, warte auf mich!«

Johann drehte sich um und stürzte sich auf ihn. Sie landeten mit einem Bums auf der Erde, alle Luft wurde aus Emils Lungen gepresst.

»Du Verräter!« spie Johann.

»Das bin ich nicht«, röchelte Emil. Sie rollten sich im Dreck, Staub füllte ihre Augen. Johanns knochige Ellbogen bohrten sich in Emils Rippen. »Geh von mir runter.«

»Ich weiß nicht, auf welcher Seite du stehst, Emil.«

»Ich bin auf deiner Seite«, sagte Emil atemlos. Johann war größer und schwerer, aber auch Emil war kräftig. Er stieß Johann zurück. Sie rollten sich auf die andere Seite; abgebrochene Grashalme schnitten in Emils Haut.

»Du spielst auf beiden Seiten.«

»Was glaubst du, was mit dir passiert, wenn du Moritz verteidigst?«

Sie rollten wieder herum, und Emil fand sich mit dem Gesicht nach unten, Johann auf seinem Rücken.

»Johann, ich musste...«

Johann drückte Emils Gesicht in den Boden. Etwas Warmes lief an seinem Gesicht herunter.

»Au, meine Nase blutet!«

Johann rollte von Emil herunter und auf seinen Rücken. Sein Atem kam in schweren Stößen. »Er war unser Freund.«

»Er tat, was er tat, um uns zu retten«, sagte Emil schwer atmend. »Ich tat, was ich tat, um dich zu retten.«

Sie lagen auf dem Rücken und starrten in den hellen, blauen Himmel. Ein Habicht kreiste über ihnen, dann stieß er im Sturzflug in das Feld. Sie hörten das Kreischen eines kleinen Tieres, eines Kaninchens oder einer Ratte, das sich jetzt im Todesgriff der Vogelklauen befand. Eine kühle Brise strich über ihre Haut und trocknete ihren Schweiß. Es schien ein ganz normaler, ruhiger Herbsttag im Jahr 1942 zu sein. Keine Anzeichen des Krieges, der über Europa hinwegrollte.

»Es tut mir leid, Emil«, sagte Johann. »Ich vermisse ihn einfach so sehr.«

»Ich auch, Johann.«

Johann stand als erster auf und streckte seine Hand aus. Emil nahm sie.

»Wieder Freunde?« sagte er.

Emil nickte. »Immer noch Freunde.«

KAPITEL 22

»Heinz wurde einberufen!« Emil schnappte nach Luft, nachdem er mit diesen Neuigkeiten zum Ackermannschen Bauernhof gerannt war.

»Was?« fragte Johann, obwohl er Emil deutlich gehört hatte. »Oh, Mann. Es fängt an.« Er ließ sich auf einen kühlen Küchenstuhl fallen und fuhr sich mit der Hand durchs Haar.

Katharina betrat die kleine Küche und lehnte sich an den Türrahmen. »Was ist los?«

»Es ist wegen Heinz«, sagte Emil. »Er wurde einberufen.«

»Oh.«

»Seine Eltern geben ein großes Fest.« Emil schluckte und fügte hinzu. »Irmgard hat mich dazu eingeladen.«

Katharina blickte ihn hart an. »Gehst du hin?«

Emil blickte zurück. »Ich glaube, ich habe keine Wahl.«

»Hast du auch nicht, Emil«, sagte Johann. »Du solltest eigentlich gar nicht hier sein. Es ist nicht gut, wenn die Leute uns zusammen sehen, so kurz nachdem....«

»Ich weiß. Ich musste euch einfach das mit Heinz erzählen.« Und, dachte Emil bei sich, er vermisste seine Freunde. Er vermisste Katharina.

Emil ging, bevor sie anfangen konnten, über andere Neuigkeiten zu sprechen – wie die Tatsache, dass die deutsche Armee Stalingrad angegriffen hatte und die Stadt nun besetzte. Viele Deutsche wussten nicht, ob sie sich freuen oder trauern sollten. Hatte Deutschland nicht einen Nichtangriffspakt mit Stalin unterzeichnet? War Polen nicht ein gemeinsam errungener Sieg? Sicher würden die Russen die Invasion nicht einfach hinnehmen. Die russische Armee war bekannt für ihre Brutalität. Die Leute hatten Angst. Emil hatte Angst.

HERR UND FRAU SCHULTZ gaben das Fest bei sich zuhause. Die Schultzes sahen aus wie eine Familie aus dem Film: Mutter und Vater, Heinz, Rolf und Irmgard, alle groß, blond, blauäugig und gutaussehend.

Frau Schultz war die perfekte Gastgeberin. Sie lächelte warmherzig, als die Gäste ankamen, nahm ihre Jacken und hängte sie an die Garderobe. Aus irgendeinem Grund musste Frau Schultz nicht wie Emils Mutter außer Haus arbeiten. Und sie trug ein hübsches, fast neues Kleid. Vielleicht, weil Herr Schultz ein Kommandant der Nazipartei war. Es gab Gerüchte, dass er tatsächlich an Treffen mit dem Führer höchstpersönlich teilnahm.

»Wie unser großer Führer gesagt hat«, sagte Herr Schultz laut zu seinen Gästen, »sobald wir die Herrscher in Europa sind, werden wir die dominierende Position in der Welt innehaben!«

Während Emil früher Angst gehabt hatte, Deutschland könnte den Krieg nicht gewinnen, fürchtete er inzwischen, dass ein Sieg doch noch wahr werden könnte. Kürzlich hatte Herr Bauer damit geprahlt, dass die Deutschen jetzt eine Landmasse kontrollierten, die größer war als Amerika, und dass Großdeutschland jetzt dichter bevölkert und wirtschaftlich produktiver war als irgendein anderer Ort der Welt. Die neuste Karte Deutschlands zeigte, wie sich das Land von Westen nach Ost von

Frankreich bis ans Schwarze Meer ausdehnte und von Norwegen im Norden den ganzen Weg in den Süden bis zur Sahara in Afrika. Das hieß, dass Deutschland fast ein Drittel Europas besetzte und über fast die Hälfte der europäischen Bevölkerung herrschte.

»Hallo, Emil.« Irmgard setzte sich neben ihn und hielt eine offene Flasche Bier in der Hand. Ihre Augen waren glasig und ihr Atem schal. »Ich bin so froh, dass du es geschafft hast!«

Emil nickte. »Danke, dass du mich eingeladen hast.«

»Es ist so aufregend! Heinz ist jetzt ein Mann. Ich kann nicht glauben, dass er in die Wehrmacht eintritt.«

»Ja, es ist großartig«, sagte Emil mit einem Enthusiasmus, den er nicht verspürte. »Ich wünschte, ich könnte mit ihm gehen.«

»Oh, eines Tages wirst du, Emil«, sprudelte Irmgard hervor. »Irgendwann wirst du an der Reihe sein, das Vaterland stolz zu machen.« Emil hatte einmal geglaubt, dass das alles vorüber sein würde, wenn er alt genug war, um eingezogen zu werden. Jetzt war er nicht mehr so sicher.

»Wo ist Johann Ackermann?«

Emil zuckte mit den Achseln. »Woher soll ich das wissen?«

»Oh, einfach so. Ich dachte, ihr beide seid Freunde.«

Emil hielt nachdenklich inne und starrte auf die große rote Nazifahne an der Wand mit dem schwarzen Hakenkreuz in der Mitte. Versuchte sie, ihn in eine Falle zu locken? Schließlich antwortete er: »Nur, wenn es dem Vaterland dient.«

»Das ist es, was ich an dir mag, Emil.«

»Was?«

»Natürlich neben deinem betörend guten Aussehen.« Sie machte dieses seltsame Ding mit ihren Wimpern und ließ sie flattern, als wenn sie Sand im Auge hätte. »Du liebst das Vaterland mehr als dein eigenes Leben.«

Friedrich und Wolfgang kamen herein und retteten Emil vor weiteren Peinlichkeiten.

»Oh, Friedrich, Wolfgang!« rief Irmgard. Sie verließ Emil und eilte zu den beiden, um jeden zu umarmen. »Ich freue mich so, dass ihr Jungs kommen konntet und uns feiern helft.«

»Um nichts in der Welt hätten wir das verpasst.« Friedrich und Wolfgang gingen durch den Raum und schüttelten jedem die Hand. »Guten Abend euch allen.« Dann gab Rolf ihnen ein Bier, und sie gesellten sich zu den älteren Jungen, die Heinz zuhörten, wie er über die Armee sprach und darüber, was für ein Privileg es war, dabei zu sein.

Nach einigen Runden Bier begannen sie Lieder der Hitler-Jugend zu singen, während sie ihre vollen Gläser durch die Luft schwangen. *Heute ist Deutschland unser und morgen die ganze Welt...*

Emil beschloss, dass es Zeit war, durch die Hintertür zu verschwinden.

An einem angenehmen Novembertag brach Heinz an die russische Front auf. Die ganze Einheit der Hitler-Jugend kam zum Bahnhof, um ihn zu verabschieden, ebenso Irmgards Bund Deutscher Mädel.

»Heinz, du siehst so gut aus in deiner Uniform!« sagte Irmgard. Er war mit der Standarduniform der Armee ausgerüstet worden; sie sah verblasst und abgetragen aus, als hätte sie einen früheren Besitzer gehabt, irgendeine arme Seele, die es nicht geschafft hatte. *Irgendwie unheimlich*, dachte Emil. Er dachte an die früheren Hitler-Jugend-Treffen, als er nichts mehr wollte, als so zu sein wie Heinz Schultz.

Jetzt tat er ihm leid.

»Wirst du mir schreiben, Heinz?« quoll es aus Elsbeth hervor. Alle Mädchen fielen fast in Ohnmacht und himmelten ihn mit träumerischen Augen an. Johann hatte Recht, was Mädchen und Liebe betraf.

Rolf schlug seinen Bruder auf den Rücken. »Du wirst es ihnen zeigen, Bruder, und dann zurückkommen und uns alles darüber erzählen.«

Heinz lachte selbstbewusst. »Ich komme zurück. Die Roten können mir nichts anhaben.«

Emil steckte seine Hände in die Hosentaschen und bewegte sich hin und her, um sich warm zu halten. Johann tat dasselbe. Sie sagten nicht viel. Ihnen war egal, ob Heinz ging oder hierblieb. Es war kalt, und Emil wollte nach Hause, das war alles, was ihn interessierte.

Endlich kam der Zug, und alle schüttelten Heinz der Reihe nach die Hand.

»Viel Glück«, sagte Emil.

Seine Mutter vergoss eine einzige Träne. »Ich bin so stolz auf dich, mein Sohn.«

Heinz winkte aus dem Zugfenster, während der Zug langsam davonpuffte.

»Ich bin verliebt in deinen Bruder, Irmgard«, sagte Elsbeth. »Meinst du, er fragt mich, ob ich ihn heirate, wenn er zurückkommt?«

Irmgard antwortete nicht auf die Frage. »Ich wette, er tötet hunderte Sowjets«, sagte sie stattdessen. »Er ist so ein guter Soldat!«

KAPITEL 23

Jeder versuchte die Tatsache zu ignorieren, dass täglich zigtausende an der Ostfront starben, darunter tausende Deutsche. Die deutsche Propagandamaschinerie konnte die niederschmetternden Zahlen nicht länger verheimlichen, um die Leute zum Narren zu halten. Passaus eigene Zahl an Toten wuchs, und Beerdigungen waren an der Tagesordnung.

Wegen der Krise im Osten wurde die Hitler-Jugend angewiesen, eine massive Winterhilfe-Kampagne zu starten und Metall, Kleider, Skier und alles zu sammeln, was die Kriegsanstrengungen unterstützte.

Emil nahm Helmut mit, um jeden Tag nach der Schule die Nachbarschaft abzuklappern.

»Vielen Dank«, bedankte sich Emil bei Frau Schneider, die ihnen rasch einen kleinen Zinnkrug zusteckte und die Tür schloss. Der Winter war mit Macht eingekehrt, und Emil und Helmut hüpften auf und ab, um sich warm zu halten.

»Lass uns das nächste Haus auslassen«, sagte Helmut. »Ich erfriere.«

Der Rebell in Emil wollte sagen: *Ja, lass uns ein paar Häuser auslassen.* Aber der Teil von ihm, der den Fanatiker spielte, wusste, dass er das nicht tun konnte.

»Noch nicht«, sagte Emil. Sie gingen weiter von Haus zu Haus und sammelten Löffel, Kleider und Werkzeuge ein. Die Leute wussten, dass sie am nächsten Tag wiederkommen würden und teilten ihre »Spenden« ein, anstatt alles auf einmal zu geben. Sie wagten nicht, das zu sagen, aber den deutschen Hausfrauen gingen die Vorräte für ihre eigenen Familien aus.

Beim nächsten Haus kam Herr Franke an die Tür. Er überreichte Emil einen Hammer. »Das ist mein letztes Werkzeug, Jungs«, sagte er grimmig. Er erinnerte Emil an eine ältere Version seines Vaters – die gleichen besorgten Augen, der gleiche finstere Blick.

Emil und Helmut schleiften ihre Beute hinter sich her; sie war zu schwer, um sie vom Boden zu heben.

»Hat Mutter etwas von Vater gehört?« fragte Emil.

»Nein. Sie sieht jeden Tag nach der Post, aber sie hat seit Wochen keinen Brief bekommen.«

»Oh.«

»Ich habe Angst, Emil. So viele sterben.«

»Es geht ihm gut.«

»Woher willst du das wissen?«

»Ich weiß es nicht. Aber Mutter betet.«

Emil fröstelte, er wollte nicht länger über Vater sprechen. Außerdem lenkte ihn etwas auf der anderen Straßenseite ab. Es war Katharina mit einer Gruppe Mädchen aus ihrem Bund. Helmut beobachtete ihn, wie er zu ihr hinsah.

»Magst du sie?« fragte Helmut und lächelte.

»Nein!« sagte Emil etwas zu schnell.

»Doch, tust du! Ich sehe es.«

»Das ist Johanns Schwester. Es wäre, als ob ich meine eigene Schwester mögen würde.«

»Ich glaube du magst sie. Deine Wangen sind ganz rot!«

»Meine Wangen sind rot, weil es eiskalt ist, du Trottel!« Emil stieß Helmut in eine Schneewehe. Er blickte kurz zu Katharina. Sie sah alles, aber sie winkte oder lächelte nicht. Sie tat, als ob sie Emil gar nicht kennen würde. Gut für sie.

Helmut stand auf und klopfte sich den Schnee von den Hosen.

»Emil, ich erfriere. Lass uns ein paar Häuser auslassen.«

Emil war auch am Erfrieren. »In Ordnung, nur dieses Mal, weil es so kalt ist.«

Auf dem Heimweg klapperten sie nur noch jedes zweite Haus ab, aber leider hatte Rolf sie bei ihrem Verstoß beobachtet.

»Heil Hitler!« sagte er. Er trug stolz seine Winteruniform, aber nicht einmal sein glühender Eifer konnte verhehlen, dass er gegen die Kälte kämpfte.

»Heil Hitler!«

»Ihr müsst euch wärmer anziehen«, sagte Rolf. »Ihr habt Häuser ausgelassen.«

»Unsere Säcke sind fast voll«, sagte Emil. »Wir wollten zur Synagoge, um sie abzugeben.«

»Ihr müsst zu den Häusern zurückgehen, die ihr verpasst habt.«

»Das werden wir. Auf der Stelle.«

»Dann macht weiter.«

»Ja, klar.«

Rolf knallte die Hacken seiner Stiefel zusammen und salutierte.

»Heil Hitler.«

»Heil Hitler«, antworteten Emil und Helmut. Als Rolf außer Sicht war, knallte Helmut in Nachahmung seine Hacken zusammen und verzog das Gesicht, wie Rolf es getan hatte.

Emil wusste nicht, ob Helmut kurz vergessen hatte, dass er da war oder ob er ihm immer noch ein wenig vertraute, aber er konnte nicht anders und lachte. Helmuts Gesicht lief vor Erleichterung rot an, und auch er begann zu lachen. Was auch immer der Krieg ihnen angetan hatte – sie waren immer noch Brüder.

Sie ignorierten Rolfs Befehle und schleppten ihre schweren Säcke zur Synagoge.

KAPITEL 24

Großmutter Heinrichs Augen und ihr Mund waren von weichen Linien umgeben gewesen; sie hatte ausgesehen, als hätte sie immer gelächelt. So jedenfalls hatte Emils Mutter sie immer beschrieben. Aber Mutter hatte nie erwähnt, dass Großmutter Heinrich eine Schwester gehabt hatte, bis Großtante Gerta eines Tages unangekündigt vor der Tür stand.

Mutter konnte ihre Überraschung gar nicht und ihre Bestürzung nur mit Mühe verbergen. Aber wie immer waren ihre Manieren tadellos.

»Tante Gerta! Bitte komm herein.«

»Heil Hitler!« antwortete diese und trat entschlossen zur Tür herein. Emil und Helmut warfen sich einen Blick zu und zogen die Auenbrauen zusammen.

»Ich bin wieder einberufen worden, um im Frauengefängnis zu arbeiten. Es ist nicht weit von hier, und da dein Mann im Moment abwesend ist, kann ich dich unterstützen.«

Ein Schatten der Angst kroch über Mutters Gesicht. Emil konnte verstehen, dass Mutter sie nie erwähnt hatte. Tante Gerta war groß und hatte knochige Schultern, aber anders als andere große Frauen, die sich krümmten, um ihre Größe zu verbergen, stand sie steif aufgerichtet da. Sie trug ihr schmutzig blondes

Haar in einem straffen Knoten und hatte stechende, arisch-blaue Augen, und ihre dünnen Lippen bewegten sich lautlos, während sie sie eingehend musterte. Emil fürchtete sich.

Tante Gerta ließ einen mittelgroßen Koffer auf den Küchenboden fallen und begann mit einer spontanen Inspektion. Gedemütigt musste Mutter zusehen, wie Tante Gerta einen Küchenschrank öffnete und mit einem behandschuhten Finger über das Innere fuhr.

»Tante Gerta!« Mutter konnte nicht länger an sich halten.

»Reinlichkeit kommt Göttlichkeit gleich, Leni«, sagte sie in kurzangebundenem, lupenreinem Deutsch. »Und ich tue dir einen Gefallen. Zufällig weiß ich, dass die SS nächste Woche in der Nachbarschaft die Runde machen wird.«

»Um nach Staub zu suchen?« fragte Mutter ungläubig.

»Exakt. Eine deutsche Ehefrau und Mutter muss ihr Haus sauber halten, zum Wohl ihrer Familie und zum Stolz des Vaterlands.«

Tante Gerta griff nach ihrem Koffer. »Wo kann ich mich zurückziehen?«

»Helmut«, sagte Mutter. »Bring deine Sachen zu Emil. Emil, bring Tante Gertas Koffer für sie nach oben.«

Helmut hastete davon mit Emil im Schlepptau, der Tante Gertas schweren Koffer hinter sich her zog.

Später, während Tante Gerta »sich einrichtete«, zog Mutter ein gefaltetes Stück Papier aus ihrer Schürzentasche.

»Was ist das?« fragte Emil.

»Es ist eine ‚Anfrage’, dass jeder Haushalt eine Person zur Teilnahme an einem wöchentlichen Parteitreffen der Nazis entsenden soll.«

Emil konnte sich nicht vorstellen, dass seine Mutter einen Fuß in eine solche Veranstaltung setzte.

»Ich habe mich gefragt, was wir tun sollen, Emil, und... ich wollte nicht dich schicken.« Sie lächelte leicht und nickte in Richtung Treppe. »Sie ist die Antwort auf meine Gebete.«

»Oh.« Emil begriff plötzlich. »Jetzt kann Tante Gerta gehen.«

»Ja, Tante Gerta kann gehen.«

TANTE GERTA im Haus zu haben war, als ob man mit einem bösen Wachhund zusammenlebte, der drohend knurrte und dabei seine gefletschten Zähne zeigte. Die Radles gingen vorsichtig um sie herum, in Furcht vor den schmerzhaften Bissen, die sie in Form von scharfen verbalen Peitschenhieben verabreichte. Gottseidank verbrachte sie nicht viel Zeit zuhause.

Eines Nachmittags klopfte es an die Tür.

»Johann?«

»Bist du allein, Emil?« flüsterte er. Sein Gesicht war rotglühend vor Aufregung, und er hatte offensichtlich Neuigkeiten.

»Ja.«

»Das habe ich gefunden.« Johann gab Emil ein gefaltetes Stück Papier. Er öffnete es vorsichtig. Es war feucht, und der Druck war vor allem auf einer Seite größtenteils verschmiert, aber er konnte immer noch einiges davon ausmachen.

»Ein weiteres Flugblatt der Weißen Rose«, flüsterte Emil.

»Ich habe es auf dem Boden der Eingangshalle zur Wohnung meines Onkels gefunden.«

Mitkämpfer des Widerstands!

Erschüttert steht unser Volk vor dem Untergang der Männer von Stalingrad. Dreihundertdreißigtausend deutsche Männer hat die geniale Strategie des Weltkriegsgefreiten sinn- und verantwortungslos in Tod und Verderben gehetzt. Führer, wir danken dir.

»Dreihundertdreißigtausend?« sagte Emil. Unglaublich. »Wie können wir mit so hohen Verlusten die Front halten?«

»Vielleicht können wir es eben nicht.«

Wollen wir den niederen Machtinstinkten einer Parteiclique den Rest der deutschen Jugend opfern? Nimmermehr! Der Tag der Abrechnung ist gekommen...

Im Namen der deutschen Jugend fordern wir vom Staat Adolf Hitlers die persönliche Freiheit, das kostbarste Gut des Deutschen zurück, um das er uns in der erbärmlichsten Weise betrogen hat.

»Das ist gut«, sagte Emil.

»Ich weiß.«

In einem Staat rücksichtsloser Knebelung jeder freien Meinungsäußerung sind wir aufgewachsen. HJ, SA, SS haben uns in den fruchtbarsten Bildungsjahren unseres Lebens zu uniformieren, zu revolutionieren, zu narkotisieren versucht. ...

Freiheit und Ehre! Zehn lange Jahre haben Hitler und seine Genossen die beiden herrlichen deutschen Worte bis zum Ekel ausgequetscht, abgedroschen, verdreht...

Auch dem dümmsten Deutschen hat das furchtbare Blutbad die Augen geöffnet, das sie im Namen von Freiheit und Ehre der deutschen Nation in ganz Europa angerichtet haben und täglich neu anrichten...

Kommilitonen!

Das war alles, was Emil ausmachen konnte.

»Kommilitonen? Die Weiße Rose muss eine Studentengruppe an einer Universität sein.«

»München oder Nürnberg?« überlegte Johann.

»Könnte überall sein. Was meinst du, was wir tun sollen?«

»Wir können das kopieren und dann verteilen.«

»Ich weiß nicht, Johann. Moritz...«

»Wir müssen es für Moritz tun. Wenn wir nicht weiter Widerstand leisten, war sein Tod sinnlos.«

Emil ließ langsam den Atem entweichen. »Also gut. Wann?«

»Auf dem Dachboden. Heute.«

. . .

EMIL WAR ZUERST DA. Der Bauernhof wirkte wie eine Geisterstadt, nur ein paar Kühe waren von der florierenden Milchwirtschaft übrig. Die Nazis hatten sich alles genommen.

Emil schlüpfte durch die Hintertür der Scheune und tätschelte einer Kuh beim Vorbeigehen den Kopf. Er kletterte auf den Holzbrettern, die als Leiter zum Dachboden dienten, nach oben und ließ sich ins Heu fallen. Der Dachboden hatte ein kleines Fenster auf der Südseite, so dass Johann und er genug Licht für ihr Vorhaben hatten. Eine tiefe Holzbank stand an der Wand. Emil ging zu ihr hinüber, duckte sich wegen der niedrigen Decke und setzte sich.

Kurz darauf hörte er, wie sich die Tür öffnete, hörte ein leises Flüstern zur Kuh und das Knarren der Leiter. Johanns blonder Kopf tauchte in Sichtweite auf.

Und dann Katharinas.

»Warum hast du sie mitgebracht?« fragte Emil wütend.

»Weil sie eine zusätzliche Schreiberin ist.«

Katharina kletterte zur Bank und setzte sich. »Hör auf, über mich zu sprechen, als ob ich nicht hier wäre.«

»Jetzt ist es noch gefährlicher als vorher.« Emil wollte nicht, dass Katharina dasselbe zustieß wie Moritz.

»Das weiß ich. Und ich bleibe hier.«

Einmal mehr war Emil überstimmt. »In Ordnung«, gab er nach. »Lasst uns anfangen.«

Johann öffnete seine Jacke und griff in einen offenen Saum. Langsam zog er das Flugblatt heraus. Katharina öffnete ihre Tasche und zog Papier und Stifte hervor. Sie benutzten die Bank als Tisch und begannen zu schreiben.

»Lasst uns heute Abend ins Kino gehen«, schlug Emil vor. »Wir müssen den Kopf vom Krieg freibekommen.«

»Ich weiß nicht, ob mein Magen den Müll verträgt, den sie Filme nennen«, meinte Johann in Bezug auf all die Nazi-Propagandafilme in den deutschen Kinos. »Wie auch immer, wie wäre es, wenn wir uns zuerst auf dem Dachboden treffen? Wir könnten noch mehr Handzettel schreiben.« Emil nickte, und sie vereinbarten eine Zeit.

Der Film hieß *Ich klage an* – es war eine Geschichte über einen Physiker, dessen leidende Frau ihn überredet, sie zu vergiften. Während des Dramas im Gerichtssaal zog Emil die Handzettel aus seiner Tasche und schob sie unter seinen Hintern. Johann und Katharina, die sich in andere Abschnitte des Kinos gesetzt hatten, taten das gleiche. Danach liefen sie zusammen nach Hause.

»Schon lustig, wie alle talentierten und gutaussehenden Schauspieler die Argumente dafür präsentiert haben, dass der Doktor seine Frau töten soll«, sagte Katharina. »Und alle unsympathischen wollten sie retten.«

»Habt ihr die Gerüchte gehört?« fragte Emil.

»Ja«, sagte Johann. »Die Geisteskranken sollen gegen ihren

Willen in bestimmte Kliniken eingewiesen werden, wo sie dann immer an irgendwelchen mysteriösen Krankheiten sterben.«

»Und die Leichen werden kremiert, bevor die Familien sie zu sehen kriegen«, fügte Katharina hinzu.

»Glaubt ihr, dass das wahr ist?« fragte Emil. Er fand die ganze Vorstellung unglaublich.

»Ich hoffe es nicht«, sagte Katharina. »Andererseits machen sie Filme wie *Ich klage an.*«

Sie liefen über die gepflasterten Straßen und waren fast bei Emil angelangt, als ein Mann in einer zerlumpten braunen Jacke schreiend um die Ecke gerannt kam: »Stalingrad ist gefallen! Stalingrad ist gefallen!«

»Nein!« Katharina schnappte nach Luft. »Kann das wahr sein?«

Sie eilten zu Emil nach Hause und hörten im Staatsradio, dass die Sowjets ihre Stadt tatsächlich zurückerobert hatten. Einmal mehr waren die Deutschen geschlagen worden, und keine Propaganda der Welt konnte diese Tatsache verschleiern.

»Es passiert genauso, wie es *das* Radio gesagt hat«, sagte Johann steif.

»Das bedeutet, dass sie mit Deutschlands schrecklichen Verlusten an der Ostfront recht hatten«, sagte Emil. Jetzt war das Schlimmste eingetroffen. Deutschlands Armee hatte eine Niederlage erlitten, und vielleicht wagten die Deutschen jetzt erstmals zu zweifeln. Der Führer hatte falsch gelegen, und sie könnten den Krieg verlieren.

Am nächsten Tag wurde auf der Straße eine nationale Staatstrauer ausgerufen.

DANN HIELT Propagandaminister Goebbels am 18. Februar 1943 eine Rede im Sportpalast in Berlin. Die ganze Schule war zu einer Versammlung aufgerufen worden, um die Rede im Radio zu hören.

Emil saß auf der Tribüne. Der Raum war voller Energie. Die Lautsprecher knackten und summten, dann hörte man plötzlich den Lärm von tausenden von Soldaten und Bürgern, die im Hintergrund jubelten, während Goebbels mit herrischer Stimme verkündigte, dass Deutschlands Entschlossenheit ihm den ruhmreichen Sieg bringen würde.

»Wollt ihr den totalen Krieg?« bellte er. Emils Rückgrat kribbelte in Vorahnung. »Wollt ihr ihn, wenn nötig, totaler und radikaler, als wir ihn uns heute überhaupt erst vorstellen können?«

Ein dicker Kloß formte sich in Emils Hals. Glaubten sie wirklich immer noch, dass sie den Krieg gewinnen konnten? Hatten sie nichts aus der Tragödie um Stalingrad gelernt?

»Ja, ja, ja!« Der Jubel der Menge in Berlin war ohrenbetäubend, sogar durch die Schullautsprecher. Dann, wie Besessene, fielen die Lehrer mit ein, gefolgt von den Schülern. »Ja, ja, ja!« Freudentränen rannen an ihren Gesichtern hinunter.

Auch auf Emils Gesicht brannten Tränen, aber es waren Tränen der Angst und Sorge. Und einer großen Enttäuschung.

Am gleichen Tag erfuhren sie den Standort der Weißen Rose: die Universität von München. Die Zeitungen berichteten, dass drei Studenten in den frühen Zwanzigern festgenommen worden waren. Es handelte sich um Hans und Sophie Scholl, Bruder und Schwester, und Christoph Probst. Hans und Christoph waren Medizinstudenten, und Sophie studierte Biologie und Philosophie. Und nun waren sie Gefangene des Dritten Reiches.

Nur vier Tage danach wurden sie geköpft.

Emil, Katharina und Johann trafen sich auf dem Dachboden, nachdem sie die Nachricht gehört hatten. Katharina rollte sich zusammen, legte den Kopf auf die Knie und weinte leise vor sich hin.

»Wir können nicht weitermachen«, meinte Emil.

»Findest du wirklich, dass wir jetzt aufhören sollten?« erwiderte Johann.

Katharina wischte sich mit ihrem Ärmel über das Gesicht. »Sie wurden erwischt, und die Hübnergruppe wurde erwischt. Wie kommst du auf die Idee, dass wir nicht auch erwischt werden?«

Johann ließ nicht locker. »Aber ist aufhören die Antwort?«

»Was hat es ihnen eingebracht? Was hat es Deutschland eingebracht?« entgegnete Emil. »Nichts. Rein gar nichts.«

Sie waren besiegt. Der Tod der Weißen Rose war der Todesstoß für ihre eigene Mission. Damit war ihr eigener Widerstand gegen den Nationalsozialismus vorbei.

KAPITEL 26

Heinz Schultz fiel in Russland.

Die ganze Schule nahm an seiner Beerdigung teil. Sie dauerte nur dreißig Minuten, weil jeden Tag so viele Trauerfeiern stattfanden.

In der Stadthalle wurde eine Nazizeremonie abgehalten. Ein großes Porträt des jungen Hitler hing an der Wand über dem einfachen Holzsarg. Ein SS-Offizier sagte einige Worte, die Emil nicht hören konnte – sie wurden vom lauten Weinen und Wehklagen von Irmgard und ihrer Mutter überdeckt.

Es war das erste Mal, dass jemand aus ihrem eigenen Kreis starb, der in Hitlers Krieg gekämpft hatte. Der Tod von Moritz war anders gewesen. Niemand hier außer Emil, Johann und Katharina würde Moritz jemals einen Helden nennen.

Die dunkle, dumpfe Stimmung passte zum Wetter. »Deutschlands sterbende Jugend« hatte sich als abstrakte Idee irgendwie gut angehört, wie ein ehrenwertes Opfer für das Wohl des Ganzen. Doch es sah anders aus, wenn es einer der deinen war. Herr Schultz unternahm nichts, um seine Frau und seine Tochter zu trösten. Sein Gesicht war reglos und sorgsam kontrolliert.

Rolf stand entschlossen da und machte sich dann auf den Weg nach vorne, um zu sprechen.

»Heinz war eines der herausragendsten Exemplare der Herrenrasse, das im Reich gefunden werden konnte. Er war diszipliniert, stark und ohne Furcht. Er liebte seinen Führer über alles und gab sein Leben stolz für das Vaterland.«

Groß, schlank und ernst stand Rolf in seiner Uniform der Hitler-Jugend da. Emil entging nicht, wie abgetragen und geflickt sie war. Wie seine. Wie die von jedermann.

Dann durchbrach Rolf die feierliche Stille. »Unser Verlust darf nicht in einer Niederlage vergeudet werden!« schrie er. »Der Tod von Heinz muss für etwas zählen, wird für etwas zählen. Er war eine Inspiration für uns alle, nicht aufzugeben, wenn die Dinge hart werden, sondern wieder aufzustehen und weiterzumachen. Ich jedenfalls werde nicht aufgeben, und ich flehe euch an, mit mir zusammen fest zu stehen.«

Herr Schultz begann leicht zu klatschen. Andere fielen ein, bis ein lärmender Beifallssturm durch den Raum rollte, alle auf ihren Füßen waren und im ganzen Raum kaum ein trockenes Auge zu finden war. Elsbeth applaudierte besonders enthusiastisch. »Ich werde dich nie vergessen, Heinz«, rief sie.

Herr Bauer gab seinen Schülern den Rest des Tages frei.

»Vor Moritz habe ich noch nie jemanden sterben sehen«, sagt Johann auf dem Weg zurück zur Scheune.

»Ich mochte Heinz nicht«, sagte Emil, »Aber ich wollte ihn auch nicht tot sehen.«

»Jetzt scheint der Tod überall zu sein«, sagte Johann. »Wie lange noch, bis es uns trifft, Emil?«

»Was soll uns passieren? Wir sind zu jung, um an die Front geschickt zu werden, und die Bomber greifen die großen Städte im Westen an. Uns passiert nichts.«

»Weißt du, Emil, ich liebe Deutschland. Das tue ich wirklich.«

»Natürlich«, sagte Emil. »Das tue ich auch.«

Johann sah ihn prüfend an. »Aber wirst du dafür sterben?«

»Wenn ich muss, aber…«

»Ich glaube du irrst dich. Wir werden kämpfen müssen. Und wenn sie mich einberufen, werde ich nicht gehen.«

Emil schluckte hart. »Aber du liebst Deutschland.«

»Ja«, sagte Johann, warf einen Blick über seine Schulter und senkte seine Stimme, bis Emil ihn kaum mehr hören konnte. »Aber ich verabscheue seinen Führer.«

Emil sagte nichts. Würde er im Krieg kämpfen, wenn er einberufen werden sollte? Er hoffte immer noch, dass es nicht dazu kommen würde.

KAPITEL 27

»Wir werden diesen Krieg noch gewinnen!« frohlockte Tante Gerta. Sie freute sich immer noch über Goebbels Verkündigung des totalen Krieges.

Mutter schälte Kartoffeln im Waschbecken und hatte Tante Gerta den Rücken zugekehrt. Emil deckte den Tisch für drei und war dankbar, dass Tante Gerta immer den 12-Uhr-Bus nahm.

»Es wäre nett, mal etwas anderes zu essen als Kartoffeln«, war alles, was Mutter sagte.

»Immerhin hast du reichlich davon, und du solltest dankbar sein«, schalt Tante Gerta. Mit ihrer guten Laune war es vorbei. Dabei war Emil sicher, dass sie bei der Arbeit mehr als nur Kartoffeln bekam, so ein gläubiger Nazi wie sie es war. Sie hatte mit Sicherheit kein Gewicht verloren wie der Rest von Passau. Im Vergleich zu ihr war Mutter ein Strich in der Landschaft, ihre Augen waren eingesunken und von dunklen Kreisen umschattet.

»Oh, ich bin dankbar, Tante Gerta«, sagte sie. »Ich sagte nur, es wäre nett.« Beleidigt rauschte Tante Gerta davon. »Und etwas Butter, um die Kartoffeln zu braten, nicht wahr Emil? Wäre das nicht nett?« Mutter warf Emil ein durchtriebenes Grinsen zu.

»Ja Mutter, wäre es«, sagte Emil. Dann zog sie zu seiner Überraschung einen eingewickelten Packen aus ihrer Tasche, nahm ein Stück Butter heraus und warf es in die Pfanne. Emils Augen weiteten sich, und ein riesiges Grinsen breitete sich auf seinem Gesicht aus. Der Duft von Kartoffeln, die in richtiger Butter gebraten wurden, war berauschend.

»Wo hast du das her?« sagte er.

Wieder ein durchtriebenes Grinsen. »Vielleicht fällt dir auf, dass unsere Teekanne verschwunden ist.«

»Du hast Großmutter Heinrichs silberne Teekanne für ein Stück Butter eingetauscht?« Emil wusste nicht, ob er sich freute oder bestürzt war.

»Es gibt sowieso keinen Tee«, sagte sie. »Außerdem hat dein Bruder Geburtstag. Geh und hol ihn zum Mittagessen herunter.«

Wie immer senkten sie ihre Köpfe, während Mutter Gott für das Essen dankte. Emil und Helmut ehrten die Beigabe von Butter mit der Beigabe eines herzhaften »Amen«.

»Viel Glück zum Geburtstag, Helmut«, sagte Emil und zerzauste dem Jungen die Haare. »Es tut mir leid, dass ich kein Geschenk habe.«

»Das macht nichts«, sagte Helmut. »Butter ist das beste Geschenk überhaupt.«

AM NÄCHSTEN TAG standen ein Leiter der Hitler-Jugend und Herr Jäger, der offizielle SS-Bezirkskommandeur, vor der Tür und fragten nach Helmut. Sie vergeuden keine Zeit, dachte Emil.

Mutter wehrte sich. »Wozu die Eile? Der Junge ist erst gestern zehn geworden.«

»Frau Radle«, antwortete der Hitler-Jugend-Leiter, der nicht älter war als Emil. »Ihr Sohn ist Ihnen nur als Leihgabe anvertraut worden. Er gehört Hitler, so wie die ganze deutsche Jugend.«

Es machte Emil wütend, wie geringschätzig der Junge mit seiner Mutter sprach.

Herr Jäger nickte zustimmend. Als Haupt der Nachbarschaftswache standen die Zungen der Nazigetreuen unter seiner Obhut, und er sah es in dieser Funktion als seine Pflicht an, herumzuschnüffeln. Alles, was die Leute sagten oder taten, konnte zu einer Untersuchung oder Anklage führen. Es gingen Gerüchte, dass sie inzwischen einen Spion auf vierzig Leute hatten. Das war der Grund, warum sich das deutsche Volk neuerdings ständig über die Schulter blickte.

»Ihr Sohn«, sagte der Leiter der Hitler-Jugend.

»Es ist in Ordnung Mutter«, meinte Helmut mit weit geöffneten Augen. »Du weißt, dass mir nichts passieren wird.« Für Emil hörten sich seine Worte wie ein Geheimcode an. Helmut versicherte seiner Mutter, dass er nicht auf die Lügen hereinfallen würde, mit denen man ihn bombardieren würde.

Nicht wie Emil – so dachten sie zumindest.

Helmut umarmte Mutter rasch und verschwand mit den Offizieren.

»Er ist ein guter Junge.« Mutter wischte eine Träne weg. »Ein sehr guter Junge.«

Ihre Verluste in Stalingrad führten mit den Verlusten an der Ost- und Westfront zu einer ernsthaften Knappheit an Soldaten. Neuigkeiten über eine weitere Einberufung machten die Runde.

Emil und Johann schienen dem Dienst an der Front zu entkommen, aber auch auf sie warteten keine Ferien. Alle Kinder zwischen zehn und fünfzehn Jahren wurden für die Kriegsanstrengungen benötigt. Die kleineren Jungen und die Mädchen arbeiteten auf Bauernhöfen, die Lebensmittel herstellten, und die älteren Jungen arbeiteten in den Feldern oder bedienten die Flakgewehre. Das hieß: keine Schule mehr. Doch ihre freudige Aufregung darüber, sich nicht mehr länger mit Herrn Bauer herumschlagen zu müssen, war nur von kurzer Dauer. Die Schüler fanden schnell heraus, dass die langen Stunden auf dem Feld weitaus härter waren, als die Hälfte dieser Zeit im Klassenzimmer zu sitzen.

Für Emil bedeutete es, dass er an die Flugschule nach Nürnberg gehen und zum Piloten ausgebildet werden würde, wann immer er keine Flak bediente.

Er konnte nicht glauben, dass er nun tatsächlich die Fliegerschule besuchen würde! Nicht das Segelfluglager wie beim letzten Mal, sondern wirklich die Fliegerschule. Richtige Flugzeuge – sein Traum. Trotz Krieg und all den Sorgen, die er mit sich brachte, sehnte er sich immer noch nach dem Fliegen. Er beschloss zu ignorieren, dass er nur darum schon mit knapp fünfzehn einberufen wurde, weil die Verluste bei den Piloten gewaltig waren.

»Wir sind nur knapp davongekommen«, sagte Johann grimmig.

»Meinst du?«

»Was passiert wohl nächsten Sommer, wenn wir sechzehn werden?«

»Vielleicht ist der Krieg dann vorbei.«

Johann schüttelte den Kopf. »Emil, manchmal bist du sehr naiv.«

Damit könnte er Recht haben, dachte Emil.

Er machte gerade einen Besuch auf Johanns Bauernhof und half, das Kartoffelfeld zu bepflanzen, von dem der große Teil der Nachbarschaft seine Kartoffeln bezog. Mit seiner Hacke attackierte Emil die dunklen Erdschollen. Der süße, erdige Duft vermischte sich mit der Wärme der Morgensonne, tröstete ihn und lenkte ihn ab. Er sah sie nicht kommen.

»Hallo, Emil.«

»Katharina?« sein Herz setzte einen Schlag aus. »Hallo.«

Sie lächelte scheu und begann in der Reihe gegenüber von Emil mit Hacken. Er ertappte sich dabei, wie er sie anstarrte.

Er dachte an ihr »Rennen« über den Stadtplatz vom letzten Winter, das zumindest für ihn die Dinge zwischen ihnen verändert hatte. Er dachte oft an sie. Mehr als oft – die ganze Zeit. Er stahl sich kurze Blicke auf sie, wenn sie sich in der Scheune trafen, immer vorsichtig darauf bedacht, nicht von Johann erwischt zu werden. Und die ganze Zeit drängte er dieses wachsende, prickelnde Gefühl zurück, das er nicht benennen konnte. Er sagte sich, dass sie nur einer der Jungs war – mehr nicht. Der Krieg hatte ihn zum Experten darin gemacht, etwas vorzugeben, was er nicht war.

Im Verlauf des letzten Jahres war Katharina zur Frau geworden. Das flachbrüstige junge Mädchen mit den knochigen Schultern, das er kennen gelernt hatte, war verschwunden. Sogar in dieser von der Regierung verordneten Hungersnot war sie weich und kurvig. Jedes Mal, wenn Emil sie ansah, hatte er das Gefühl, er sehe sie zum ersten Mal.

»Ich werde dich vermissen«, sagte sie zu seiner Überraschung.

»Was?«

»Ich werde dich vermissen, wenn du nach Nürnberg gehst.«

»Wirklich?«

Jetzt starrte *sie* ihn an. *Was sah sie wohl?* Plötzlich wurde sich Emil seines Aussehens bewusst. Er war groß und schlank wie alle deutschen Jungs, außerdem kräftig und athletisch. Die Muskeln in seinen Armen und Schenkeln waren größer als im Jahr davor. Er hatte kürzlich angefangen, die Hemden seines Vaters zu tragen, weil seine Schultern breiter geworden waren, und er benutzte Vaters Rasierklingen für sein Gesicht. Zum ersten Mal fragte sich Emil, ob er attraktiv war.

Und es schien fast, also ob Katharina fand, er sei es.

Sie räusperte sich. »Ich hoffe, du kommst dort zurecht.« Sie fing nicht wieder an zu hacken, stand nur da und sah ihn an. Sie war nur eine Reihe von ihm entfernt – einen großen Schritt. Emil schluckte.

»Ich trainiere nur an der Fliegerschule. Es wird noch eine ganze Weile dauern, bis ich tatsächlich fliege.«

»Wirst du mir schreiben?«

Katharina wollte, dass er ihr schrieb. Wärme explodierte in

seiner Brust. »Sicher«, sagte er. Er fühlte, wie sich ein Lächeln auf seinem Gesicht ausbreitete.

Sie lächelte zurück und nahm die Arbeit wieder auf. Und Emil empfand etwas Seltsames. Vielleicht war es Glück – etwas, das er schon sehr lange nicht mehr gefühlt hatte.

KAPITEL 29

In Passau hätte niemand verhungern sollen. Das Ackerland war nicht bombardiert worden wie in vielen anderen Ortschaften. Doch trotz all der jungen Leute, die hinausgeschickt wurden, um den Bauern zu helfen, waren sie immer noch knapp an Nahrungsmitteln. Zum Teil lag es an den Ernteverlusten aufgrund eines frühen Frostes, aber auch daran, dass sie dabei waren, den Krieg zu verlieren. Alle Vorräte der Nation wurden an die Front geschickt, um die Kriegsanstrengungen zu unterstützen. Und so kümmerten sich weder die Kleider- und Schuhfabriken, noch die Lebensmitteltransporte um die Zivilisten.

Die Familien erhielten Lebensmittelmarken, aber die Geschäfte waren leer. Was sie in Passau anpflanzten, wurde größtenteils zu den Soldaten im Osten verschifft. Alle Zugwagons wurden benutzt, um Kohle an die Front zu schaffen, und es blieben nicht genug Wagons übrig, um die Kohle zu den Ortschaften in der Umgebung zu bringen, weshalb die Menschen neben dem Hungern auch noch frieren mussten.

Hunger kann einen sehr reizbar machen, dachte Emil. Vor allem beim Abendessen, wenn alles, was sie zu Essen hatten, gekochte Kartoffeln mit Schale waren. Keine Butter mehr. Und Mutter bestand immer noch darauf, für das Essen zu danken.

»Lieber himmlischer Vater«, betete sie. »Danke für dieses Essen. Bitte wache über Peter und bring ihn bald nach Hause. Amen.«

»Mutter«, sagte Emil entnervt. »Wie kannst du immer noch beten und danke sagen? Es gab seit Wochen nichts anderes als Kartoffeln.«

»Emil, viele Menschen, die in diesen gottlosen Krieg hineingezogen wurden, leiden sehr viel mehr als du. Sei dankbar.«

»Es tut mir leid, Mutter.« Emil senkte den Kopf und löffelte sich den trockenen Kartoffelbrei in den Mund.

»Schon gut. Dieser Krieg hat uns alle verändert.«

»Ich wünschte, Vater würde nach Hause kommen«, sagte Helmut. Emil konnte sehen, wie der Kiefer seines Bruders arbeitete, um genug Speichel zu produzieren, damit er das Mus in seinem Mund anfeuchten und herunterwürgen konnte. Helmut kniff die Augen zusammen, und Emil konnte den Schmerz und die Angst nachempfinden, die er bekämpfte. Er bewunderte seinen kleinen Bruder dafür, dass er ein so mutiges Gesicht aufsetzte. Schließlich war er noch ein Kind.

VIELLEICHT HATTE Gott Mutters Gebete gehört, denn am nächsten Tag kam Vater nach Hause. Es war spät am Abend. Mutter war von einer Sechzehnstunden-Schicht in der Fabrik zurückgekommen. Emil und Helmut waren von ihrer Schicht auf den Feldern zurück, demselben Feld, auf dem Emil bis zu seiner Abreise nach Nürnberg weiterarbeiten würde.

Emil machte gerade Feuer, als er hörte, wie die Eingangstür aufging. Er drehte sich um, und da stand er. Bevor er sich versah, lag er zusammen mit Helmut und Mutter in den Armen seines Vaters.

»Peter, oh Peter!« weinte Mutter. Sie drängten sich so stark um ihn, dass er fast das Gleichgewicht verlor.

»Macht mal halblang«, sagte er lachend. Sonst habe ich den Kriegsdienst überlebt, um von meiner eigenen Familie zu Tode erdrückt zu werden!«

Sie scharten sich um das Feuer, das erste Mal in vierzehn Monaten als vollständige Familie. Vater sah abgearbeitet und dünn aus, aber nicht so schlecht wie einige der Soldaten, die Emil auf Urlaub in der Stadt gesehen hatte. Das lag daran, dass Vater im Büro der Kriegsverwaltung arbeitete und nicht an der Front.

»Wie lange wirst du zuhause sein, Vater?« fragte Emil.

»Nur eine Woche, Sohn.«

Emil sah wie Mutter bei diesen Worten zusammenzuckte. Sie hatten alle gehofft, es würde länger sein.

»Und«, seufzte Vater, »Ich werde nicht an meinen Schreibtisch zurückkehren.«

»Was willst du damit sagen?« fragte Mutter.

»Es läuft nicht gut an der Ostfront. Ich weiß nicht, was ihr gehört habt, aber die Verluste waren immens. Ich muss in die Wehrmacht eintreten.«

»Oh nein«, flüsterte Mutter. Ihre Augen füllten sich mit Tränen, aber sie schluckte hart, fest entschlossen, stark zu bleiben.

»Wer wird dann deine Arbeit übernehmen, Vater?« fragte Helmut.

»Ein fähiger älterer Herr. Er wurde aus der Rente einberufen, um dem Reich zu dienen.«

Nur ein Anflug von Bitterkeit, als er »Reich« sagte. Emil erinnerte sich, wie unerbittlich Vater gegen Hitler und den Nationalsozialismus gewesen war.

»Ich glaube, es ist Schlafenszeit«, sagte Mutter. »Peter, du musst erschöpft sein.«

»Nicht mehr als ihr alle. Es tut mir so leid, dass ihr so hart arbeiten müsst.«

»Wenigstens bist du zuhause«, sagte Mutter. »Wenigstens für den Moment bist du zuhause.«

VATER WAR AUF HEIMURLAUB, und solange er die Uniform trug, konnte ihm niemand vorwerfen, faul zu sein, wenn er und Emil auf einer Parkbank saßen und über die Donau blickten.

Die Sonne brach durch den grauen Nebel und sandte spitze Strahlen, die vom Wasser abprallten.

»Wunderschön«, sagte Vater. »Es ist immer noch Gott, der die Macht über das Wetter hat.«

Und nicht Hitler, meinte er damit.

»Vater«, begann Emil. Es gab so viel, das er ihm erzählen wollte, so viel, das sein Vater wissen musste.

»Ja, Emil?«

»Ich, ähm.« Emil ertappte sich dabei, wie er verstohlen um sich blickte, ob jemand in der Nähe war. Niemand durfte hören, was er sagte, aber das war vielleicht die einzige Gelegenheit, es seinem Vater zu erzählen. Zu beichten.

Er lehnte sich an seinen Vater und legte seinen Kopf an dessen Schulter. So waren sie sich ungewöhnlich nah, aber Emil tat es mehr aus einem Gefühl der Sicherheit heraus.

»Ich bin keiner, weißt du.« Er konnte es nicht laut sagen. Nazi. »Als Moritz starb, war er nicht allein.«

»Nicht?«

»Ich war dort. Wir haben das alles zusammen gemacht.« Emil glaubte nicht, dass es nötig war, Johann und Katharina hineinzuziehen. Es war sein Geständnis an seinen Vater, nicht ihres.

»Ich verstehe.«

»Weißt du, du und ich, wir sind gleich. Wir kämpfen außen, aber nicht innen.«

Emil setzte sich auf und blickte in die Augen seines Vaters. Hatte er verstanden, was Emil gerade gesagt hatte? Wirklich verstanden?

Vater nickte langsam, und seine Augen füllten sich mit einem Gefühl... der Erleichterung? Des Stolzes? Ein Lächeln zuckte um Vaters Lippen. »Es macht mich glücklich, das zu hören, Sohn.«

Emil lächelte zurück. Seit er Mutter und sie alle wegen dem Tod von Moritz belogen hatte, lastete die Schuld auf ihm. Die Last mit Vater zu teilen, nahm einen Teil davon von seinen Schultern. Emil konnte endlich wieder aufatmen.

Ein Augenblinzeln, und Vater war fort. Sie nahmen zusammen den Bus zum Bahnhof und warteten tapfer auf das Pfeifen zur Abfahrt. In einer Rückblende sah Emil die jüngere, gut gekleidete und stämmigere Familie, die sie einmal gewesen waren. Jetzt kamen Mutter und Vater ihm alt vor. Ihre Schultern krümmten sich unter den Lasten, die so schwer zu tragen waren. Diese Version seiner Familie trug Kleider aus dünnem, geflicktem Stoff und abgenutzte Schuhe mit Löchern. Sogar Vater in seiner »neuen« Uniform war schäbig gekleidet.

Alle dachten das Gleiche. Würden sie ihn wiedersehen? Tot oder lebendig? Wenn er starb, standen die Chancen schlecht. Die Gefallenen wurden nicht mehr für Familienbegräbnisse nach Hause überführt, sondern einfach dort begraben, wo sie fielen.

Die Signalpfeife blies. Vater umarmte Helmut als erstes.

»Sei stark, Helmut. Hilf deiner Mutter.«

»Ja, Vater.« Helmut wischte sich eine verirrte Träne weg und drehte sich um, damit sie ihn nicht weinen sahen.

»Emil, du bist jetzt ein Mann. Ich möchte, dass du weißt, dass ich stolz auf dich bin. Bitte sei vorsichtig in Nürnberg.«

Emils Augen brannten. Es schnürte ihm die Kehle zu. »Ja, Vater.« Er konnte kaum sprechen. »Danke.«

Vater war stolz auf ihn?

Der letzte Pfiff ertönte, und Mutter weinte unverhohlen. Emil drehte sich weg, als sie sich zum Abschied küssten. Er wollte ihnen ihre Privatsphäre lassen, und offen gesagt machte es ihn verlegen.

Vater stieg in den Zug, setzte sich an ein Fenster und streckte ihnen den Arm entgegen. *Lebwohl, Vater.*

Der Zug bewegte sich zentimeterweise fort. In einer Woge anderer Leute, die sich auch von ihren Liebsten verabschiedeten, rannten Emil, Helmut und Mutter ihm nach.

»Ich liebe dich, Peter!« rief Mutter. »Gott sei mit dir.«

Ja, dachte Emil. *Bitte Gott, sei mit ihm.*

KAPITEL 30

Die Kaiserburg lag auf einem niedrigen Hügel, überblickte die Ebenen, die Nürnberg umgaben und wachte über der Stadt wie eine Königin. Eine altertümliche Steinmauer umgab das gut besiedelte Stadtzentrum, das durch den Fluss Pegnitz in zwei Bereiche geteilt wurde.

Der Luftwaffenstützpunkt lag im nördlichen Außenbezirk mitten im Ackerland. Er bestand aus einer Reihe eingeschossiger Baracken und einem größeren Komplex mit einem Speisesaal und einem Konferenzraum, in dem die Neulinge Unterricht hatten. Vier Flakstationen südlich und östlich der Baracke waren nahe genug, damit die jungen Männer sie in wenigen Minuten erreichen konnten. Die Waffen, massive, geneigte Kanonen, waren viel größer als die Einmannstationen, an denen Emil in Passau geübt hatte. Jede war von einer mannshohen Holz- und Betonwand umgeben. Direkt südlich davon war ein Gemüsegarten angelegt worden. Waffen und Gärten – kein natürliches Paar wie Salz und Pfeffer, aber Emil hoffte, es bedeutete, dass sie ordentlich essen würden.

Als Emil in seinem Zimmer ankam, war bereits ein blonder, blauäugiger Junge am Auspacken.

»Bist du mein Zimmergenosse?« fragte ihn der Junge.

»Sieht so aus.«

»Ich heiße Georg.« Er streckte seine Hand aus. »Georg Stramm. Aus Regensburg.«

»Ich bin Emil Radle. Aus Passau.«

»Ich hoffe es macht dir nichts aus – ich habe das obere Bett genommen.«

»Überhaupt nicht«, sagte Emil.

»Fliegst du?«

»Noch nicht. Aber darum bin ich hier.« Emil öffnete seinen Koffer und tat es Georg gleich, legte seine Kleidung in die untere Schublade der Ankleide und hängte seine Jacke an einen Haken.

»Ich auch. Ich kann es kaum erwarten, meine Flügel auszubreiten.« Georg spreizte seine Arme. »Und es mit diesen fiesen Roten aufzunehmen.«

Die Rote Armee. Seit Stalingrad flößten Emil diese Worte Angst ein. Das Reich versuchte zu verhindern, dass die Wahrheit ans Licht kam. Sie wollten nicht, dass der gewöhnliche Bürger etwas über den Terror und die Folter erfuhr. Aber es sprach sich herum. Es war schwierig, so etwas geheim zu halten.

Eine Glocke schrillte, fast wie in der Schule, und alle neuen Rekruten wurden zusammengetrommelt und in drei Gruppen aufgeteilt. Emil und Georg landeten in der gleichen Gruppe, die von SS-Offizier Spiegl geführt wurde, einem großen, wuchtig aussehendem, sachlichem Mann.

Er machte mit ihnen eine Stadtrundfahrt. Die sieben Jungen drängten sich in den hinteren Teil eines Armeefahrzeugs.

Sie fuhren an den beiden Kirchtürmen der Sebalduskirche vorbei und entlang der Fassade des viergeschossigen Rathauses aus Ziegelsteinen, das eine ganze Häuserzeile einnahm.

Sie hatten gerade eine der vielen Steinbrücken über der Pegnitz überquert, als der Alarm losging.

Emil machte dunkle Flecken am Himmel aus.

Flugzeuge der Alliierten, die Bomben fallen ließen.

Emil starrte mit weit geöffnetem Mund hinauf, während die Flaktürme an der Westseite der Stadt anfingen, leuchtende orangefarbene Lichtstreifen in den Himmel zu schießen. Und dann traf einer! Das Ziel trudelte Richtung Erde und außer Sicht. Dann fiel eine weitere Bombe und noch eine, große Haufen brauner Zylinder, die geräuschlos herunterfielen und die Sonne verdunkelten.

Angstschauer stachen ihn wie kleine Nadeln und versetzten ihn in lähmende Benommenheit. Er glotzte auf die umher kreisende Luftwaffe, die zu einer Gegenattacke abgehoben hatte.

Ja, die Luftwaffe! Aber so wenige Flugzeuge. Wo war der Rest der Flotte? Die Luftwaffe war zahlenmäßig klar unterlegen. »Schnell«, schrie SS-Offizier Spiegel und zeigte auf den Eingang zu einem unterirdischen Tunnel, der in einen Unterstand führte.

Emils Körper reagierte auf die Dringlichkeit in Spiegls Stimme. Sie hatten keine Zeit, um zu ihren Stationen zurückzukehren. Nur kurz fragte sich Emil, ob sie wegen Miesmacherei oder Feigheit vor dem Feind verhaftet werden würden, weil sie nicht zurückkehrten und sich stattdessen in einen bombensicheren Unterstand zurückzogen.

Nürnberg war berühmt für sein System von Untergrundkellern. Sie waren ursprünglich für die Lagerung von Bier gebaut worden waren und wurden jetzt benutzt, um die Bevölkerung vor Bombenattacken zu schützen. Mehrere Bereiche waren zu Luftschutzkellern verstärkt worden. Die Einwohner rannten zu den Tunneln, auch zu dem markierten Unterstand, den Emil und seine Gruppe betreten hatten.

»Es sind reichlich drei Meter Ziegelstein und Beton über uns«, meinte ein Mann. Er versuchte, seine verängstigte Frau zu trösten. »Uns wird nichts passieren.«

»Solange es kein direkter Treffer ist«, entgegnete ein anderer, nicht so einfühlsamer Mann. »In dem Fall könnten wir hier eingeschlossen werden und ersticken.«

»Ich bitte Sie!« rief der erste Mann aus.

»Ich sage nur die Wahrheit. Dem Strauß bringt es auch nichts, den Kopf in den Sand zu stecken.«

Der Streit wurde von einem lauten Pfeifen unterbrochen, dem lautesten bisher. Emil presste die Hände an die Ohren. Dann bebte die Erde. Große Brocken Geröll fielen von der Decke. Die Frauen schrien, Babys weinten. Das Licht, das den Bunker beleuchtete, ging aus und ließ sie in totaler Schwärze zurück. Mehr Schreie. Alle gingen mit den Armen über dem Kopf in Deckung und warteten darauf, dass die Explosionen aufhörten.

Dann war es vorbei. Stille. Leises Schluchzen. SS-Offizier Spiegl stieg aus dem Unterstand und stieß die Tür auf, wobei er einen willkommenen Schwall Luft hineinließ. Staub wirbelte durch die Tunnel auf die Straße, alles war davon bedeckt. Emil klopfte seine Ärmel aus, aber das produzierte nur noch mehr Staub. Beduselt stolperte er herum.

Alle Gebäude entlang der Straße waren zerstört. Die abgeplatzten Wände gaben den Blick frei auf das private Leben gewöhnlicher Leute, auf Betten, Tische und aufgerissene Schränke.

Gedämpfte Schreie wuchsen zu einem grenzenlosem Heulgeschrei an.

»Hilfe!« schrie jemand. »Hier drüben!«

Nicht alle hatten so viel Glück gehabt und es in einen Unterstand geschafft.

Die Jungen der Flakeinheit begannen, Ziegel eines eingestürzten Gebäudes abzutragen. Jemand darin lebte noch. Wie Arbeitsbienen erwachten die Leute wieder zum Leben und suchten nach Überlebenden.

Ein Schuh.

»Ich habe jemanden gefunden!« schrie Emil. Er grub wie ein Besessener, um die Ziegel und den Mörtel um den herausragenden Fuß abzutragen. Dann legte er den Kopf frei und prallte zurück. Ein kleiner Junge wie Helmut war vom Gewicht der Mauer zerquetscht worden. Emil starrte auf das graue, blutüberströmte Gesicht. Es schnürte ihm die Brust zu und ihm wurde so übel, dass er sich beinahe übergeben musste. Der Junge war tot. Zerquetscht, blutig und tot.

»Na los, Soldat«, sagte SS-Offizier Spiegl. »Sie bringen die Leichen dorthin.«

Er zeigte auf eine Reihe. Eine Reihe von Menschen. Tot.

Spiegl wollte, dass Emil die Leiche anfasste. Er konnte es nicht.

»Schnell!« schrie er. »Mach, was ich dir sage!«

Emil zwang sich mit zitternden Händen, einen der Füße des Jungen zu packen, dann den anderen. Er schleifte ihn wie einen Sack Mehl und legte den zerquetschten Körper in die Reihe.

Tränen standen ihm in den Augen, während er sich auf die Lippen biss und sich zwang, sich zu konzentrieren. Weinen war das endgültige Zeichen von Schwäche und würde nicht geduldet werden.

Er drehte sich von den Leichen weg, um noch mehr zu suchen. Nach einer Weile wurde es leichter. Mehr Überlebende, mehr Tote. Mehr Reihen von Leichen. Sie sagten, es sei kein schlimmer Treffer gewesen. Berlin und Köln waren härter getroffen worden.

Aber für ihn war es schlimm genug.

KAPITEL 31

Noch Tage später säuberten sie die Stadt von den Trümmern, anstatt fliegen zu lernen. Vormittags machten sie Flak-Training, aber was Emil wirklich wollte, war in einem Flugzeug zu sitzen – weg vom Boden und von dem Albtraum dort. Er würde noch etwas länger warten müssen.

Georg entpuppte sich als wandelndes Lexikon. Er redete gern und brüstete sich mit großem Vergnügen damit, dass er über viele Dinge mehr wusste als Emil.

»Wir werden nicht in die Schule zurückkehren. Von hier geht's zur Wehrmacht.«

»Wir sind zu jung.«

»Wir werden jeden Tag älter. Bevor du dich versiehst, sind wir an der Front und töten Sowjets.«

»Glaubst du, dass wir gewinnen können?«

»Natürlich. Der Führer hat geheime Wunderwaffen.«

»Geheime Wunderwaffen?«

»Ja. Der Führer wartet nur auf den richtigen Zeitpunkt, um sie zu benutzen.«

Georg liebt den Klang seiner eigenen Stimme, dachte Emil. Er legte immer los, wenn Emil am Einschlafen war. Manchmal wäre er am liebsten auf das obere Bett geklettert und hätte George einen Fausthieb in den Magen verpasst.

»Hast du eine Freundin, Emil?«

»Ich versuche zu schlafen.«

»Ist das ein Ja oder ein Nein?«

Lautes vorgetäuschtes Schnarchen.

Georg lachte. »Das heißt wohl Nein. Ich habe ein Mädchen. Nettes, süßes Ding in Regensburg. Ich werde sie eines Tages heiraten. Sie heißt Elisabeth Kramer.«

»Kramer? Ist das nicht jüdisch?«

»Es ist nicht immer jüdisch, du Idiot!«

Das kam mit einem Kissengeschoss, voll in Emils Gesicht.

»Was soll das? Was ist los mit dir, Georg?«

»Glaubst du, ich würde mit einer jüdischen Hündin gehen? Außerdem sind keine Juden mehr in Deutschland übrig. Sie sind alle tot. Tot in diesen Konzentrationslagern.«

»Was redest du da?« Jetzt war Emil wach. »Die Juden wurden nach Polen umgesiedelt.«

Georg lachte, laut und herzhaft.

»Halt die Klappe, Georg.«

»Du bist so leichtgläubig, Emil. Jemanden wie dich habe ich noch nie getroffen. ,Die Juden wurden nach Polen umgesiedelt.' Das ist das Lustigste, was ich je gehört habe. Als ob Hitler ihnen irgendetwas geben würde. Nein, das ist es, was sie mit den Juden machen.«

Georg ließ seinen Kopf über die Seite des Bettes nach unten hängen. Aus Emils Perspektive war sein Kopf verkehrtherum, die Augen weit und geformt wie kleine, gerundete Taschen. Er erinnerte Emil an einen Dämon. Es war wie die Gruselgeschichten, die sie sich als Kinder am Lagerfeuer erzählt hatten, nur war die Angst damals vorgetäuscht.

»Sie lassen sie arbeiten, bis sie umfallen. Bis sie knochendürr sind. Dann vergasen sie sie und verbrennen sie in einem Ofen.«

Das Bild stieß Emil ab. Georg war ein Geschichtenerzähler, ein Lügner, und er hasste ihn dafür, dass er so etwas Furchtbares erzählte. »Ich glaube dir kein Wort.«

»Es ist wahr.«

»Woher willst du das wissen? Wer hat es dir erzählt?«

Sein Kopf verschwand. »Gib mir mein Kissen zurück.«

Emil warf es hoch. »Woher weißt du davon, Georg?«

»Ich kenne Leute. Sei still, Emil. Ich versuche zu schlafen.«

Jetzt wollte Emil ihm wirklich eine verpassen.

Er dachte an Anne und ihre Familie, an all die Juden, die vor so langer Zeit in Passau in die Züge gestiegen waren, in einem anderen Leben. Emil hatte Angst davor, einzuschlafen. Er hatte Angst vor dem, was er träumen könnte.

ABGESEHEN von den Wochenenden im Segelfluglager war Emil nie von zuhause weg gewesen. Heimweh war etwas Seltsames, dachte er. Man ist nicht wirklich krank. Man kann nicht zur Krankenschwester gehen und sich Medizin geben lassen. Aber es tut weh. Im Bauch, im Herzen. Und es ist schwer, wie ein Sack Mehl auf dem Rücken. Es geht nicht weg.

Eine kleine Erleichterung kam in Form von Briefen von Zuhause. Allerdings stellte sich heraus, dass sie ein heimtückischer Trost waren. Sobald Emil mit Lesen fertig war, kamen all der Schmerz und die Schwere zurück, schlimmer als zuvor.

Bittersüß. Wie der erste Brief, den er von Katharina bekommen hatte.

16. Mai 1943
Lieber Emil,

. . .

W*IE GEHT ES DIR?* *Ist dein Leben in Nürnberg aufregend? Mir geht es so gut, wie man unter den Umständen erwarten kann. Ich stehe vor Sonnenaufgang auf und arbeite auf dem Bauernhof bis zum Sonnenuntergang. Nicht viel Zeit für Spaß. Ich war nicht im Kino, seit du weg bist. Einmal in der Woche gehen Mutter und ich zum Lager mit den verdorbenen Nahrungsmitteln in der Hoffnung, mit unseren Lebensmittelmarken eine Tüte Zucker oder einen Block Margarine zu bekommen. Diese Dinger sind wirklich nutzlos, aber ich werde mich hüten, mehr zu sagen. Wir stehen sehr früh auf, um Schlange zu stehen, denn wenn wir Glück haben und etwas bekommen, ist das besser als ein Eimer voll Geld. Mit einer Tüte Zucker können wir wochenlang handeln.*

Johann ist beim Stützpunkt der Wehrmacht in Regensburg. Wir hören nicht oft genug von ihm, und ich mache mir Sorgen um ihn. Ich sorge mich auch um dich. Ich wünschte, du wärst hier.

Bitte pass auf dich auf.

In Liebe, Katharina.

I*N LIEBE KATHARINA? Liebe?* Nun, es gab alle Arten von Liebe, sagte Emil sich. Wahrscheinlich liebte sie ihn einfach wie einen Bruder, einen Freund. *Oder konnte es mehr sein?* Sie sorgte sich um ihn. Sie wünschte, er wäre dort.

Er war einfach dumm. Sie sorgte sich auch um Johann. Er war nichts Besonderes. *Oder war er es doch?* Er war total durcheinander. Wie sollte er ihr zurückschreiben?

Emil setzte sich an sein Pult und zog ein leeres Blatt Papier aus der Schublade. Mit dem Füller in der Hand fing er an:

11. Juni 1943

· · ·

Liebe Katharina,

Es ist so schön, einen Brief von dir zu bekommen. Ich vermisse euch alle so sehr. Wir arbeiten hier auch hart. Früh auf zum Frühstück und zum Sport, und dann trainieren wir an den Flakgeschützen. Am Nachmittag haben wir Lektionen in Flugübung. Geflogen bin ich noch nicht. Es sind überraschend wenige Flugzeuge hier stationiert.

Emil wusste, dass sein Brief zensiert werden konnte, und überlegte, ob er die letzte Zeile streichen sollte. Aber dann ließ er sie drin. Sie konnten sie ja selbst streichen, wenn sie ihnen nicht gefiel.

Meistens warten wir einfach, *dass etwas passiert. Am ersten Tag wurden wir bombardiert...*

Sollte er mehr schreiben? Er wollte ihr keine Angst machen. Besser nicht. Mit Sicherheit wollte die Zensur nicht, dass er Einzelheiten über die Angst und das Blutbad dieses Tages verbreitete.

... Aber es geht mir gut.

Er würde es einfach dabei belassen. Er wollte sie auch nicht anlügen.

· · ·

Wahrscheinlich werden *wir nicht noch einmal getroffen, aber darum bin ich hier. Um die Flak zu bemannen. Nur für den Fall. Also stehe ich jeden Tag auf und frage mich, ob ich heute nur üben werde, oder ob es heute ernst wird.*

Ich wünschte, ich wäre da, um mit dir ins Kino zu gehen oder einfach mit dir zusammen zu sein.

War das zu offensichtlich? Zu sentimental? Sollte er ihr erzählen, was er wirklich für sie empfand? Was, wenn er beim nächsten Bombenanschlag starb, ohne ihr erzählt zu haben, dass er mehr für sie empfand?

Im nächsten Brief, beschloss er. Er würde ihre Antwort abwarten; vielleicht würde sie ihm mehr Hinweise auf ihre wahren Gefühle für ihn geben.

Meine besten Grüße,
    Emil

Meine besten Grüße? Meine besten *Grüße?* Nachdem sie *In Liebe* geschrieben hatte? Was, wenn sie das so interpretierte, dass er nicht an ihr interessiert war? *Nur Freunde?*

Er beschloss, ein kleines »In Liebe« über seinem Namen hinein zu quetschen und hoffte, dass es nicht dämlich aussah.

KAPITEL 32

»**E**mil!«

Emil schnellte auf dem Absatz herum und war schockiert, als er sah, wer da von hinten auf ihn zukam.

»Onkel Rudi?« Ein Lächeln breitete sich auf Emils Gesicht aus. »Hallo.«

Onkel Rudi schüttelte ihm selbstsicher die Hand. »Mein Gott, Emil, du bist ein Mann geworden!«

»Danke.«

Onkel Rudi hingegen schien geschrumpft zu sein. Emil erinnerte sich an seinen Besuch bei ihnen zuhause, was schon eine Weile her war – wie kräftig, selbstsicher und männlich er ausgesehen hatte! Jetzt sah Onkel Rudi aus, als hätte ihn jemand in den Magen geschlagen. Gekrümmt stand er da, seine Schultern fielen nach vorne, und die Haut in seinem Gesicht hing herunter.

»Bist du hier, um die Flakgeschütze zu bedienen?« fragte Onkel Rudi.

Was war das für ein Ausdruck auf seinem Gesicht? dachte Emil. *Sorge?*

»Bin ich. Und um als Pilot für die Luftwaffe ausgebildet zu werden«, fügte Emil stolz hinzu.

»Ich verstehe«, sagte Onkel Rudi. »Für den Führer.«

»Für den Führer.«

Verschwunden all der Enthusiasmus, den Onkel Rudi damals in Passau zur Schau gestellt hatte, als er Geschichten von fantastischen Abenteuern bei der Bombardierung Polens zum Besten gegeben hatte. Er starrte Emil nur ein paar Sekunden an, während Emil krampfhaft überlegte, was er sagen könnte. »Wie lange bleibst du hier?«

»Nur einen Tag.«

»Oh.« Dann eine Idee. »Kannst du mich auf einen Flug in deinem Flugzeug mitnehmen?«

Onkel Rudi lachte. »Es ist zu gefährlich, Emil. Wenn uns der Feind nicht abschießt, tun es unsere eigenen Flakgeschütze, weil wir den Treibstoff des Reichs verschwenden.«

Er hatte Recht. Emil lächelte reumütig.

»Es war schön, dich wiederzusehen«, sagte Onkel Rudi.

Emil verlagerte sein Gewicht und sah dem älteren Mann in die Augen. »Gleichfalls.«

Onkel Rudi knallte seine Hacken zusammen und salutierte. »Heil Hitler!«

Gehorsam erwiderte Emil den Gruß und sah ihm nach, als er davonging.

Der Alarm ging mitten in der Nacht.

»Das ist keine Übung« schrie jemand in der Halle. »Das ist keine Übung!«

Emil und Georg kraxelten aus den Betten, zogen sich ungeschickt die Uniform an, befestigten in Eile die Stahllaschen an ihren Stiefeln und ergriffen auf dem Weg nach draußen ihre Metallhelme. Sie wussten genau, wohin sie zu gehen hatten und erreichten rasch Station drei. SS-Offizier Spiegl war als Geschützkommandeur postiert und bereits mit einem dritten Jungen vor Ort. Er trug Kopfhörer und erhielt Informationen darüber, aus welcher Richtung der Angriff kam. Emil und Georg arbeiteten mit dem dritten Jungen zusammen und luden die Geschosse.

In Emils Kopf drehte sich alles. *Passierte das wirklich? Würde er wirklich ein britisches Kampfflugzeug vom Himmel schießen?*

Keine Zeit zum Denken. Die Suchlichtmannschaften, die um die Stadt herum verteilt waren, machten ihre Lichter an. Sie waren je fünf Kilometer voneinander entfernt in einem Schachbrettmuster über Nürnberg verteilt und bündelten jetzt ihre Strahlen, um feindliche Bomber zu beleuchten.

»FEUER!«

Sie zündeten die Zündschnur, und die Kanone feuerte. Emil presste seine Hände an seine Ohren und duckte sich.

Insgeheim hoffte er, dass sie daneben trafen. Er konnte nicht vergessen, dass Moritz gestorben war, weil sie nicht an diesen Krieg glaubten.

»Nochmal!« schrie SS-Offizier Spiegl.

Sie luden das nächste Geschoss. Um sie herum schlugen Bomben ein. Der Boden bebte, und der Himmel färbte sich orange. Schrapnellsplitter sirrten vorbei. Emil kauerte sich tief über den Boden.

»FEUER!«

Sie zündeten die Schnur.

Geh daneben, dachte Emil. Daneben. Daneben.

Gleichzeitig hasste er, was die Alliierten Nürnberg antaten. Bombe folgte auf Bombe, eine Explosion, lautes Zischen, große Hitze. Hört auf. Bitte hört auf.

»Nochmal!«

Eine neue Ladung. Eine neue Schnur gezündet.

»Wir haben ihn!« jubelte Georg. Sie duckten sich alle und sahen zu, wie das Flugzeug der Royal Air Force brennend zu Boden krachte. Mehr Jubel.

»Nochmal!«

Es schien niemals aufzuhören. Emils Herz raste, seine Hände zitterten. Er bekam das Bild des explodierenden, vom Himmel stürzenden Flugzeugs nicht aus dem Kopf. Alles, woran er denken konnte, war, wie enttäuscht Johann wäre, wenn er es wüsste.

KAPITEL 33

2. *Juli 1943*
Liebe Mutter,

DU HAST WAHRSCHEINLICH *von der kürzlich stattgefundenen Bombardierung in Nürnberg gehört. Ich wollte, dass du weißt, dass es mir gut geht. So eine Bombardierung tut einer Stadt schreckliche Dinge an. Ich verstehe jetzt, warum du geweint hast, als wir Polen angegriffen haben.*

Mach dir keine Sorgen, weil du nichts von Vater gehört hast. Bei so vielen kaputten Straßen und Bahnlinien ist es für die Post schwer, durchzukommen, vor allem aus dem Osten.

In Liebe, Emil

»FEUERSTURM, Emil, ein *Feuersturm*. Die Alliierten haben Brandbomben auf Hamburg geworfen, tausende davon.«

Emil konnte sich darauf verlassen, dass Georg ihn mit den neusten Nachrichten versorgte. »Was ist eine Brandbombe?«

Georg sah Emil an, als sei er ein kleines Kind.

»Es sind Chemikalien. Chemikalien, die explodieren, wenn

sie auf den Boden treffen, und eine Menge extrem heißes Feuer verbreiten.«

Georg war zu aufgeregt, um auf sein Bett zu steigen oder sich ans Pult zu setzen.

»Vierzigtausend Leute sind gestorben. Ein verdammtes Inferno.«

»Was ist mit den Bombenunterständen? Haben die nicht ein paar Leute gerettet?«

»Nein, das ist das Problem. Die Bombenunterstände waren nutzlos. Alle sind erstickt oder verbrannt. Es war so heiß, dass Leute geschmolzen sind. Geschmolzen, Emil!«

»Bist du sicher?« *Woher wusste Georg diese Dinge?*

»Ja, ich bin sicher. Es kam im Radio und in den Zeitungen.«

Es muss wirklich schlimm sein, wenn es in den deutschen Nachrichten kommt, dachte Emil. Die Propaganda berichtete normalerweise nur über Siege, außer die Wahrheit war zu monströs, um sie zu verbergen.

»Die Leichen sind auf die Hälfte ihrer normalen Größe geschrumpft; die Kleider brannten ihnen vom Körper. Vierzigtausend Menschen.«

»Georg.« Hör auf, bitte. Das war schrecklich. Emils Magen drehte sich um, ihm war schwindlig, und er ließ sich auf sein Bett fallen. Georgs drastische Bilder machten ihn krank.

Es war schwer, die Alliierten jetzt nicht zu hassen.

Der Sommer 1943 brachte die Niederlage der deutschen Heeresgruppe Mitte an der Ostfront. Die Deutschen nannten sie Operation Zitadelle, oder auch Schlacht von Kursk. Sie sollte Deutschlands Stärke und Entschlossenheit demonstrieren, den Endsieg zu erreichen. Adolf Hitler zählte auf einen Sieg – zur Stärkung seiner Position bei seinen Verbündeten, die ihm drohten, sich zurückzuziehen. Ausserdem hoffte er, so eine große Zahl sowjetischer Kriegsgefangener zu bekommen, die er für Zwangsarbeit einsetzen wollte. Es war bis dato der größte Panzerkrieg, wobei sich herausstellte, dass die Rote Armee eine Panzer produzierende Maschine war. Laut Berichten produzierten die Sowjets zweitausend Panzer im Monat – Deutschland produzierte nur halb so viel. Die Niederlage in der Schlacht von Kursk war bitter.

Nach dem Verlust von Stalingrad war dieser Verlust für den deutschen Feldzug im Osten besonders schmerzhaft. Um alles noch schlimmer zu machen, besetzten die Alliierten zur selben Zeit Sizilien. Deutschland musste an zwei Fronten kämpfen: Es wurden Männer von der Ostfront zur Unterstützung an die Südfront geschickt, obwohl die Heeresgruppe Mitte sich das nicht leisten konnte.

Im Herbst wurde es für alle außer für Fanatiker wie Georg offensichtlich, dass Deutschland dabei war, den Krieg zu verlieren. Nachdem die Alliierten in Italien gelandet waren, stießen sie die Angriffslinie systematisch weiter nach Norden, indem sie sich sowohl vom Süden als auch vom Westen näherten. Am 13. Oktober erklärte Italien Deutschland den Krieg. Der stärkste Bündnispartner des Führers hatte sich gegen ihn gewandt.

»Mussolini war Ballast«, verkündete Georg, als sie die Neuigkeit hörten. »Deutschland ist stärker ohne ihn.«

Es war komisch, dachte Emil, dass Georg so klug und gleichzeitig so dumm war.

EMIL WAR ÜBERRASCHT, als man ihm über Weihnachten einen dreitägigen Urlaub anbot. Heimweh breitete sich in ihm aus. Beim ersten Anblick von Passau – die wunderschönen, mit Reif bedeckten messingblauen Türme des Stephansdoms am Zusammenfluss von Donau und Inn – zitterte sein Körper. Er wollte aus dem Zug springen und den Boden küssen. Er fühlte sich, als könnte er endlich wieder atmen.

Seine Familie stand am Bahnhof, um ihn zu begrüßen.

»Mutter! Helmut!«

»Emil!« schrien sie. Helmut sprang ihm entgegen und warf ihn fast zu Boden. Er musste dreißig Zentimeter gewachsen sein, seit Emil ihn zuletzt gesehen hatte.

»Helmut, du bist so groß geworden!«

»Ich bin fast so groß wie du!«

»Fast«, sagte Emil grinsend.

Mutter schlang zärtlich ihre Arme um Emil und weinte leise. »Du bist eine Gebetserhörung, Sohn. Ich habe gebetet, dass du Weihnachten nach Hause kommen kannst.«

Sie machte einen Schritt zurück. »Du siehst gut aus. Ich bin froh zu sehen, dass sie sich in Nürnberg gut um dich kümmern.«

Emil wünschte, er hätte dasselbe über sie sagen können – sie war noch dünner als zuvor, falls das möglich war. Aber ihre Schultern waren gerade und ihr Gesichtsausdruck entschlossen. Sie war nicht der Mensch, der kampflos unterging.

»Und es gibt noch mehr gute Nachrichten!« sagte sie und öffnete einen Umschlag. »Ich habe endlich einen Brief von deinem Vater erhalten. Er ist noch am Leben. Dich zu Hause zu haben, Emil, und zu wissen, dass dein Vater lebt, ist alles, was ich mir dieses Jahr zu Weihnachten gewünscht habe!«

Ihre Augen funkelten. Sogar in der Dunkelheit dieses schrecklichen Krieges konnte Mutter Freude finden.

Emil blickte im Bahnhof um sich, halb hoffend, dass Katharina vielleicht auch gekommen war, aber froh, dass sie es nicht getan hatte. Er wollte nicht, dass sich ihr Wiedersehen vor seiner Mutter und seinem kleinen Bruder abspielte.

Emil fand eine Ausrede, um sie sehen zu können. Johann war auch zuhause, und so ahnten Mutter und Helmut nicht, wie sehr er sich danach sehnte, sie zu sehen.

Obwohl es Winter war, fuhr Emil mit seinem Fahrrad durch

Matsch und Schnee. Aber er hielt kurz an, als er den Bauernhof erblickte.

Er befahl sich tief Luft zu holen. Auch Johann wollte er wiedersehen, aber schließlich war er nicht deswegen so nervös. Er musste sich einfach auf Johann konzentrieren, seinen alten Freund Johann.

Er schob sein Rad die Auffahrt zum Haus hinunter und sah ihn von weitem. Er wusste, dass es Johann war, weil er seine braune Wehrmachtsuniform trug. Er wandte Emil den Rücken zu und hielt eine Heugabel.

»He, Johann!«

Johann schnellte herum. »Emil, mein Freund!«

Emil schüttelte kräftig Johanns Hand.

»Ich habe dich vermisst«, sagte Johann. »Ich meine, natürlich hatte ich dich ziemlich über, als du weggingst...«

Emil knuffte ihn spielerisch in den Arm. »Was soll das heißen? Ich war derjenige, der vorher jeden Tag auf deinen Hinterkopf starren musste.«

»Wie bitte? Auf so einen gutaussehenden Kopf. Das war doch ein Privileg für dich.«

Lachend folgte ihm Emil zur Scheune. »Nun, wie hat man dich bei der Wehrmacht? behandelt?«

»Naja, weißt du.« Er senkte seine Stimme. »Es ist ja nicht so, dass ich wirklich kämpfen werde.«

Was meinte er damit? Dachte er, dass der Krieg dann vorbei sein würde, oder wollte er sich einfach weigern, wenn die Zeit gekommen war? Eine Art letzter Widerstand. Sie wurden bald sechzehn. Alles konnte passieren.

Emil wollte die Stimmung nicht mit einer ernsthaften Diskussion dämpfen, daher fragte er Johann nicht weiter aus — sie waren beide nur für kurze Zeit zuhause. Durch das plötzliche Auftauchen von Katharina wurde Emil gerettet.

Mit der schimmernden Sonne, die ihren Körper umgab, sah

sie wie ein Engel aus. Ihre Schönheit verschlug ihm den Atem, und er brauchte einen Moment, bis er seine Stimme wiedergefunden hatte.

»Hallo«, brachte er schließlich heraus.

»Emil!« Zu seiner Verblüffung und Freude eilte sie auf ihn zu und umarmte ihn. Weihnachten konnte nicht mehr besser werden als das.

»Es ist so schön, dich zu sehen«, sagte sie. »Ich hörte, dass du Urlaub hast.«

»Es ist auch wunderbar, dich zu sehen«, sagte Emil, dem sehr bewusst war, dass Johann noch dastand.

»Nun, ihr zwei seid wirklich ein Anblick«, sagte Johann und grinste durchtrieben. »Wenn ihr nichts dagegen habt – und ich bin sicher, das habt ihr nicht – ich mache mich hier drüben in der Scheune nützlich. Nur für den Fall, dass ihr euch wundert.« Er lachte und schlenderte davon.

Emil konnte nicht verbergen, was für Gefühle es in ihm auslöste, Katharina zu sehen, und außer sich vor Freude merkte er, dass auch sie damit kämpfte.

Sie gingen langsam zusammen die Auffahrt hinunter. Sie fragte ihn nach Nürnberg, er sie nach ihrer Familie und ihren Plänen für Weihnachten.

»Ziemlich einfach, wie bei den meisten Leuten, nehme ich an«, sagte sie. »Ein kleines Essen, Gottesdienst. Wir sind einfach glücklich, dass wir zusammen sind.«

Emil nickte. »Wir auch. Außer, du weißt schon, dass Vater immer noch weg ist.«

»Es tut mir leid, dass er keinen Urlaub bekommen hat. Geht es ihm gut?«

»Ja, glaube ich wenigstens. Mutter hat kürzlich einen Brief von ihm bekommen, aber er wurde vor längerem geschrieben.«

Aus seinem Augenwinkel sah Emil eine Bewegung. Zwei Männer, die er nicht kannte, arbeiteten auf den Feldern.

»Wer ist das?«

»Das? Zwei Franzmänner. Kriegsgefangene, die uns geschickt wurden, um auf dem Hof zu helfen. Sie sind jetzt überall – Franzosen, Belgier, Holländer. Sogar welche aus dem Osten. Sie werden hierher geschickt, weil wir zu wenig Arbeitskräfte haben.«

»Ist es sicher? Ich meine für dich?«

Sie lachte. »Ich bin nie mit einem von ihnen allein. Mutter achtet darauf. Aber es ist widerlich, wie manche Mädchen mit den Ausländern anbändeln.«

Alarmierende Neuigkeiten.

»Oh nein. Ich bin nicht so eine. Außerdem ist es gegen das Gesetz. Verbrüderung mit dem Feind ist ein Strafdelikt. Ich habe gehört, dass einige hemmungslose Bäuerinnen festgenommen wurden.«

»Wo schlafen die Gefangenen?«

»Auf dem Dachboden.«

»Unserem Dachboden?« Es war unvernünftig, Emil wusste es, aber er fühlte sich verletzt

»Ich weiß. Ich bin auch traurig, dass wir dort nicht mehr hinkönnen.«

»Ich möchte, dass du dich von ihnen fernhältst, in Ordnung?«

Sie lächelte und ergriff seinen Arm. »Du machst dir Sorgen um mich. Das ist so süß.«

»Versprich es mir einfach.«

»Ich verspreche es.«

Katharina trug eine dünne Winterjacke über ihrem halblangen Kleid. Es war so kalt, dass sie ihren Atem sehen konnten, und sie zitterte. »Du frierst«, sagte Emil. »Wir sollten umkehren.«

»Es geht mir gut.«

»Nein, du zitterst. Lass mich dir wenigstens meinen Mantel geben.«

»Dann frierst du und musst gehen. Warum gehen wir nicht einfach etwas näher zusammen?«

Emil legte seinen Arm um ihre Schulter. »Gut so?«

»Ja«, sagte sie. »Danke. Mir ist jetzt viel wärmer.«

Das Lustige war: ihm auch.

WIE ANDERE SOLDATEN auf Urlaub konnte Emil ein kleines Päckchen mit Lebensmitteln nach Hause mitbringen, Nahrungsmittel, die für gewöhnliche Zivilisten nicht mehr erhältlich waren.

Er hatte eine Dose Büchsenfleisch und ein Glas Konservenpfirsiche. Mutter hatte es geschafft, einen Laib Brot und ein Stückchen Butter aufzutreiben.

Sie deckte den Tisch sorgfältig, aber Emil entging nicht, dass all ihr gutes Silber fehlte. Außerdem fragte er sich, warum sie fünf Gedecke auflegte.

»Ich habe Frau Schwarz und Karl eingeladen.«

Emil ärgerte sich. Sie hatten kaum genug zu essen für drei, und er wollte Mutter und Helmut für sich allein.

»Sind sie nicht selbst eine Familie?«

Mutter hielt inne und musterte ihn. »Nein. Ich nehme an, dass du das von Herrn Schwarz nicht gehört hast – die Nachricht kam vor drei Wochen. Er ist in Frankreich gestorben.«

»Oh.« *Herr Schwarz war tot?* Emil hatte ihn gemocht, und die Neuigkeit traf ihn. Frau Schwarz und Karl taten ihm leid; jetzt war er froh, dass die beiden zum Essen kommen würden.

»Was ist mit Tante Gerta?« fragte Helmut.

»Sie glaubt nicht an Weihnachten«, sagte Mutter. »Sie hat eine zusätzliche Schicht im Gefängnis angenommen.« Sie blickte finster, als sie darüber nachdachte. »Ich will gar nicht wissen, was sie dort macht.«

Familie Schwarz traf ein. Helmut freute sich, Karl zu sehen, und zeigte ihm einen seltsam geformten Steinbrocken, den er auf dem Bauernhof gefunden hatte, auf dem er arbeitete.

»Ich bin dir so dankbar, dass du uns eingeladen hast, Leni.« Die Augen von Frau Schwarz waren mit Trauer gefüllte Teiche. »Das war sehr nett von dir.«

Sie setzten sich an den Tisch, und Emil zündete die Kerzen an. Mutter hatte das Essen in kleinen Scheiben und Portionen auf drei Platten angerichtet, und so sah es aus, als ob viel mehr da war.

Und wie immer betete sie.

Das Essen war köstlich. Brot und Butter, die Scheiben Büchsenschinken, die Süße der Pfirsiche. Die lächelnden Gesichter rund um den Tisch machten es zu einem perfekten Heiligabend-Festessen. Und zu Emils Überraschung gab es für alle genug.

Es war Weihnachten 1943. Das hieß um 18 Uhr Gottesdienst in der Matthäuskirche.

Emil und Helmut klopften den Schnee von ihren Stiefeln und folgten Mutter ins Innere. Sie waren es gewöhnt, auf der linken Seite auf mittlerer Höhe zu sitzen, wohin Mutter sie auch heute führte. Emil war überrascht, wie voll es war. Wahrscheinlich brachte der Krieg mehr Leute zum Beten.

Pastor Kühnhauser saß in der ersten Reihe. Er war ein alter Mann mit dicken Backen und ein fester Bestandteil in Emils Leben, denn er war der einzige Pastor, den die Matthäuskirche gehabt hatte, seit er geboren war. Die Art von Mensch, bei der man denkt, dass er niemals stirbt. Er hatte eine Bibel auf dem Schoß, und sein kahler Kopf beugte sich über sie, während er betete.

Er stand auf, woraufhin sich Frau Koning erhob, um die Orgel zu spielen.

Weihnachtslieder. *Was für ein Trost es ist, die Lieder meiner*

Kindheit wieder zu singen, dachte Emil. Stille Nacht, Heilige Nacht. Alles schläft. Einsam wacht...

Pastor Kühnhauser schritt zur Kanzel.

»Seid gegrüßt im Namen von Jesus Christus, dessen Geburtstag wir heute feiern.«

Emil hielt den Atem an. Kein *Heil Hitler?* Würde er wenigstens das Dritte Reich segnen?

»So sehr hat Gott die Welt geliebt, dass er seinen einzigen Sohn gab, damit jeder, der an ihn glaubt, nicht verloren geht, sondern ewiges Leben hat. Er kam in der Gestalt eines Kindes...«

Emil atmete auf. Eine normale Weihnachtsgeschichte.

»Doch der Sohn Gottes wurde zurückgewiesen von den Regenten dieser Zeit.«

Emil rutschte unbehaglich auf der Kirchenbank herum.

»Er kam für Sünder, um sie von den Konsequenzen ihrer Sünden zu retten, und wenn wir jemals jemanden brauchten, um uns von unseren Sünden zu retten, dann ist es heute.«

Der Pastor fuhr fort. »Ich muss heute etwas gestehen: Ich habe viel zu lange mit Reden gewartet. Ich habe Menschenfurcht anstelle von Gottesfurcht mein Herz beherrschen lassen.«

Emils Herz hämmerte in seiner Brust. *Oh, nein, oh nein, oh nein.*

»Ein entsetzliches Übel ist über uns gekommen.«

Eine Bewegung im hinteren Teil des Raumes. Emil drehte den Kopf. Zwei SS-Offiziere in den üblichen schwarzen Mänteln standen hinten in der Kirche. *Hör auf, Pastor, hör auf!*

»Wir dürfen nicht schweigen, während vor unseren Augen eine Verschwörung im Gang ist, um ein ganzes Volk zugrunde zu richten.«

Emil hörte hinter sich jemanden flüstern: »Was meint er damit?« Aber Emil wusste es. *Der verdammte Georg hatte wieder recht gehabt.*

»Insbesondere Gottes auserwählte Rasse, das jüdische Volk, anzugreifen, zu dem Jesus selbst gehörte.«

Die Schwarzmäntel im hinteren Teil der Kirche begannen miteinander zu sprechen, aber Emil konnte nicht hören, was sie sagten.

»Beichtet einander eure Sünden.« Pastor Kühnhausers Stimme war überraschend ruhig. »Und er wird euch vergeben. Er ist treu und gütig. Er sehnt sich danach, euch unter seinen Flügeln zu versammeln wie eine Henne ihre Küken.«

Die Intensität, mit der er seinen Blick auf die Schwarzmäntel heftete, ließ Emils Haut kalt werden. »Aber er ist auch heilig und gerecht. Und er wird Gerechtigkeit auf diese Erde bringen.«

»Halt!« rief einer der Schwarzmäntel als Antwort. »Hören Sie auf zu sprechen!«

»Meine treue Gemeinde, gebt eure Versammlungen nicht auf. Bewahrt den Glauben. Macht weiter so.«

Die Schwarzmäntel stürmten auf den Altar zu. Emil sah Mutter an. Ihre Augen füllten sich mit Tränen, aber der Ausdruck in ihrem Gesicht war nicht Angst. *War es Stolz?*

»Liebt einander, wie Gott euch geliebt hat!«

Das waren seine letzten Worte.

Die Schwarzmäntel fesselten ihm die Hände auf den Rücken, aber Pastor Kühnhauser blieb ruhig. Er verließ das Gebäude mit hoch erhobenem Kopf und glänzenden Augen.

Er hatte vollbracht, was er sich vorgenommen hatte.

Die Nachricht von Pastor Kühnhausers Verhaftung verbreitete sich in der Stadt. Emil fürchtete sich vor eine Art geistlicher Erweckung, was nur noch mehr Verhaftungen und Exekutionen bedeutet hätte. Für ihn gab es keinen Zweifel, dass die Nazis den Pastor soeben zum Märtyrer gemacht hatten.

Die frühmorgendliche Stille, die normalerweise auf dem Stützpunkt in Nürnberg herrschte, wurde durch einen Hustenanfall gebrochen. Er kam tief aus Emils Brust, feucht und heftig, und trieb ihn aus einem unruhigen Schlaf in eine sitzende Position. Jeder Hustenstoß durchbohrte seine Lungen, und ein besonders schmerzhafter Anfall ließ ihn laut aufstöhnen.

»Halt die Klappe, Emil!« Georg hatte kein Erbarmen mit ihm. Die Scharniere des Doppelbettes quietschten, als er das Gewicht seines Körpers verlagerte.

Emil konzentrierte sich und zwang seine Brust, sich zu beruhigen. Feuchte Linien strömten seine Wangen hinunter, und einen Moment lang dachte Emil beschämt, er hätte angefangen zu weinen.

Aber es war Schweiß, der ihm von der Stirn in die Augen rann. Er warf sein Bettlaken mit einer Bewegung seines Beines von sich und lag in Unterwäsche da. *Wer hatte die Heizung aufgedreht?*

Bis der Morgen kam, hustete auch Georg, und am Ende des Tages lag die halbe Baracke krank in ihren Betten. Eine Lungenentzündung hatte sich im Lager ausgebreitet.

Die schlechte Nachricht war, dass das Naziregime nichts

dafür zahlen wollte, dass sie wieder auf die Beine kamen. Diese Last hatten ihre Familien zu tragen. Die gute Nachricht war, dass Emil nach Passau zurück durfte.

Er konnte sich kaum an die Zugfahrt nach Hause erinnern, nur daran, wie beruhigend kühl sich die Fensterscheibe an seiner Wange anfühlte. Er erinnerte sich auch nicht daran, dass er von Mutter und Helmut abgeholt wurde oder wie er es ins Bett geschafft hatte.

Er war sich vage bewusst, dass jemand seinen Kopf hielt, damit er kleine Schlucke Wasser trinken konnte, während seine Zunge über die raue, rissige Oberfläche seiner Lippen glitt, und dass jemand seine Stirn mit einem kühlen Tuch abtupfte. Aber meistens schlief er, ohne wahrzunehmen, dass der Krieg tatsächlich seinen Weg in ihre Ecke Deutschlands gefunden hatte. Johanns und Katharinas Vater war getötet worden, als eine Bombe auf sein Orchester fiel, während es in München spielte. Die Lastwagen mit Lebensmitteln kümmerten sich nicht länger um die Menschen in Passau. Bomber der Alliierten zogen immer engere Kreise um ihre Region.

Eines Tages sprach der Schatten in seinem Zimmer zu ihm. »Emil? Kannst du mich hören?«

Emils Lider flatterten, während er versuchte, seine Augen zu öffnen. Er kannte diese Stimme. »Mutter?«

»Ja, Emil, ich bin hier. Oh Sohn. Du wirst wieder gesund.«

Glück und Erleichterung in Mutters Stimme.

Mit der Zeit wich der Druck von seinen Lungen. Er konnte wieder tief einatmen, und die Hitze in seinem Körper klang ab.

Eines Tages, als Helmut ihm eine Schüssel mit dünner Suppe brachte, erkundigte sich Emil nach den Ackermanns.

»Johann ist auf Urlaub zuhause«, sagte Helmut und setzte sich auf den hölzernen Küchenstuhl, den Mutter hinaufgetragen hatte. »Mutter hat ihm gesagt, dass sie ihn wissen lässt, wenn es dir gut genug geht für einen Besuch.«

»Es geht mir gut genug«, sagte Emil. Er wollte Katharina unbedingt wiedersehen – und Johann natürlich auch. »Geh und sag es ihnen.«

In Emils Vorstellung trat Katharina durch die Tür seines Schlafzimmers, hielt kurz inne und warf sich dann auf ihn, weinend vor Freude, weil er noch lebte. Als sie später wirklich vorbeikamen, war alles anders. Katharina zögerte und ließ Johann vorangehen. Sie umarmte ihn nicht, berührte ihn nicht einmal. Wehmut und Melancholie standen in ihren Augen, obwohl sie lächelte.

»He, alter Knabe«, witzelte Johann. »Nett von dir, dass du in deinem engen Zeitplan etwas Platz für uns gemacht hast.«

»Na ja, du siehst, wie beschäftigt ich war. Danke, dass ihr gekommen seid.«

Emil wandte seinen Blick von Johanns zu Katharinas Augen.

»Hallo, Emil.«

»Hallo.«

»Ich bin so froh, dass es dir besser geht.«

»Es tut gut, zuhause zu sein.«

Eine seltsame Verlegenheit herrschte im Zimmer, als ob sie nicht zusammen aufgewachsen wären. Als ob sie nicht beste Freunde gewesen wären. Als ob sie diese Briefe nie geschrieben hätten.

»Na ja«, sagte Johann, »werde nicht zu schnell gesund. Sie werden dich zurückschicken, sobald sie Wind davon kriegen, dass du dich einigermaßen erholt hast.«

Emil grunzte. »Ich tue mein Bestes.«

Es war grau im Zimmer, obwohl Mutter die Fensterläden geöffnet hatte, und Emil fühlte die kalte Luft, die durch die Fensterritzen pfiff.

»Mutter hat mir von eurem Vater erzählt«, sagte Emil. »Es tut mir so leid.«

Johann und Katharina starrten auf ihre Füße. Katharina biss sich auf die Unterlippe und kniff die Augen zusammen.

»Danke«, sagte Johann schließlich. »Die Ironie des Krieges. Die, die leben wollen, sterben. Die, die sterben wollen, leben weiter.«

»Ich weiß nicht, Johann. Soweit ich sehen kann, macht der Tod keine Unterschiede.«

Johann schob seine Hände in die Jackentaschen. »Ich frage mich, was Moritz denken würde, wenn er hier wäre.«

»Es scheint wie gestern, als wir in seinem Haus BBC gehört haben«, sagte Emil. »Nur dass wir viel jünger waren.«

»So ist er mir in Erinnerung geblieben«, fügte Katharina leise hinzu. »Ein kleiner Junge, der niemals ein Mann sein wird.«

»In gewisser Weise hatte er Glück«, meinte Johann. »Er musste nicht mit ansehen, was aus Deutschland geworden ist. Es hätte ihm das Herz gebrochen.«

»Es bricht uns allen das Herz«, sagte Katharina.

»Ich kann nicht glauben, was wir damals getan haben«, fügte Johann hinzu.

»Wenn wir gewusst hätten, wie schlimm es wird«, sagte Emil, »hätten wir wahrscheinlich mehr getan.«

»Wir sollten nicht zu hart mit uns sein«, sagte Katharina. »Wir waren nur Kinder. Wir sind immer noch nur Kinder.«

Emil hoffte, dass Johann ihn und Katharina eine Weile allein lassen würde, bevor sie gingen, aber zu seiner Enttäuschung verabschiedeten sie sich zusammen.

Die Dinge zwischen ihm und Katharina hatten sich verändert. Emil war sich sicher: Wenn jemals etwas Besonderes zwischen ihnen gewachsen war, war es weg.

E**s** war ein täglicher Kampf ums Überleben. Zu essen gab es wenig bis nichts, und überall fielen die Bomben, manche beunruhigend nahe. Wegen seiner Krankheit schaffte Emil es nicht rechtzeitig in die Schutzräume am Ende der Straße. Er musste in ihren eigenen Keller, um Schutz zu suchen.

Es war aussichtslos, Mutter und Helmut zu bitten, ihn allein zu lassen. Also saßen sie zusammen in dem feuchten, kühlen Untergeschoss, in dem sie früher im Winter das Gemüse gelagert hatten.

Wieder das durchdringende Schrillen der Sirenen. Die Kälte kratzte an seinen Lungen. Sie drängten sich zusammen, kauerten auf der bloßen Erde und warteten.

Die Erde bebte. Nahe, aber kein direkter Treffer. Wahrscheinlich war Passau nur ein Übungsziel für größere Zentren wie München oder Nürnberg.

Emil starrte auf die Kartoffelkiste. Nichts als Kartoffeln, seit er aus Nürnberg gekommen war. Mutter danke dem Herrn jetzt auch, *bevor* sie das Essen zubereitete. Emil wusste warum: Es waren nur noch ein paar übrig, er konnte schon den Boden der Kiste sehen. Sie würden mit Sicherheit verhungern, bevor der Krieg vorüber war.

Nachdem die Sirenen verstummten, griff sich Helmut drei Kartoffeln für das Mittagessen. Jetzt machte Emil sich wirklich Sorgen.

Bevor sie aßen, neigten Mutter und Helmut die Köpfe zum Gebet. Um höflich zu sein, stimmte Emil in ihr »Amen« ein. Dann fing er an.

»Ich bringe das Thema nicht gern auf, aber wenn es so weitergeht, werden wir Ende der Woche keine Kartoffeln mehr haben. Habt ihr gesehen, dass die Kiste fast leer ist?«

Helmut und Mutter tauschten Blicke aus.

»Gott ist unser Versorger, Emil«, erwiderte Mutter. Emil wollte den Glauben seiner Mutter wirklich nicht kleinreden, aber in diesem besonderen Fall war er sicher, dass sie töricht war. Wenn sie nicht bald etwas zu essen fanden, hatten sie ein Problem. Dann unterbrach Helmut seine Gedanken.

»Die Kiste sieht seit Wochen so aus.«

»Sieht wie aus?«

»Na fast leer.«

»Wie soll das gehen?«

Helmut zuckte mit den Achseln. »Ich weiß nicht. Sie wird einfach nicht leer.«

Konnte das wahr sein? Emil sah seine Mutter an. Sie widersprach Helmut nicht. Und wenn Emil eines über seine Mutter wusste, dann war es, dass sie nicht log.

Kurz nachdem die Sirenen verstummt waren, klopfte Katharina an der Tür.

»Die Flugzeuge sind fort, und es ist Frühling«, fing sie an. »Ich habe mich gefragt, ob du vielleicht etwas spazieren gehen möchtest. Natürlich nur, wenn du dich kräftig genug fühlst.«

»Ja«, sagte Emil rasch. »Es geht mir gut.«

Er griff nach einer Jacke und folgte Katharina, während sie

die gepflasterte Straße hinuntergingen. Der Wind war noch kühl, aber die Sonne auf seinem Gesicht fühlte sich warm an und machte ihm Hoffnung. Sie gingen langsam. Emil wollte zeigen, wie gesund er war, doch seine Lungen protestierten noch, und seinem Körper fehlte es an der früheren Kraft.

»Es tut mir leid, dass ich dir aus dem Weg gegangen bin«, sagte Katharina.

»Es ist mir aufgefallen. Warum?«

»So viele Menschen sterben. Ich dachte einfach, dass es vielleicht besser wäre, wenn wir uns nicht noch näher kommen.«

Emil blieb stehen. »Du vermisst deinen Vater, oder?«

Sie senkte ihren Blick. »Ja, das tue ich. Sehr. Ich denke jeden Tag an ihn.«

Dann sah sie ihm in die Augen. »Ich habe Angst davor, die Menschen zu verlieren, die ich liebe.«

Die Menschen, die ich liebe, dachte er. *Mich?*

Emil wagte es und griff nach ihrer Hand. »Ich verstehe. Es gibt keine Garantien. Aber eigentlich hast du keine Wahl.«

»Wie meinst du das?«

»Wir haben schon zu viel zusammen durchgemacht. Sind schon zu lange Freunde. Der Schaden ist schon angerichtet.«

Sie lächelte. »Ach so. Ich verstehe.«

In angenehmem Schweigen liefen sie Hand in Hand bis zum Ende der Straße, während Katharina sich seinem Gang anpasste.

Als sie am Ende angekommen waren, drehte Emil sich zu ihr.

Seine zweitgrößte Angst nach dem Tod war, dass er sterben könnte, ohne jemals ein Mädchen geküsst zu haben. Ohne jemals Katharina geküsst zu haben.

Sie hob ihren Kopf zu ihm hinauf, da wusste Emil, dass das der Moment war. Er neigte sich ihr entgegen. Ihre Lippen waren weich und süß und er schmolz dahin, während prickelnde Wärme seinen Körper durchströmte.

Sie löste sich von ihm und lächelte scheu. »Ich sollte zurückgehen.«

Die beiden kehrten zu Emils Haustür zurück, ein breites, strahlendes Lächeln auf dem Gesicht. So glücklich, als ob es den Krieg gar nicht geben würde.

»Sehen wir uns morgen?« fragte er. *Und jeden Tag nach diesem, bitte?*

»Ja. Wir sehen uns morgen.« Sie winkte, während sie um die Ecke ging und er sie aus den Augen verlor.

Nach diesem Tag sah Emil Katharina oft. Entweder kam sie bei Emil vorbei, damit er sie auf Besorgungen in die Stadt begleiten konnte, oder Emil fuhr mit dem Rad zum Bauernhof, um sie zu sehen, während seine Lungen jeden Tag kräftiger wurden. Es war Krieg, und sie hatten nicht viel Freizeit. Daher verbrachten sie ihre Zeit meistens damit, gemeinsam auf dem Bauernhof zu arbeiten. Emil machte die Arbeit nichts aus, solange sie zusammen waren. Da er sich immer noch von seiner Krankheit erholte, wurde er in die Scheune verbannt, um Heu zu laden oder Eier zu sammeln. Das Reich hatte den Ackermanns mehr Hennen und eine zusätzliche Milchkuh verschafft, aber der Großteil der Erträge ging immer noch nach außerhalb. Außerdem gab es einen blühenden Schwarzmarkt. Eier und Milch verschwanden heimlich unter den Augen der herumlaufenden Offiziere. Die meisten von ihnen waren aus dem Ort und drückten ein Auge zu, weil sie wussten, dass auch ein oder zwei zusätzliche Eier auf ihrem eigenen Tisch landen konnten.

Am Ende jedes Tages gab Emil Katharina einen Gutenachtkuss.

»Glaubst du, dass sie dich hierbleiben lassen?« flüsterte sie eines Abends. Er wusste, dass sie die Armee meinte. Sein Husten war abgeklungen, und der Arzt hatte ihn für gesund erklärt.

Johann war schon vor Wochen zurückgekehrt, denn die Wehrmacht brauchte dringend Soldaten. Es war nur eine Frage der Zeit.

»Ich bin nicht fronttauglich, aber ich nehme an, ich bin immer noch nützlich für sie«, sagte er.

»Ich hoffe, du gehst nicht.« Sie umarmte ihn und schmiegte sich an ihn. Emil drückte sie an sich und küsste sie auf den Scheitel. Alles, was er wollte, war, sie an einen sicheren Ort zu bringen und sie einfach zu lieben. Aber er konnte es nicht. Sein Körper verkrampfte sich aus Wut über seine Ohnmacht.

»Ich bin noch nicht weg.« Emil hob ihr Kinn und zwang sich zu lächeln. »Lass uns nicht über morgen grübeln, in Ordnung?«

Beschuss aus der Luft konnte jederzeit erfolgen. Kleine, tief fliegende Flugzeuge, manchmal amerikanische, manchmal britische, brausten über Städte und Felder und feuerten rücksichtslos aus ihren Maschinengewehren.

Emil fand sie schlimmer als die Bomber, weil es selten Sirenenwarnungen gab. Sie fühlten sich sicher, und plötzlich waren sie es nicht mehr.

Vielleicht wollten die Alliierten damit den Kampfgeist des deutschen Volkes brechen, mutmaßte Emil. Vielleicht langweilten sie sich auch einfach zwischen den Bombardierungen, und Zielschießen auf den Feind versorgte sie mit etwas Unterhaltung.

Wenn sie Glück hatten, hörten die Einwohner von Passau die Flieger rechtzeitig kommen, so dass sie sich in einer Scheune oder einem ausgebombten Keller verstecken konnten.

Helmut und Karl gingen jeden Nachmittag auf Nahrungssuche, bevor ihre Abendschicht in der Suchstrahlbatterie anfing. Emil war mit seinem Rad auf dem Rückweg von Ackermanns, als er die beiden sah. Sie gruben nach Rüben, Karotten oder jeder Art von Wurzelgemüse, das vielleicht unter der Erde wuchs.

Er hielt an und winkte.

»Hallo Helmut! Karl!«

Sie winkten zurück. Emil beobachtete seinen kleinen Bruder, und Stolz flammte in ihm auf. Helmut arbeitete so hart wie jeder Soldat. Er übernahm wirklich den Platz des Mannes im Haus, wenn Emil und sein Vater weg waren. Er kümmerte sich um Mutter und kam seinen Pflichten nach, um Deutschland zu schützen. Doch in Emils Stolz mischte sich auch Trauer. Helmut hatte nie die Möglichkeit gehabt, einfach Kind zu sein. Keine Zeit frei von Sorge, Angst und Verantwortung. Und wenn dieser Krieg einmal vorüber war, war auch seine Chance auf eine Kindheit für immer dahin.

Ein leises Grollen, das summende Dröhnen eines Motors.

Oh, nein.

»Helmut! Helmut!« Emil zeigte in den Himmel. Sie sahen es auch. Sie begannen zu rennen, aber sie wurden mitten auf dem Feld eingeholt.

»Rennt, rennt!« schrie Emil und ließ sein Rad fallen. Er rannte, aber sie waren zu weit weg. Seine Lungen brannten. Er fiel zu Boden, während das Flugzeug ihn einholte, herabschoss und feuerte. Helmut und Karl ließen sich auf die Erde fallen, die Arme über ihren Köpfen. Zwei Reihen Geschosse trafen das Feld, *ra-ta-ta-ta, ra-ta-ta-ta.* Staub wirbelte hoch in die Luft.

Dann war es weg. Emil rappelte sich auf, sein Herz raste. Angst ergriff von jeder Zelle seines Körpers Besitz. Die Jungen blieben auf der Erde liegen.

Steht auf. Steht auf!

Helmut hob den Kopf und schüttelte den Dreck aus seinen Haaren. Emil atmete erleichtert auf und rannte zu ihm.

»Helmut! Geht es dir gut?«

Sein kleiner Bruder bewegte sich und stieß sich vom Boden ab. »Karl?«

Helmut und Emil erreichten Karl zur gleichen Zeit. Er lag

mit dem Gesicht nach unten auf der Erde. Sein Rücken war mit roten Flecken übersät.

»Karl!« Helmut drehte ihn um. »Oh, nein!« weinte er. »Karl, nein.«

Blut sickerte aus Karls Brust. Sie blieb still, hob sich nicht.

Emil legte eine zitternde Hand auf Helmuts Schulter. »Es tut mir leid.«

»Warum, Emil? Warum?«

»Ich weiß es nicht.«

Armer Helmut, dachte Emil. Manchmal ein Mann, manchmal ein Kind, jetzt etwas von beiden. *Ich weiß nicht, wie ich dir helfen soll.*

»Er war mein bester Freund!« Tränen strömten über Helmuts Gesicht und hinterließen weiße Streifen im Staub auf seiner Haut.

»Ich brauche ihn, Emil. Ich brauche ihn.« Helmut beugte sich über Karls Körper und schluchzte.

EMIL MUSSTE seiner Mutter dabei helfen, Frau Schwarz an Karls kurzer Beerdigung zu stützen. Ihre Beine knickten unter ihrem Gewicht weg, während sie unverhohlen schluchzte. Helmut schien sich danach tagelang in sich selbst zu verkriechen. Sein Kinn ruhte schwer auf seiner Brust, während er pflichtbewusst die Arbeiten erledigte, die das Deutsche Jungvolk ihm auferlegte, und Emil wünschte, er könnte etwas tun, um seine Familie aufzumuntern. Aber das Regime hatte andere Pläne.

Sein Bescheid kam mit der Post. Die Armee hatte entschieden, dass Emil gesund genug war, um wieder in den Kampf zu ziehen. Sie sandten ihn zurück nach Nürnberg.

»Ich kann nicht glauben, dass du wieder gehst«, sagte Katharina leise. Emil nahm ihre Hand und verschränkte seine Finger mit ihren. Er konnte es auch nicht glauben. Morgen würde er weg sein.

Sie schlenderten durch den Park am Stephansdom, den Fluss entlang. Von hier sah es aus, als sei die Altstadt von Passau in der Zeit stehengeblieben, unberührt vom Krieg. Emil wünschte sich, er könnte diesen Moment festhalten.

»Alles scheint so hoffnungslos«, meinte Katharina.

Die Stimmung im Land war so düster wie nie zuvor in den mehr als vier Kriegsjahren. Alle fühlten die gleiche, überwältigende Hoffnungslosigkeit. Emil sah sie in der Leere ihrer Augen, in ihrem schlurfenden Gang.

»Es kann nicht mehr viel länger dauern, oder?« sagte Katharina. »Vielleicht ein Jahr?«

Das Kriegsende. Niemand dachte an etwas anderes.

»Ich hoffe es. Vielleicht weniger.« Emil wünschte sich, er könnte sie irgendwie trösten, aber er konnte ihr nichts anbieten. Überhaupt nichts.

»Ich frage mich, wie es sein wird«, sagte sie. »Ich nehme an, es bedeutet, dass jeder Deutsche, du, ich, jeder, ein Kriegsgefangener wird.«

»Lass uns einfach beten, dass uns die Amerikaner oder die Briten gefangen nehmen.«

»Warum?«

Emil zuckte mit den Achseln. »Ich habe Sachen gehört.« *Die Brutalität der Roten.* »Ich weiß nicht. So oder so, es wird nicht gut sein.«

»Es ist so deprimierend.« Sie blieb stehen und sah ihn an. »Weißt du, ich träume gern von einer anderen Welt. Einer, in der wir heiraten, Kinder haben, uns ein Heim bauen an einem Ort, wo keine Bomben fallen. Wo ich nicht ständig Angst haben muss. Ist das verrückt? Bin ich kindisch?«

»Ich liebe dich.« Es sprudelte einfach aus Emil heraus. »Ich will dich heiraten.« Er konnte sich nicht bremsen. Er dachte die ganze Zeit daran, an sie. Er teilte ihren Traum über ein Leben nach dem Krieg. Er wusste nicht, ob er dann noch da sein würde, aber er wollte es, wollte es wirklich. Wegen ihr.

Sie brach in Tränen aus.

»Katharina?« *Hatte er sich geirrt?*

»Oh Emil. Ich liebe dich auch.«

Sie küsste ihn heftig, und seine Sinne explodierten. Am liebsten wäre er hier und jetzt mit ihr fortgegangen, aber Katharina war kein liederliches Mädchen wie Irmgard. Das liebte Emil an ihr.

»Ich wünschte, ich könnte dir etwas schenken, das dich an diesen Tag erinnert, damit du mich nicht vergisst«, meinte er.

»Wir könnten es so machen wie die Amerikaner«, sagte Katharina mit einem Zwinkern. Mit einem Ruck riss sie einen losen blauen Faden ab, der ohne Knopf an ihrem Mantel hing. Sie hielt ihn lächelnd in die Luft.

Emil verstand, nahm ihn vorsichtig und wickelte ihn um ihren Finger.

»Voilà«, sagte er.

»Er ist perfekt«, schwärmte Katharina scherzend.

Er machte einen Knoten und achtete darauf, dass der Faden nicht zu eng saß, aber eng genug, damit er nicht abfallen konnte. »Du bist vergeben, junge Dame.«

Katharina hielt ihre Hand vor sich, als ob sie einen zehnkarätigen Diamanten vorführen würde. »Das bin ich.«

SPÄTER AN DIESEM ABEND erzählte Emil seiner Mutter, dass er Katharina gebeten hatte, ihn zu heiraten. Ein Teil von ihm fürchtete, dass sie ihn schelten würde, weil er töricht war – dass sechzehn zu jung war.

Aber niemand war mehr jung.

Mutter umarmte ihn einfach und gratulierte ihm. Sich

wieder von ihm verabschieden zu müssen, war mehr als genug, mit dem sie im Moment fertig werden musste.

Am nächsten Tag verabschiedeten sie und Helmut ihn mit Umarmungen und Tränen und wünschten ihm alles Gute. Dann gingen sie, bevor der Zug kam, damit er die letzten paar kostbaren Minuten mit Katharina verbringen konnte.

Ihre Wangen waren feucht mit Tränen. Er zog sie eng an sich und küsste die salzige Nässe weg.

»Es wird alles gut«, tröstete er sie. »Wir werden uns bald wiedersehen. Denk daran, nur ein Jahr, und dann kann unser gemeinsames Leben beginnen.«

»Nur ein Jahr.«

Vielleicht war es ein Traum. Aber sie träumten ihn zusammen.

Der Zug kam, und Emil stieg ein. Als er zusah, wie Katharina in der Ferne verschwand, zog und riss es an seinem Inneren, als ob ihre Herzen mit einem Gummiband verbunden wären. Einen Moment lang dachte er, dass er sich auf den Sitz neben seinem übergeben müsse.

Offizier Spiegl sah seltsam aus. Seine breiten Schultern waren leicht nach innen abgesackt, die Falten auf seiner Stirn tiefer. Das erste Mal bemerkte Emil an ihm eine gewisse Müdigkeit.

»Männer«, fing er an. Nach diesem einen, kleinen Wort wusste Emil, dass es Ärger geben würde. Offizier Spiegl nannte sie immer Jungs oder bestenfalls junge Männer, aber niemals einfach Männer.

»Es ist meine Pflicht, euch darüber zu informieren, dass ihr bald das Privileg haben werdet, in der Armee unseres großartigen Führers zu kämpfen. Die Schlacht im Osten wütet weiter, und ihr werden dem Vaterland dort dienen, wie es eure Pflicht ist. Deutschland schuldet euch nichts. Das Vaterland hat euch alles gegeben, und nun fordert es alles von euch.«

Ein Murmeln ging durch die Reihen. Jeder hatte gehört, dass der Kampf an der Ostfront in der Ukraine nicht gut lief und dass die meisten Männer, die dorthin gingen, nicht zurückkehrten.

»Packt eure Sachen und macht euch bereit«, wies Offizier Spiegl sie an. »Ihr werdet in Nürnbergs Armeeausbildungslager verlegt.«

Stühle kratzten über den Holzboden, Stiefel schlurften, als

ihre Besitzer sich hin- und her bewegten – unruhig oder aufgeregt, vielleicht auch beides.

»Wir können diesen Krieg noch gewinnen!« bellte Spiegl. »Wir müssen diesen Krieg noch gewinnen! Wir werden der Welt zeigen, wie viel Stärke und Kampfgeist noch in Deutschland stecken!«

Zaghafter Beifall brach aus, erst war es einer, dann zwei, bis der ganze Raum applaudierte und alle jubelten. »Deutschland, Deutschland über alles!«

Erst waren sie Flugstudenten, dann bemannten sie Flakgewehre, und ab jetzt würden sie Infanteristen sein.

Wenn es an diesen Neuigkeiten etwas Gutes gab, dachte Emil, dann dass sie mit einer Gruppe der Wehrmachtsjugend aus Passau zusammengelegt wurden. Emil würde Johann wiedersehen. Die schlechte Nachricht war, dass er auch Friedrich wiedersehen würde.

Emil begleitete Spiegl, um die Gruppe am Bahnhof abzuholen. Sie warteten in dem Flügel, der beim letzten Luftangriff nicht zerbombt worden war. Männer arbeiteten daran, alles von Trümmern zu befreien, aber die einst effizient laufende, makellose Bahnstation rief Emil die vielen verwundeten Soldaten in Erinnerung, die herumhinkten – wie davor waren sie gezwungen, ihre Pflicht zu tun, aber jetzt mit fehlenden Gliedmaßen.

Es fühlte sich seltsam an, mit Offizier Spiegl allein zu sein. Still stand er da, die Schultern gerade und die Beine leicht gespreizt, wie eine Statue. Emil ahmte seine Haltung nach und war dankbar, dass der Offizier keinen Drang verspürte, sich zu unterhalten. Spiegl hatte gewünscht, dass Emil ihn begleitete, weil er aus Passau stammte und die von dort kommenden »Männer« identifizieren konnte.

Emil starrte auf die Stationsuhr und hoffte, dass der Zug aus Passau pünktlich war. Das Transportnetz, einst geschmeidig und präzise wie ein Uhrwerk, war nicht mehr zuverlässig. Er hörte den Pfiff, noch bevor er den Haarschopf erkannte, der aus einem der Fenster herausragte.

»Emil!« Johann sprang von der Zugrampe und schüttelte Emil kräftig die Hand. »Es ist großartig, dich wiederzusehen!«

Wenn Offizier Spiegl nicht direkt neben ihm gestanden hätte, hätte Emil Johann kräftig umarmt, ihn vielleicht sogar auf die Wange geküsst. Es war erst vier Monate her, seit sie sich gesehen hatten, aber es fühlte sich wie Jahre an.

Stattdessen knuffte er seinen Freund herzhaft in den Arm. »Du siehst gut aus, Johann.«

Sie wurden von mehreren anderen Jungs aus deren Armeeeinheit umringt, und alle grüßten Emil und Offizier Spiegl stoisch.

»Hallo, Emil.« Das war Friedrich. Spielerisch schlug er Emil auf die Schulter, als wären sie alte Freunde. Er schlug etwas zu hart, und es schmerzte, aber Emil würde Friedrich nicht die Freude machen, sich die Schulter zu reiben.

»Friedrich, ich hätte es nicht für möglich gehalten, aber du bist noch gewachsen.« Er war immer noch dünn wie eine Gerte, aber größer, seine Beine und Arme schlaksige Anhängsel. Aber kräftig genug, dachte Emil, während sein Arm von ihrer Begrüßung pochte.

Emil und Georg hatten ein weiteres Etagenbett in ihrem Raum aufgebaut, um Friedrich und Johann unterzubringen. Der Raum war kaum groß genug für das erste; jetzt konnten sie kaum zwischen den beiden Betten hindurchgehen, ganz sicher nicht zwei von ihnen auf einmal.

Georg und Friedrich beanspruchten die oberen Betten für sich und legten sich darauf, die Hände hinter den Köpfen, als ob sie keine Sorge auf der Welt hätten. Nach knappen zehn Minuten fingen sie an, über Propaganda und Waffen zu diskutieren. Emil hätte sich denken können, dass die beiden sich gut verstehen würden.

»Emil«, sagte Johann, »Wo sind die Toiletten?« Emil zeigte ihm die Richtung.

»Er ist so ein Weichei«, meinte Friedrich, als Johann das Zimmer verlassen hatte.

»Was?«

»Johann.«

Friedrich wusste nichts über ihre heimlichen Treffen, dachte Emil, oder über die Flugblätter, die Johann illegal verteilt hatte. Dafür brauchte man Mumm. Friedrich war ein Trottel.

»Er ist nichts dergleichen!« fuhr Emil ihn an.

Friedrich ließ nicht locker. »Johann ist ein Schwächling. Ein schwaches Glied in der Kette.«

Ein aalglattes Lächeln kroch über Georgs Gesicht. Er liebte Konfrontationen.

Emil richtete sich so hoch auf, wie er konnte, und streckt sein Kinn heraus. »Wenn du dich mit ihm anlegst, legst du dich mit mir an.«

»Beruhige dich, Mann«, sagte Friedrich glucksend. »Wir sind in der gleichen Mannschaft. Wir sind aus der gleichen Stadt, praktisch Brüder.«

Brüder? Dachte Emil. *Nur über meine Leiche.*

STURM- UND MASCHINENGEWEHRÜBUNGEN, Sprints und Liegestützen, Kartenlesen russischer Ziele, einfaches Russisch, Einführung in die Mechanik der Panzerfahrzeuge, Granaten; während der nächsten drei Wochen trainierten sie von Sonnenauf- bis Sonnenuntergang, und dazwischen trieben sie ihre Körper mit wenig Schlaf an. Dagegen wirkten die Übungen der Hitler-Jugend wie ein Vormittag im Kindergarten.

Am letzten Abend vor ihrer Abreise nahm Spiegl sie mit in eine örtliche Bar, damit sie Bier trinken und Zigaretten rauchen konnten.

»Du hattest recht, Johann«, sagte Emil, während er sich an die Bar lehnte. Er war so müde, dass er seinen Kopf nur mit Mühe davon abhalten konnte, auf die Tischplatte zu fallen.

»Womit?«

»Hier sind wir, auf dem Weg in die Schlacht. Ich dachte, wir seien zu jung, dass wir verschont werden. Aber du hattest recht. Du wusstest, dass sie uns zwingen würden zu kämpfen.«

»Ich wusste es nicht«, entgegnete Johann. »Ich habe einfach gehofft, dass ich falsch liege. Vielleicht hat es uns verflucht, dass ich es laut gesagt habe. Ich hätte einfach die Klappe halten sollen.«

»Versuchst du jetzt, dafür die Verantwortung zu übernehmen?« fragte Emil, während er zu Grinsen begann. »Ich möchte nicht derjenige sein, der es dir beibringt...«

»Ich weiß, dass nicht ich das Ganze verursacht habe. Du weißt, was ich meine. Ich bin nur müde.« Johann lachte ein kleines, abgehacktes Lachen, als ob er am Ersticken war. Nur Emil sah seine roten, wässrigen Augen.

»Ich schäme mich nicht, es zu sagen«, flüsterte Johann. »Ich brauche meine Mutter.«

Emil lachte. »Ich auch, Johann. Ich auch.«

Georg und Friedrich tauchten aus dem Nichts auf und setzten sich neben sie. Emil und Johann tauschten besorgte Blicke aus. *Die beiden hatten nicht gerade gehört, dass sie darüber sprachen, dass sie ihre Mütter vermissten, oder?* Falls sie es gehört hatten, könnten Emil und Johann das nie im Leben wieder vergessen machen.

»Nun Jungs«, sagte Friedrich und prostete ihnen mit seinem Bier zu. »Morgen werden wir Männer sein.«

Emil und Johann atmeten auf.

»Falls es uns zu Männern macht, endlose Stunden in einem nicht gerade luxuriösen Zug zu sitzen bis zu unserer Haltestelle, die nicht die Front sein wird«, meinte Georg.

»Aber dann werden wir kämpfen«, sagte Friedrich.

»Nein, dann werden wir warten. Glaub mir«, fuhr Georg fort, »wir werden für lange Zeit mehr Langeweile als Aufregung erleben.«

»Woher weißt du so viel?« fragte Emil kopfschüttelnd.

Georg nahm einen langen Zug von seiner Zigarette. »Ich beobachte. Ich höre zu. Ich lese zwischen den Zeilen.«

Plötzlich ging Emil durch den Kopf, dass Georg von der Gestapo rekrutiert worden sein könnte. Er und Johann mussten aufpassen, was sie in seiner Gegenwart sagten, und zwar nicht nur, wenn sie darüber sprachen, dass sie ihre Mütter vermissten.

Georg und Friedrich tranken freizügig, und als sie zu ihren Baracken zurückliefen, hatten sie die Arme umeinander gelegt und sangen alte Volkslieder, während jeder den anderen davon abhielt, mit dem Gesicht voran auf den Boden zu knallen.

Emil nahm sich vor, sich am nächsten Morgen von ihnen fernzuhalten.

Er und Johann mussten den beiden in ihre Doppelstock-betten helfen.

»Komm schon Georg«, sagte Johann. »Du kannst das.«

Friedrich plumpste auf seinen Bauch während sein Arm darunter festklemmte. Emil konnte sich ein selbstzufriedenes Grinsen nicht verkneifen, als er sich vorstellte, wie das wehtun würde, wenn er aufwachte.

Bevor Emil unter die Bettdecke schlüpfen konnte, klopfte jemand an die Tür. Emil öffnete, und ein Bote reichte ihm einen Umschlag. Sofort rasten seine Gedanken zu seinem Vater. Bitte, lass es ihm gut geben. Er öffnete das Telegramm.

ONKEL RUDI GESTORBEN STOP FLUGZEUG IN RUSSLAND ABGESCHOSSEN STOP IN LIEBE MUTTER

Emil fragte sich, warum Mutter es für so wichtig hielt, dass Emil das von Onkel Rudi wusste, und sich die Mühe machte, ein

Telegramm zu schicken. Es tat ihm leid um seinen Onkel, aber es war nicht so, dass sie einander nahestanden. Er hatte den Mann nur ein paar Mal in seinem Leben getroffen, das letzte Mal hier in Nürnberg.

War es eine Botschaft? Ein Zeichen? Ihre Art, ihm mitzuteilen, dass der Krieg nicht zugunsten Deutschlands enden würde, wie Rudi es geglaubt hatte, und dass er in der Zwischenzeit alles tun sollte, um nicht getötet zu werden?

Seine Mutter wusste nicht, dass er an der Front kämpfen würde. Jedenfalls hatte Emil es ihr nicht erzählt. Er wollte nicht, dass sie sich noch mehr Sorgen machte, wo Vater doch auch kämpfte.

Am nächsten Tag saßen sie im Zug. Und Georg hatte wieder recht: schmutzige, harte Bänke, Fenster, die so verrußt waren, dass man kaum hinaussehen konnte, keine Annehmlichkeiten, lang und langweilig.

Sie vertrieben sich die Zeit, indem sie über Mädchen, Munition und die Heimat sprachen, aber davon bekamen sie Heimweh, und alle wurden still. Sie knabberten vorsichtig an ihren Essensrationen, weil sie nicht wollten, dass ihnen das Essen ausging. Schließlich wussten sie nicht, wann sie ihre nächste Mahlzeit bekommen würden.

Von Zeit zu Zeit hielt der Zug an, um eine weitere Einheit Männer aufzunehmen. Meistens war es eine Mischung aus frischen, sommersprossigen Jungs und ledrigen, faltigen älteren Männern. Sie hatten ein paar Minuten Zeit, um aufzustehen und herumzulaufen.

Irgendwann hielten sie in einer Kleinstadt mit einem unbedeutenden Kirchturm, der sich in der Dämmerung vom Himmel abhob. Sie stiegen aus dem Zug und folgten ihrem Kommandanten, während sie so geräuschlos wie eine Rattenfamilie durch eine Geisterstadt marschierten.

Wo waren all die Einwohner hin? fragte sich Emil.

Abgesehen von seltsamen Schreien von entfernten Wildtieren war es unheimlich still. Niemand traute sich zu sprechen.

Schließlich erreichten sie die Kirche. Man hatte die Bänke entfernt, wahrscheinlich, um sie während des Winters zum Heizen zu verbrennen. Der Kommandant zündete eine Kerze an; ihr Schein prallte vom Kirchenfenster ab und warf unheimliche Schatten in rot und blau.

Sie wurden angewiesen, sich auf dem Boden einzurichten. Emil und Johann fanden eine Stelle, legten ihre Bettrollen aus und versuchten, es sich bequem zu machen. Emil schlief sofort ein.

Ein paar Stunden später wachte er auf. Schmerzen wie kleine Nadelstiche in seinem Körper. Als er sich kratzte, flammte das Feuer in seiner Haut noch stärker auf. Und er war nicht der einzige: Die halbe Kompanie widmete sich dem aussichtlosen Kampf gegen den Juckreiz.

»Was ist das?« fragte Emil.

»Flöhe«, antwortete Johann. »Versuch sie zu ignorieren. Wir brauchen unseren Schlaf.«

Am Morgen sah das Regiment schlechter aus als am Abend zuvor – niemand hatte richtig schlafen können. Nach einem kleinen Frühstück, bestehend aus Toastbrot und Gerstenkaffee, stiegen sie immer noch hungrig wieder in den Zug.

Emil fiel auf, dass hinter der Lok drei leere Pritschenwagen angehängt waren.

»Das ist eine Vorsichtsmaßnahme, falls Partisanen Landminen auf den Schienen platziert haben. Dann explodieren die Pritschenwagen und nicht wir«, erklärte Georg.

Emil kratzte sich. »Was ist ein Partisane?«

»Ein Partisane ist ein Mitglied einer ordnungswidrigen Armee, eine, die sich gegen die Besatzungsregeln wehrt.«

Emil runzelte die Stirn. »Eine ordnungswidrige Armee?«

»Ja. Wenn wir gegen die Roten kämpfen, erkennen wir sie an

ihren Uniformen und ihren Schlachtformationen.« Er sah sich um, um sicherzustellen, dass alle zuhörten. »Aber wisst ihr, Partisanen sind hinterhältig. Sie sehen aus wie Zivilisten und spüren dich auf wie Tiere, schleichen sich aus einem Graben oder Busch an dich heran. Dann, BUMM!« Er schlug die Hände zusammen. »Bist du tot. Passt auf euch auf.«

Toll, wieder etwas, worüber man Fracksausen bekommen oder sich Sorgen machen kann, dachte Emil. *Danke, Georg.*

Emil rieb eine Stelle des Fensters sauber. Eine weite, kahle Ebene erstreckte sich vor ihnen soweit das Auge reichte. Ab und zu kamen sie an einem Dorf vorbei, aber Emil sah keine Menschen.

Nach einigen Tagen im Zug erreichten sie eine kleine Stadt in der Ukraine mit aufgestellten Baracken in einem verlassenen Dorf. Nach vier Kriegsjahren war die Farbe von den Wänden abgeblättert, die Hinterhöfe und Gärten waren überwuchert. Die verblassten Blumenkisten neben den Fenstern waren leer.

Essensrationen standen für sie bereit, so dass sie wenigstens das erste Mal seit Wochen eine vernünftige Mahlzeit hatten. Sie aßen wie Könige an einem Festbankett – Hobelschinken, Kartoffeln, Krautsalat – und konnten sich mit vollem Magen schlafen legen.

Friedrich kam mit einem Sack weißem Puder hinein. Neben den Flöhen hatten sie alle Läuse.

»Das stinkt!« sagte Emil. Einstimmiges Gestöhne.

»Es ist Insektenpulver«, sagte Friedrich, während er es über ihnen ausstreute. »Es wurde von Dr. Theo Morell entwickelt, dem persönlichen Arzt des Führers.«

Wie aufmerksam von ihm, dachte Emil. Er konnte mit dem Gestank leben, wenn es tatsächlich funktionierte. Aber das tat es nicht. Am nächsten Morgen waren alle noch reizbarer: Es juckte immer noch, und zusätzlich stanken sie.

Die Tatsache, dass sie weder eine vernünftige Wascheinrichtung noch saubere Kleidung hatten, machte die Sache nicht besser. Krieg bedeute offenbar auch schlechte Gerüche.

Emil war an der Reihe, Wache zu schieben. Er setzte seinen Helm auf und legte Stiefel und Uniform an, steckte sich eine kleine, zusammenklappbare Schaufel in seinen Gürtel und schnallte sich ein Mausergewehr um. Dann drehte er sich zu Johann um.

»Und, wie sehe ich aus?«

»Als ob du gleich in die Oper gehen würdest.«

Johann polierte seine Stiefel mit einer kleinen Bürste, die leise, wischende Geräusche machte.

»Hast du Angst?« drängte Emil ihn.

»Ja.«

Emil verlagerte sein Gewicht unter dem Druck des Gewehrs. »Wir werden Leute töten müssen.«

Wisch, wisch. »Vielleicht.«

»Johann, jetzt kommen wir nicht mehr drum herum.«

Wisch, wisch, wisch.

»Johann.«

Johann warf seinen Stiefel auf den Boden. »Was willst du von mir hören, Emil? Du weißt, wie ich mich fühle.«

Emil brachte ihn mit einer Handbewegung zum Schweigen und warf einen Blick über seine Schulter. »Pst, ich weiß. Es tut mir leid. Wir müssen leise sein.«

Johann flüsterte. »Bitte. Ich kann jetzt nicht darüber nachdenken.« Ein Flehen lag in seiner Stimme.

»Ja, schon gut.« Emil hob die Hand. »Lass uns heute nicht mehr darüber sprechen.«

Er rannte hinaus und fürchtete, es könnte ein Nachspiel haben, wenn er zu spät auf dem Posten erschien. Dann erspähte er Georg und einen großen, dunkelhaarigen Jungen, die neben dem Leutnant standen, und seufzte.

»Komm schon, Radle«, rief Georg mit einem Kopfnicken.

Offenbar hatte ihm der Leutnant mitgeteilt, wo sie Wache schieben sollten – am Stadtrand neben der Hauptstraße, auf der sie hereingekommen waren.

Georg nahm sein Kommando ernst und stand stämmig da, unbeweglich wie eine Statue. Emil ahmte Georgs Haltung nach und versuchte, den wachsenden Schmerz in seinem unteren Rücken und das Stechen in seiner Schulter, vom Gewicht des Gewehres, zu ignorieren. Wenn Georg es konnte, konnte er es auch.

Der andere Junge hieß Joseph und sah so unfähig und unerfahren aus, wie Emil sich fühlte. Widerwillig gestand Emil sich ein, dass Georgs Art, die Führung zu übernehmen, ihm Mut machte.

Schweiß begann an Emils Stirn herunterzulaufen, verfing sich in seinen Augenbrauen und tropfte ihm in die Augen. Er wischte sich das Gesicht mit der Rückseite seines Jackenärmels ab und hätte alles darum gegeben, wenn er in der wachsenden Sommerhitze die sinnlose Jacke hätte ausziehen können. Sein Blick schweifte zu Georg, stoisch und mit kaum einem Schimmer Schweiß in den Augenbrauen. Emil runzelte die Stirn. Langsam fragte er sich, ob sein Soldatenkamerad überhaupt menschlich war.

Plötzlich ließ Georg sich auf den Boden fallen, und für einen flüchtigen Moment dachte Emil, er sei in Ohnmacht gefallen. Rasch drängte er das freudige Gefühl bei diesem Gedanken zurück.

Dann zischte Georg: »Runter, ihr Trottel!«

In diesem Moment sah Emil einen dunklen Schatten, der sich durch die Bäume im vor ihnen liegenden Wald bewegte. Noch vor seinem nächsten Atemzug lag er am Boden neben Georg. Sein Herz raste.

»Was ist das?« fragte Emil. Wahrscheinlich nur ein Reh.

»Partisanen.« Georg feuerte einen Schuss ab, der zwischen

ihnen widerhallte. Adrenalingetränkte Angst schoss durch Emils Körper, während er sein eigenes Gewehr spannte. Ein Schuss wurde zurückgefeuert, und Emil wich zurück. Er spürte, wie Joseph neben ihm von Panik geschüttelt wurde.

Georg schoss erneut und warf ihnen von der Seite einen zornigen Blick zu. »Schießt!«

Emil zwang sich, die Augen geöffnet zu halten, und schoss ziellos, während er sich wünschte, sie wären besser versteckt und würden nicht nur flach auf dem Boden liegen. Zusammen mit Georg und Joseph schoss er weiter und hoffte, die Schüsse würden die Partisanen davonscheuchen und ihnen Gelegenheit geben, bessere Deckung zu suchen und sich zurückzuziehen.

Mehr Schüsse über ihren Köpfen. Sie klangen, also ob sie von hinten kommen würden. Emil riskierte einen Blick über seine Schulter. Seine Kompanie hatte den Kampf gehört, und mehrere Soldaten schlossen kriechend zu ihnen auf. Emils Augen richteten sich wieder auf den Wald. Ein Partisane schrie auf, als er auf den Waldboden fiel.

Dann war es vorbei. Eine unheimliche Stille breitete sich aus. Emil fühlte sich wie taub, während der Nachhall des donnernden Geschützfeuers und das Brausen seines Atems in seinen Ohren hämmerten. Als sein Herzschlag sich beruhigt hatte, wagte er es, einen Blick um sich zu werfen. Georg kniete mit gerunzelter Stirn auf dem Boden, während er die Situation einschätzte. Joseph lag auf dem Bauch und rührte sich nicht. Emil stieß die Schulter des Jungen an, und bittere Furcht ergriff ihn. Ein roter Fleck durchdrang das dunkle Haar. Emil drehte ihn auf den Rücken. Josephs Augen waren offen und nach oben gerichtet, ein dunkles Einschussloch hatte sich in seine Stirn gegraben.

Emil kroch davon und versuchte, den Brechreiz zu unterdrücken.

KAPITEL 38

Ihre Kompanie war kürzlich durch zwei weitere Kompanien ergänzt worden, und Emil empfand die Masse der Männer als tröstlich. Sie zählten jetzt über achthundert, so viele wie die Einwohner einer Kleinstadt. Vielleicht gab es einen Weg, in dieser Masse zu verschwimmen, sodass er und Johann überleben konnten.

Denn inzwischen wusste er, was Georg die ganze Zeit gewusst hatte: Der Krieg begann nicht an der Front – er wurde auf dem ganzen Weg dorthin geführt. Emil hatte geglaubt, sein Feind würde ein klar gekennzeichneter russischer Soldat sein, aber die Wirklichkeit war viel heimtückischer. Er konnte Josephs erbleichtes, lebloses Gesicht nicht aus dem Gedächtnis verbannen. Wie Georg ihm seine Identifikationsmarken abgenommen und dabei aufgesagt hatte: »Gefallen wie ein Held auf dem Feld der Ehre für Deutschland und den Führer.«

Einen Tag zuvor hatte ihr Kommandant die Nachricht erhalten, dass die sich auflösende Front in schwerer Bedrängnis war und dringend Nachschub brauchte – vor allem an Nahrungsmitteln und Soldaten – und dass die Zeit drängte.

Das hieß anders ausgedrückt, dachte Emil, dass die Soldaten an der Front in der Schlacht starben und dabei verhungerten.

Sie hatten nicht genug Lastwagen, um alle Soldaten zu transportieren, und die meisten Fahrzeuge waren mit Nachschub für die Front beladen. Die Partisanen wollten nicht, dass der Nachschub dort ankam, sie wollten ihn für sich selbst. Soldaten im Wachdienst standen oben auf den fahrenden Fahrzeugen und suchten die Gegend vor sich und um ihre Truppen ab. Die Männer außerhalb und hinter den Fahrzeugen hatten Feldstecher vor den Augen und die Gewehre im Anschlag.

Der Ernst ihrer Aufgabe passte so gar nicht zu diesem Tag mit Sonnenschein und strahlend blauem Himmel. Im nahegelegenen Wald hörten sie Vögel zwitschern. Emil hob sein Gesicht der Sonne entgegen. Nur für einen Moment erlaubte er sich, zu vergessen, wo er war.

Ein Kamerad bemerkte sein leichtes Lächeln.

»Lass dich von dem schönen Wetter nicht in die Irre führen«, sagte er. »Der blaue Himmel gehört den Russen.«

Emil warf ihm einen fragenden Blick zu.

Der Soldat war vielleicht Ende zwanzig. Er hatte einen scharfen, durchdringenden Blick, und Falten hatten sich tief in seine Stirn gegraben. »Die Luftwaffe ist beinahe vollständig zerstört«, fuhr er fort. »Wenn du Flugzeugmotoren hörst, nimm die Beine in die Hand.«

Emil nickte. Es hörte sich wie ein guter Rat an.

»Ich bin übrigens Philipp«, sagte der Soldat. »Ich bin seit drei Jahren in dieser Kompanie. Es tut mir leid, dich hier zu sehen – du bist noch so jung.«

Als er das sagte, vertieften sich die Falten in seiner Stirn. Er schien nicht zu erwarten, dass Emil seine erste Schlacht überlebte.

Falls es jemals dazu kommen würde. Die Front war wie eine Fata Morgana in der Wüste: Je näher sie ihr kamen, desto weiter entfernt schien sie zu sein. Emils Waden schmerzten von all dem

Marschieren, und der Riemen des Mausergewehrs bohrte sich in seine Schulter. Um sie zu entlasten, schob er den Riemen näher an seinen Nacken, aber das Gewicht der Waffe zog ihn zurück in die wunde Furche.

Um noch einen draufzusetzen, schabten seine Stiefel bei jedem Schritt an seinen Fersen. Daumengrosse Blasen platzten und brannten vom Schweiß, der seine Socken durchfeuchtete. Emil fühlte sich elend in der Sommerhitze, und so ging es allen Männern. Schweiß rann zwischen den Schulterblättern unter seiner Uniformjacke und in die Armbeugen, unter dem Kinn und entlang des Randes seiner Mütze. Er sehnte sich danach, den Rest Wasser in seiner Feldflasche hastig hinunter zu schlucken, aber sie war schon gefährlich leer, und er musste das, was er hatte, bis zum nächsten Halt sparen.

Emil suchte die Gesichter nach Johann ab. Es war leicht, getrennt zu werden, und es machte Emil nervös, wenn er seinen einzigen richtigen Freund aus den Augen verlor. Dann sah er ihn neben Friedrich marschieren, der über einen Kopf größer als die meisten Männer und daher schwer zu übersehen war.

Sie schlugen ihr Lager in einer weiteren verlassenen Stadt auf. Emil fragte sich, wo all die Leute hingegangen waren, aber er machte ihnen keine Vorwürfe, dass sie dem Ganzen aus dem Weg gehen wollten. Vor allem, da die Stadt nahe der Stelle lag, wo die Front brodelte.

Geplänkel und Scherze nahmen jeden Tag ab. Erschöpfung und nagende Angst nutzten den Kampfgeist eines Mannes genauso ab wie seinen Körper. Johann hatte seit Tagen kein Wort gesagt, und obwohl Emil versuchte, es unter den gegebenen Umständen als normal anzusehen, machte er sich Sorgen um ihn.

Der Lagerkoch vollbrachte ein Wunder mit dem wenigen Proviant, und Emil verschlang seine Schüssel Eintopf und zwei harte Semmeln, die jedem Mann zukamen, in ein paar Minuten.

Er war nicht der einzige. Der Platz um ihn herum füllte sich mit dem Geräusch von Metalllöffeln, die den letzten Tropfen Bratensaft aus den Blechschüsseln kratzten.

Es war etwas kühler geworden. Er lehnte sich an seinen Rucksack und legte sich ins Gras, erlaubte sich ein kleines bisschen Zufriedenheit. Johann tat das gleiche.

»Ich kann nicht aufhören, an zuhause zu denken«, sagte er.

»Ich auch nicht«, gab Emil zu, und ergänzte im Stillen: »Und an Katharina.«

»Ich kann immer noch nicht glauben, dass wir mitten in diesem Alptraum stecken«, fuhr Johann fort, und seine Stimme wurde heiser. Emil hoffte, er würde nicht anfangen zu weinen.

»Es wird bald vorbei sein«, sagte Emil. »Nimm einfach einen Tag nach dem anderen. Irgendwann wird es aufhören.«

Dann hörte Emil ein Geräusch, das ihm das Blut in den Adern gerinnen ließ: das Summen eines Flugzeugmotors. Er erinnerte sich an das, was Philipp ihm erzählt hatte.

»Schnell, Johann!« rief er, während er sich aufrichtete. Fliehen, aber wohin? Nicht zu einem der Fahrzeuge. Ein Angriff auf eines davon würde sie auch in die Luft jagen.

Jetzt hörten alle die Motoren, und Chaos brach aus. Die Männer griffen nach ihren Waffen, viele rannten zur Deckung in die Kirche. Emil rannte zum nächsten Häuschen und trat mit dem Fuß gegen die Holztür. Bilder von Helmut und Karl, die nach dem Beschuss aus der Luft im Feld lagen, blitzten in Emils Kopf auf. Sie mussten in Deckung gehen. Panik drückte ihm die Brust zusammen.

»Hilf mir!« schrie er Johann zu. Aber sie waren zu spät. Ein einzelnes Flugzeug flog über ihre Köpfe. Es war eines der ihren, ein Nachzügler.

Emil fiel in einem Haufen zu Boden, vor Erleichterung den Tränen nahe.

. . .

TROTZ HITZE und Mücken versorgte ihn die reine Erschöpfung in dieser Nacht mit einem traumlosen Schlaf, aber Emil erwachte vom Geräusch der sich kratzenden und fluchenden Männer.

Am nächsten Tag mussten sie weiter in der Hitze marschieren. Emil war für den Morgen eingeteilt, in der Nähe der Frontlinie der Truppe Wache zu halten. Die Straße unter ihnen war uneben, dunkle und trockene Erde, die mit Steinen durchzogen war. Jeder Schritt wirbelte eine Staubwolke auf, sodass mehr als ein Mann stolperte, wenn seine Zehen aus Unachtsamkeit auf einen Stein trafen.

Irgendwie schaffte es Emil, sich trotz der Situation und der Kameraden mit angelegten Gewehren um sich herum von der Langeweile und dem rohen Schmerz des Marschierens abzulenken. Er ließ seine Gedanken zu schöneren Zeiten schweifen – Bilder seiner Mutter und seines Vaters, kräftiger und glücklich, Helmut, der in einer sorgenfreien Fantasiewelt spielte. Dann drängte er die Erinnerungen zurück, weil sie ihm sein schlechtes Benehmen ihnen gegenüber vor Augen führten.

Oder das Essen, das seine Mutter zu kochen pflegte, Rostbraten und Knödel. Schokoladentorte.

Als Antwort darauf knurrte Emils Magen. Er nahm einen Schluck Wasser und schalt sich im Geist für diese Selbstquälerei.

Stattdessen ließ er seine Gedanken zu Katharina und zu ihrem Abschiedskuss wandern. Ihre blauen Augen, die ihn verzweifelt baten, zu bleiben, ihre Hand, die seine fest umklammerte.

Der blaue Faden. Ein Versprechen, dass sie da sein würde, wenn er zurückkam.

Der Grund, warum er zurückkehren musste.

Sie marschierten die trockene Straße entlang, die sich fast zu einem Feldweg verengte. Die Fahrzeuge schlingerten den

Windungen und Kurven nach in Einerkolonne dahin, und alle Soldaten waren auf der Hut, als ob gleich etwas aus dem Nichts aus den Bäumen auf sie zuspringen würde.

Und dann kam etwas. Aus der Ferne raste etwas Dunkles nahe dem Boden entlang auf sie zu. Der befehlshabende Offizier befahl dem Konvoi, anzuhalten. Der Soldat neben Emil schoss auf das sich bewegende Ziel und verfehlte es.

Bevor Emils Verstand registrieren konnte, dass der schwarze Fleck sich für einen Partisanen zu schnell bewegte, brach er aus den Bäumen hervor auf die Straße. Emil schoss unwillkürlich und stimmte in die Kakophonie des Gewehrfeuers um ihn herum ein.

Das dunkle Ding fiel zu Boden. Der Offizier winkte einen der Soldaten heran, um es zu untersuchen. Auf dem halben Weg zur Leiche begann der Soldat ein Geheul, das einem Gelächter nahekam.

»Ein Wildschrein!« rief er.

Ein Wildschein! Die Neuigkeit verbreitete sich in den Reihen. Jubel stieg in den Himmel auf, und sicher war Emil nicht der Einzige, der von Braten zum Abendessen träumte.

Es dauerte nicht lange, bis das Tier an seinen Beinen zusammengebunden und an einen der Lastwagen festgezurrt war. Die Laune der Männer stieg beträchtlich. Weshalb sie nicht auf der Hut waren, als sie in das leere Dorf hinter der Kurve einmarschierten...

Wieder fielen Schüsse, und mehrere Männer brachen neben Emil auf der Erde zusammen, darunter derjenige, der noch Minuten zuvor voller Freude das Wildschwein angekündigt hatte. Ein Chor von Stimmen schrie »Hinterhalt!«, während die Männer hinter Fahrzeugen, in Gräben und im Dickicht Deckung suchten.

Emil fiel zu Boden. Alles, was ihm Deckung gab, waren

Leichen. Sein Herz schlug wie verrückt gegen seine Rippen. Wahllos schoss er über die nächste Leiche hinweg.

Spandau-Maschinengewehre feuerten los. Granaten wurden in die Hütten des Dorfs geworfen und abgeschossen. Hütten gingen in Flammen auf, und Partisanen rannten in den Wald.

Der Leutnant rief ihnen zu, die Verfolgung aufzunehmen. Emil schaffte es auf die Füße und rannte. Er fühlte sich ungeschützt und als würde er Schatten jagen.

Vor ihm sprang ein Partisane aus dem hohen Gras und rannte davon wie ein wildes Tier. Emil zielte, dann zögerte er. Er konnte ein fliehendes Ziel töten.

Aber dieses war anders. Es war eine Frau.

Eine Partisanenfrau? So weit war es mit dem Krieg gekommen?

Emil senkte sein Gewehr, hörte aber trotzdem einen Schuss. Die Frau schrie und fiel. Ein anderer Kamerad hatte offenbar keine solche Skrupel.

Die Partisanen waren nicht unbegabt in der Guerillakriegsführung. Sie hatten Bomben in der Erde vergraben. Der Soldat, der vor Emil rannte, stolperte über einen Draht. Die Explosion der Bombe erschütterte die Erde, während der Körper des Mannes in Fetzen gerissen wurde und zu Boden fiel. Fetzen seines Fleischs spritzten auf Emils Arme, und er schlug wild danach, als ob seine Jacke Feuer gefangen hätte.

Um ihn herum fielen seine Kameraden wie die Fliegen, und Emil fühlte, wie sein Hosenbein warm wurde mit Urin, während er davonkrabbelte und nach Deckung suchte. Er fand eine Wurzelhöhle und blieb dort, während er betete, dass Johann irgendwie in einem Stück geblieben war.

Er wartete, bis er das vertraute Geräusch der Leutnantspfeife hörte. Die Schlacht war vorbei.

Sie hatten die meisten angreifenden Partisanen getötet, aber dabei hatten sie siebzig Mann und zwei Lastwagen verloren. Die

Partisanen waren entschlossen, den Nachschubkonvoi daran zu hindern, die Deutschen an der Front zu erreichen, und hatten listigerweise das Wildschwein als Ablenkung eingesetzt.

Das Tier wurde wie geplant geröstet, aber die fröhliche Feier fiel aus.

KAPITEL 39

Drei Tage nach der Partisanenattacke kamen sie schließlich an der Front an. Es war ein Ort namens Ternopil, schlammiges, unwirtliches Ödland. Ein Sommersturm peitschte Regen wie scharfe Sandkörner in Emils Gesicht, während der Wind an seiner Uniform riss. Er spuckte schwarze Erde aus, indem er sie mit der Zunge aus seinem Mund herausmanövrierte. Emil konnte nicht verstehen, warum sie um dieses trostlose Stück Landschaft kämpften.

Aber er hatte keine Zeit, darüber nachzudenken. Kaum angekommen, wurden sie in das Schlachtgewühl geworfen wie Mäuse, die man in eine Schlangengrube kippt.

Vor ihnen lagen drei Reihen Hügel, dahinter eine unglaubliche Zahl Sowjets. Keine ungeübten Sowjets mit zweitklassiger Munition, wie sie die Partisanen hatten, sondern mit Maschinengewehren, Panzern und Lastwagen mit Raketenwerfern, sogenannten Stalinorgeln. Emils Einheit besaß auch solche Waffen, aber nicht in so großer Menge. Und das Schlimmste von allem: Die Sowjets hatten Flugzeuge. Die Luftwaffe, Emils geliebte Luftwaffe, war fast vollständig zerstört worden.

Ohrenbetäubende, herzerschütternde Explosionen links von Emil. Dann rechts. Dann direkt vor ihm. Er duckte sich und wich aus, während er sein nagelneues Maschinengewehr wie durch einen Nebel abfeuerte, *ra-ta-ta-ta*, und betete, dass er keinen der eigenen getroffen hatte.

Johann, Friedrich und Georg, die es auch geschafft hatten, die Partisanenattacke zu überleben, taten dasselbe. Sie suchten Deckung hinter Panzern oder ließen sich flach auf den Boden fallen, mit schockverzerrten, in Panik rotgefluteten Gesichtern. Emils Körper fühlte sich an, als hätte er einen eigenen Willen, als würde ein anderer seine Bewegungen steuern – wie eine Handpuppe in der Hand eines grausamen Spielers. Wie ein Tier auf der Flucht hetzte und kroch er hin und her, während sich Tränen und Staub in seinen Augen zu einer schlammigen Kruste verdickten.

Ihre Kompanie robbte tapfer vorwärts, Stück für Stück, während sie Raketen von ihren Panzern abschossen. Die Detonationen waren gewaltig und beängstigend, und der aufwirbelnde Staub machte Emil blind, während der Knall seine Trommelfelle zerschmetterte. Und doch waren sie den Geschossen der Roten merklich unterlegen.

Eine russische Rakete detonierte links von Emil und warf ihn zu Boden. Er griff nach seinem Ohr, das schmerzhaft klingelte.

»Steh auf!« Johann packte ihn am Arm, und sie gingen weiter, während sie auf deutsche und russische Leichen traten.

Sie kämpften sich weiter vor, während alles in ihren Herzen, ihrem Verstand und ihrem Körper sie drängte, umzudrehen und in die andere Richtung zu rennen. Aber wenn sie das taten, waren sie mit Sicherheit tot – erschossen von den eigenen Männern.

Das öde Land gab sie preis, machte sie zu leichten Zielen für die Roten. Sie suchten Deckung, indem sie nahe bei den Panzern blieben, sich hinter einem verkrüppelten Baum oder schlimmer hinter einer Leiche versteckten.

Emils Herz raste wie das eines verängstigten kleinen Nagetiers. Seine Lungen schnappten in kurzen Stößen nach Luft, er war nahe daran, sich zu übergeben und war nicht mehr Herr seiner selbst. Er konnte sich nicht vorstellen, wie er diesen endlosen Höllentag überleben sollte. Aber er musste. Wenn er starb, würde es seine Mutter vernichten und Katharina das Herz brechen.

Vor sich erspähte Emil einen kümmerlichen Busch. Erschöpft fielen er und Johann dahinter zusammen.

Emil zog seine Schaufel heraus und begann, ein Schützenloch zu graben, und Johann half ihm. Gemeinsam gruben sie um ihr Leben.

»Ich will doch gar nicht in diesem dummen Krieg kämpfen!« sagte Johann mit Bitterkeit.

»Halt die Klappe!« fuhr Emil ihn an. Seine Nerven waren am Ende und seine Geduld auch. Vielleicht war es Johann egal, wenn sie von einem ihrer eigenen Vorgesetzten wegen Verrats niedergeschossen wurden. Emil wollte leben.

»Hör auf zu winseln wie ein Baby.« Wie aus dem Nichts stand Georg plötzlich da. Emil hatte Angst, dass er seine Waffe auf Johann richten könnte. Stattdessen begann er zu graben.

»Wir müssen diese Idioten töten. Wisst ihr nicht, was sie mit ihren Kriegsgefangenen anstellen?«

Johann fuhr sich mit dem Ärmel unter die Nase. »Sie können nicht viel mit mir anstellen, wenn ich tot bin.«

»Du bist so ein Kind, Johann«, sagte Georg laut. »Du bist also tot. Aber was ist mit deiner Familie? Hast du eine Mutter? Eine Schwester?«

Johann zuckte mit den Achseln. Emil gefiel nicht, wo dieses Gespräch hinführte. Eine Bombe detonierte, und sie zuckten alle zusammen.

»Weißt du, was sie mit deutschen Frauen und Mädchen machen?« schrie Georg über den Lärm hinweg. »Sie reißen ihnen die Kleider vom Leib und vergewaltigen sie. Wechseln sich ab.

Ihre Ehemänner müssen die Laternen halten, damit sie alles sehen und hören können. Dann erschießen die Roten sie. Zuerst die Frauen, dann die Männer.«

Es war kein Geheimnis, dass die Roten sie hassten. Wirklich hassten. Emil glaubte ihm.

»Johann«, sagte Emil. »Wir müssen kämpfen. Für unsere Mütter. Für Katharina.«

Plötzlich ließ sich Johann auf den Grund ihres Schützenlochs fallen und bedeckte sein Gesicht mit den Händen. Emil hatte Angst, Johann würde anfangen zu heulen und damit beweisen, dass Georg mit seinen Vorwürfen Recht hatte. Aber das tat er nicht. Er atmete tief ein und sagte: »Ich kämpfe doch schon, oder etwa nicht?«

JEDEN TAG, wenn die Dunkelheit kam, staunte Emil, dass sie immer noch am Leben waren und einen weiteren Tag vor sich hatten.

Doch bevor sie sich auf ihre harten, schmutzigen Betten fallen lassen und sich einen Schlaf ohne Alpträume wünschen konnten, mussten sie noch die Toten aufsammeln. Die Verwundeten wurden zu den mobilen Hospitälern einige Kilometer hinter der Front transportiert.

Man gewöhnte sich nicht daran. Emil griff nach den Armen einer Leiche, während Johann die Beine nahm und beide versuchten, das aufgerissene Fleisch, die zerschmetterten Glieder und die stinkenden Wunden zu ignorieren.

Eine Leiche nach der anderen.

Am nächsten Morgen durchzog ein tiefer Nebel das Lager Emil konnte kaum die Hand vor Augen sehen.

Georg gesellte sich zu ihnen. »Wir ziehen uns zurück«, sagte er. Die übliche Großspurigkeit war aus seiner Stimme verschwunden. Scheinbar über Nacht war er zum dünnen Schatten eines Mannes geschrumpft. Er war nur ein Junge.

Sie sahen alle so aus, dachte Emil. Strichmännchen. Kranke, dumme Strichmännchen.

Die Kompanie baute das Barackenlager ab und marschierte nach Westen zum nächsten Dorf. Emil kämpfte mit dem Gewicht seiner Ausrüstung und stellte angstvoll fest, wie schwach er geworden war. Jeder Schritt war eine riesige Anstrengung. Obwohl mehrere hundert Männer übrig waren, war es eine stille Reise. Unnötige Gespräche waren weder erlaubt noch erwünscht.

Schließlich ließen sie sich im am wenigsten heruntergekommenen Gebäude nieder und schlugen ihr Lager auf. Emil und Friedrich durchkämmten das Dorf nach allem aus Holz, was man zerbrechen und verbrennen konnte.

»Warum magst du mich nicht, Emil?«

Emil sah Friedrich scharf an. Er war nicht sicher, wo das jetzt herkam. Er hatte davon gehört, dass Krisensituationen Menschen näher zusammenschweißten und stellte jetzt überrascht fest, dass er Friedrich plötzlich irgendwie mochte.

»Was meinst du damit, Friedrich?«

Friedrichs Kopf war gesenkt, und seine Augen suchten die Erde ab, während er Emils Blick auswich. »Ich weiß, dass wir nicht immer, du weißt schon, die besten Freunde waren.«

Versuchte er sich zu entschuldigen?

»Ich mag dich«, sagte Emil. Ein bisschen tat er es, und so war es keine komplette Lüge.

Friedrich hielt inne. Emil konnte sehen, wie Friedrichs großer Adamsapfel auf und niederzuckte und ihn am Schlucken hinderte. Friedrichs Stimme brach. »Wenn ich es nicht schaffe, dann sag meiner Mutter, du weißt schon, dass es mir leidtut.«

· · ·

RENNEN UND DUCKEN, rennen und ducken. Explosionen auf allen Seiten, aus der Luft. Das Herz hämmerte immer schneller. Schweiß tropfte ihm von der Stirn in die Augen. Das war kein Traum. Das war real. In seinem Dauerzustand aus Angst und Erschöpfung konnte Emil den Unterschied nicht mehr ausmachen. Wann war er aufgewacht, und wie war er hierhergekommen? Jeder Moment wurde zu einem verschwommenen Schemen.

Aus den Augenwinkeln sah Emil Johann mit angespanntem Gesicht, in Panik gewölbten Augenbrauen, mit Grauen erfüllt. Eine weitere heftige Explosion, und sie ließen sich auf den Boden fallen. Emil legte sein Maschinengewehr an die Schulter und zog den Abzug. Er öffnete nicht einmal die Augen.

Ein Panzer walzte vorbei, und Emil und Johann sprangen auf, um neben ihm herzurennen. Sie hofften, dass er ihnen etwas Deckung geben würde, etwas Schutz vor den grausamen Attacken der Roten Armee, die heute stärker waren als jemals zuvor.

Emil hörte jemanden schreien. Der Lärm um ihn herum war überwältigend und füllte alles aus, aber er hörte es trotzdem. Er drehte sich um und sah Johann am Boden liegen. Er wand sich. Wand sich und schrie. Sein Bein war weg.

»Johann!« Emil rannte zu ihm, zog seinen Gürtel ab, schlang ihn um Johanns Stumpf und zog ihn fest an. Er konnte nicht anders, drehte sich weg und übergab sich.

Er sog seinen sauren Atem ein, packte Johann unter den Armen und schleifte seinen schreienden Freund zurück, weg von den feindlichen Linien.

Bomben fielen über ihren Köpfen, Schüsse sirrten durch die Luft. Emil schleifte Johann weiter, immer einen Schritt zurück, dann ziehen. Seine Schreie wurden zu einem Stöhnen. Fast da. Ein Sanitätsfahrzeug in Sicht.

Brennende Hitze in seinem rechten Bein. Emil schnappte nach Atem und ließ Johanns schweren Körper fallen. Er war getroffen. Emil fiel mit einem Bums zu Boden, während Johann auf ihn fiel. Friedrich schloss zu ihnen auf und hielt kurz an, um Meldung zu machen. Zwei Soldaten außer Gefecht.

»Diese dreckigen Hunde!« Friedrichs Gesichts verzerrte sich zu einer Teufelsfratze. Seine langen Beine rannten Richtung Front, und er brüllte aus der Tiefe seines Bauches: *Für das Vaterland!* während er mit wildem Wahnsinn sein Maschinengewehr abfeuerte.

Die Schüsse wurden erwidert. Friedrichs Körper wurde hin- und hergeworfen, als er von Schüssen durchsiebt wurde. In einer Pfütze voller Blut brach er am Boden zusammen.

Emil schleppte sich rückwärts, einen schmerzhaften Ruck nach dem anderen, während er gleichzeitig versuchte, Johann mitzuziehen. Mehr Schmerzen. Bösartige, sengende, reißende Schmerzen. Ein weiterer Treffer – dieses Mal an seine Schulter. Blut sprudelte.

Dann Schwärze.

KAPITEL 40

Seine Lider fühlten sich an wie festgezurrte Bettlaken, seine Lippen wie ausgefranste Seile. Er stöhnte, als er sein Gewicht verlagerte und Schmerz durch seine rechte Seite schoss.

Wo war er?

Er schaffte es, seine Lider einen Schlitz weit aufzumachen, schloss sie aber schnell wieder. Helles Licht blendete ihn.

Ein Stechen in seinem Hals, ein trockener Hustenstoß.

»Emil?« Eine Stimme. Vertraut. Sein Hirn raste, als es versuchte, der Stimme einen Namen zu geben. Ohne Resultat.

Wer auch immer es war, steckte ihm einen Strohhalm zwischen die Lippen. Er sog kühles Wasser ein. Eifrig. Zu eifrig. Er würgte.

»Ganz ruhig«, sagte die Stimme. »Wo das herkommt, gibt es noch mehr.«

Er versuchte nochmals, die Augen zu öffnen. Bilder verschwammen im blendenden Licht. Jemand lehnte sich über ihn.

Ein Mädchen?

Er musste träumen. Das ganze musste ein Traum sein. Er hatte seit Monaten kein Mädchen gesehen.

Vor allem nicht dieses Mädchen. Sie sah aus wie Irmgard.

Ein schlechter Traum. Er befahl sich, wieder einzuschlafen.

»Emil?« Das Mädchen stupste ihn am linken Arm. »Bist du wach?«

»Irmgard?«

»Ja, ich bin es! Ist das nicht unglaublich? Ich bin hier Hilfskrankenschwester. Ich konnte es nicht glauben, als sie dich und Johann hereingebracht haben.«

Johann. Er war mit ihm an der Front gewesen. Jetzt erinnerte er sich. Friedrich, der wie ein zerknitterter, blutiger Lappen am Boden zusammenfiel. Johann, der schrie. Sein blutiger Stumpf.

»Johann! Geht es ihm gut?« Emil versuchte, sich aufzusetzen. Schlechte Idee. Der Schmerz flammte wieder auf.

»Pst«, sagte Irmgard. »Bleib ruhig liegen. Johann ist hier, im Bett neben dir.«

Dieses Mal vorsichtiger, drehte Emil den Kopf nach rechts. Da lag sein Freund. Schlafend, mit verbundenem Kopf. Die neue Form seines Körpers unter dem weißen Bettlaken war offensichtlich: ein Bein, ein Stumpf.

»Er hat Glück, dass ich hier war«, sagte Irmgard.

»Wie meinst du das?«

»Wir pflegen normalerweise keine Wunden, wenn klar ist, dass der Soldat nicht zurück ins Feld gehen kann.«

»Ihr lasst sie einfach sterben?«

»So viele Verwundete kommen jeden Tag. Aber weil ich hier war, habe ich ihnen erzählt, dass ich ihn kenne. Dass er in der gleichen Einheit kämpft wie mein Bruder.«

»Aber Rolf ist nicht in unserer Einheit.«

Sie zwinkerte. »Ich weiß.«

»Warum sollten sie auf dich hören? Es ist ja nicht so, dass du ein General wärst.«

»Nein«, sagte sie mit einem durchtriebenen Grinsen. »Aber ich kenne einen.« Sie zog ihre Strickjacke auseinander und strich mit der Hand über ihr Kleid und die beinahe verborgene Wölbung darunter. Sie erwartete ein Kind.

»Ich wusste nicht, dass du verheiratet bist.«

»Oh, das bin ich nicht.« Sie bedeckte ihr Grinsen mit der Hand. »Es ist für den Führer. Wir brauchen neue Söhne, um das tausendjährige Reich zu führen.«

Meinte sie das ernst? Sie war noch dümmer als Georg.

Sie beugte sich über ihn und flüsterte: »Weißt du – ich war damals ziemlich in dich verknallt.«

»Ach ja?«

»Wusstest du das nicht?« Sie schien überrascht. »Sag, warum mochtest du mich nicht?«

Emil wollte sich ihr Wohlwollen erhalten. Er konnte ihr nicht sagen, dass sie eine verrückte Fanatikerin war.

»Ähm, ich mochte dich. Ich war damals nur nicht sicher, du weißt schon, was ich mit Mädchen anstellen sollte.«

»Jungs können so einfältig sein«, seufzte sie. »Aber weißt du, ich finde dich immer noch ziemlich gutaussehend.« Sie stand auf, um zu gehen. »Vielleicht können wir nach dem Krieg...« Sie tätschelte ihren Bauch und zwinkerte. »Du weißt schon, etwas Gutes fürs Vaterland tun.«

Emil seufzte. Er fürchtete jetzt schon den Tag, an dem er Johann erzählen musste, dass er Irmgard sein Leben zu verdanken hatte.

KAPITEL 41

Emil hatte Glück gehabt. Die Kugel in seiner Schulter hatte nur eine Fleischwunde hinterlassen und sah mehr nach einer Tracht Prügel aus. Die Kugel in seinem Bein hatte weder einen Knochen noch eine Hauptarterie verletzt. Muskeln und Nerven waren in Mitleidenschaft gezogen worden, und sein Gang würde nie mehr der gleiche sein, aber immerhin konnte er wieder gehen.

Er verbrachte den kalten Novembermonat im Feldlazarett mit anständigem Essen, im Warmen und in relativer Sicherheit. Nach seinem Empfinden war es mehr als eine Kugel wert, wenn er dafür dem Horror des Frontkampfes entkommen konnte.

Obwohl seine Verletzungen ernst genug waren, um ihn von dieser Hölle fernzuhalten, waren sie nicht schlimm genug für einen Fahrkarte nach Hause. Stattdessen wurde er zurück nach Nürnberg geschickt.

Denn der Krieg war noch nicht vorbei, obwohl jeder wusste, dass sie ihn schon verloren hatten.

Natürlich wurde Johann zurück nach Passau verfrachtet. Emil war sich sicher, dass der Stumpf verheilen würde. Er machte sich mehr Sorgen um die Lebensgeister seines Freundes.

»Ich wünschte, ich wäre auf diesem Feld gestorben«, flüsterte

Johann eines Nachts. »Warum hast du mich nicht dort gelassen? Warum hast du mich nicht einfach sterben lassen?«

Emil flüsterte zurück: »Hättest du mich verlassen?«

AN EINEM FRÜHEN Dezembertag verlegten sie ihn in einem schmierigen, überfüllten Zug zurück nach Nürnberg. Mit Krücken, die in seinen Achseln kniffen, hinkte er auf dem Stützpunkt herum und fragte sich, wie er hier überhaupt von Nutzen sein sollte.

Ein neuer Junge saß aufrecht auf dem einzigen Holzstuhl im Schlafraum, als Emil hineinschlurfte.

»Hallo«, sagte Emil.

»Grüß Gott.«

»Ich bin Emil. Wie heißt du?«

»Günther.«

Wie jeder andere, den Emil kannte, sah Günther aus, als ob er in der letzten Zeit nicht viel gegessen hatte. Er war klein, seine Haut geisterhaft weiß. Er konnte nicht viel älter sein als Helmut.

Günther hatte keines der oberen Betten beansprucht wie Georg und Friedrich, als sie hier angekommen waren. Da Emil nicht in der Lage war, in das obere Bett zu klettern, musste er das untere neben Günther nehmen. Sie lagen so nahe nebeneinander, dass sie sich in der Nacht hätten anfassen können.

»Willst du eins der oberen Betten nehmen?« fragte Emil. »Ist in Ordnung für mich.«

»Lieber nicht, wenn es dir nichts ausmacht.« Günther verschlang seine Finger ineinander und starrte intensiv darauf.

Emil musterte seinen neuen Zimmergenossen. Er war das komplette Gegenteil von Georg, dachte er. Wo Georg stark und dominant war, schien Günther zerbrechlich und scheu. Und während Georg es liebte, alle Unterhaltungen zu dominieren, scheute sich Günther, überhaupt zu sprechen.

Emil fragte sich, was mit Georg passiert war. War er gefallen, oder war er noch irgendwo am Leben?

SS-Offizier Spiegl hatte einen neuen Posten, und Albert Jäger war neuer Kommandant des Nürnberger Ausbildungslagers.

Emil konnte es nicht glauben. »Jäger?«

»Offizier Jäger für dich, Radle!«

Verdammt.

Albert Jäger stolzierte herum wie ein aufgeblasener König. Er war eine größere, dünnere Ausgabe seines Vaters und nicht viel älter als Emil. Emil hasste es, von ihm Befehle anzunehmen.

»Ich beobachte dich«, sagte Jäger. »Ich weiß alles über deinen Verräterfreund.«

Emils Hände formten sich zu harten Fäusten. *Lass Moritz da raus.*

»Mein Vater hat auch ein Auge auf deine Mutter und deinen Bruder. Irgendetwas stimmt da nicht.«

»Pass auf, was du sagst«, sagte Emil.

»Nein, du passt auf, Radle.« Er schlug seine Hacken zusammen und salutierte. »Heil Hitler!«

»Heil Hitler«, antwortete Emil. Er hasste Albert, weil er ihn zwang, ihm Loyalität vorzuspielen. Albert Jäger hielt seinem Blick stand, während beide die Position des militärischen Grußes beibehielten. Emil wagte nicht, zuerst wegzusehen. Dann drehte sich Albert auf den Absätzen um und ließ Emil zurück, der ihm mit den Augen zornglühende Pfeile in den Rücken schoss.

DIE ZEIT KAM FAST zum Stillstand. Mit quälender Langsamkeit dehnten sich die Tage vor Emil aus. Immer wieder machten sie Drillübungen, bis Emil das Gefühl hatte, sie im Schlaf zu beherrschen. Tatsächlich träumte er oft von den Drills, und dass er niemals von seiner Gefangenschaft auf dem Militärstützpunkt wegkommen würde. Heimweh quälte seine Gedanken. Erinnerungen an ihre Küche, gefüllt mit seiner Familie, durchzogen vom himmlischen Duft von frischem Brot.

Und Gedanken an Katharina. Immer Katharina.

Es schien seine einzige Aufgabe zu sein, zu warten und nochmal zu warten. Darauf zu warten, dass der Krieg nach Nürnberg zurückkehrte.

Eines Morgens klopfte es an ihrer Zimmertür, was seltsam war. Niemand »besuchte« sie am Morgen. Emil öffnete die Tür, und Hans, den Emil von der Armeeausbildung kannte, kam herein. Er hielt eine Tasche mit seiner persönlichen Ausrüstung in der Hand.

»Entschuldigt die Störung«, sagte er, »aber ich bin euer neuer Zimmergenosse.« Nach dieser Ankündigung nahm er das freie Bett über Günther in Besitz.

»Das verstehe ich nicht«, meinte Emil. »Was stimmt nicht mit deinem Zimmer?«

»Sie haben nichts erklärt. Ich befolge nur Befehle.«

Emil schüttelte den Kopf. Er hatte keine neuen Gesichter gesehen, keine Neuankömmlinge.

Nach einem kurzen Frühstück aus Haferbrei und gekochten Eiern stolzierte Albert breiten Schrittes in den vorderen Teil des Raums. Er richtete seine Jackenaufschläge aus und hob mit feierlichem Ton zu einer Ankündigung an.

»Wie euch wohl bewusst ist, befindet sich unsere großartige Nation in einer entscheidenden Stunde.« Albert verschränkte die Hände hinter dem Rücken, während seine Augen zur seitlichen Tür schossen. Er fuhr fort. »Außergewöhnliche Umstände rufen nach außerordentlichen Maßnahmen, und in Kriegszeiten wird es zur Notwendigkeit, alle Ressourcen einzusetzen, um auf Kurs zu bleiben und den Sieg zu erringen.«

Emils Magen überschlug sich. Er umklammerte seine Körpermitte und wartete nervös darauf, dass Albert seine

Verkündigung fortsetzte. *Was ist es dieses Mal, eine Rückkehr an die Front? Vielleicht nach Russland?*

»Und zu diesem Zweck möchte ich euch unsere neuen Rekruten vorstellen.«

Und herein marschierte eine Gruppe Mädchen.

Die Jungs schnappten nach Luft. Emil rief sich die Partisanin in Erinnerung, die vor ihm erschossen worden war, und runzelte die Stirn. Hitler hatte Mädchen eingezogen, um seinen Krieg zu führen. So weit war es mit der deutschen Wehrmacht also gekommen.

Sie trugen Hosen. Außer der Partisanenfrau hatte Emil noch nie eine Frau in Hosen gesehen; er glaubte nicht, dass es den anderen Jungen anders ging. Alle Mädchen trugen das Haar geflochten und hochgesteckt.

Ihre Aufsichtsperson wies sie an, sich in einer Reihe an der Wand aufzustellen. Emil stöhnte. Die vierte von hinten. Sie hob ihr Kinn und drehte das Gesicht zu Emil. Sie fand seine Augen und schenkte ihm ein weiches Lächeln.

Katharina.

Albert räusperte sich. »Ich verlasse euch, damit ihr euch ein paar Minuten miteinander bekannt machen könnt, bevor der Übungsblock beginnt.«

Hans grinste und begann leise in sich hinein zu kichern. »Danke Hitler«, sagte er und marschierte auf die kleine Gruppe Mädchen zu. Er war nicht der einzige. Mit Ausnahme von Günther schlenderten alle Jungs hinüber und bemühten sich, einen guten ersten Eindruck zu hinterlassen.

Emil war erstaunt, wie schnell sein schlechtes Bein sein konnte, wenn es einen guten Grund hatte, sich zu bewegen. Im Nu stand er vor ihr.

Er packte sie am Handgelenk und zog sie von den anderen weg. »Was machst du hier?« fragte er.

Das Funkeln in ihren Augen verdunkelte sich. »Freust du dich nicht, mich zu sehen?«

»Nein, tue ich nicht!«

Ihr Kiefer straffte sich, und sie wandte ihr Gesicht ab.

»Das ist es nicht«, sagte Emil. Er sehnte sich danach, sie an sich zu ziehen. »Ich freue mich, dich zu sehen. Einfach nicht hier. Nicht so. Es ist nicht sicher.«

»Es tut mir leid. Ich hatte keine Wahl.«

Emil bereute seinen harschen Ton. Natürlich hatte sie keine Wahl gehabt. Und wenn sie schon eingezogen werden musste, dann wollte er, dass sie bei ihm war. Er war dankbar dafür, dass Passau in die Zuständigkeit von Nürnberg fiel.

Er ließ seinen Atem lange und langsam entweichen. »Es tut mir leid. Können wir noch einmal anfangen?«

Katharina nickte.

Emil hätte sie gern geküsst, aber vor den anderen wagte er es nicht. Er schüttelte ihre Hand und hielt sie fest. »Willkommen in Nürnberg.«

»Danke. Es ist eine Freude, hier zu sein.« Sie lächelte und stimmte in seinen Tonfall ein.

Sie blickte über seine Schulter. »Wer ist das?«

Emil drehte sich um und sah Günther, der sich hinter ihm herumdrückte.

»Das ist Günther – mein Schatten.«

»Stell mich ihm vor.«

Emil rief ihn herbei. »Günther, das ist meine, ähm, gute Freundin Katharina. Sie kommt auch aus Passau.«

Günther schüttelte ihr zaghaft die Hand.

»Da ist Fräulein Hanenberg«, sagte Katharina einen Moment später. »Sie ist unsere Offizierin. Ich muss gehen.« Sie drückte Emils Hand erneut und fest, bevor sie ging. »Wir sehen uns später.«

An diesem Abend nahm Emil Katharina mit auf einen

Rundgang durch Nürnberg. Er war an die ausgebombten Gebäude und die mit Trümmern gefüllten Löcher in der Straße gewöhnt, aber Katharina hatte so etwas noch nie gesehen.

Ihre Augen waren hell vor Entsetzen. »Das ist schrecklich.«

Im Licht der frühen Dämmerung starrten die zerstörten Gebäude auf sie herunter wie verwundete Riesen, deren riesige Körper zur Hälfte abgerissen waren; ihre Augen waren dunkle Vierecke voll zerbrochenem Glas.

»Nicht ganz Nürnberg ist zerstört«, sagte Emil. »Es gibt immer noch ein paar Straßen, die ganz normal aussehen.« Sie gingen eine davon hinunter und kamen an der Kneipe vorbei, in der einige der anderen Rekruten etwas tranken. Hans sah sie und winkte ihnen, damit sie auch hereinkamen.

Emil legte seine Hand auf ihren Rücken. »Willst du hineingehen?«

»Nur kurz, um mich etwas aufzuwärmen.«

Es war ein kleiner, verrauchter Raum mit dunklen Holzbalken und freigelegten Ziegeln. Albert war da, und fast hätte Emil sich umgedreht und wäre gegangen. Aber Katharina war kalt, und sie setzten sich einander an einem Tisch gegenüber und bestellten Kaffee.

»So sehr ich es hasse, dass du hier bist«, sagte Emil, »es ist so schön, wieder mit dir zusammen zu sein.«

»Ich weiß«, sagte sie. »Ich bin tagelang trübselig im Haus herumgetigert, nachdem du gegangen bist. Mutter hat gedroht, mich festzubinden.«

»Wie geht es ihm? Wie geht es Johann?«

Katharina ließ ihren Blick aus dem Fenster schweifen. »Ich weiß es nicht. Äußerlich ist er am Leben, aber im Innern... ich kann ihn nicht finden. Er war außer sich vor Wut, als er herausgefunden hat, dass ich hierher geschickt werde, aber erleichtert, dass ich wenigstens bei dir sein würde.«

Sie sah Emil wieder an. »Wie geht es dir? Schmerzt dich das Bein nicht entsetzlich?«

Er hatte sich an den chronischen Schmerz gewöhnt und wollte Katharina nicht unnötig belasten. Er schüttelte den Kopf. »Nicht sehr.«

Sie hob ihre Tasse an die Lippen, und Emil sah den blauen Faden um ihren Finger. Er hatte ihn vorher nicht bemerkt, und es machte ihn glücklich, dass sie ihn anbehalten hatte. Er erinnerte sich an ihre Zeit zusammen im Park, wie er ihr seine Liebe gestanden hatte, sich in ihren Küssen verloren hatte.

Als sie ihre Tasse hinstellte, ergriff Emil ihre Hand. »Wir sind also immer noch verlobt«, sagte er grinsend, während er einen leichteren Ton anschlug.

»Natürlich!« sie lächelte. »Du hast ja wohl nicht gedacht, dass du mich so leicht loswirst, oder?«

»Ich will dich niemals loswerden.«

Er hatte ihre Hand zu lange gehalten. Hans und sein Kumpel Franz schlenderten herüber. »Hallo ihr Turteltäubchen«, sagte Hans und quetschte sich neben Katharina auf die Bank. Emil fühlte, wie er rot wurde, und hoffte, dass Hans Katharina nicht in Verlegenheit gebracht hatte. »Dürfen wir euch Gesellschaft leisten?«

Emil konnte nicht gut nein sagen. Franz zwängte sich neben ihn. Er und Hans tranken Bier, Hans kippte sein Glas und nahm einen großen Schluck.

Er sah Emil an. »Du bist ein alter Hase«, sagte er. »Wie lange dauert es noch, bis wir hier was erleben?«

»Was willst du genau erleben?« fragte Franz und blinzelte ihm zu.

Hans stieß Katharina in die Rippen. »Ich weiß nicht. Was will ich wohl erleben, Süße?«

»He!« Emils Hände ballten sich zu Fäusten.

»Entschuldigt mich«, sagte Katharina. »Ich glaube, wir sollten gehen.«

»Nein nein, ich habe nur einen Witz gemacht«, sagte Hans. »Entspann dich. Komm schon, Emil, du weißt, wovon ich rede.«

»Woher soll ich das wissen?« fragte Emil.

»Ich langweile mich hier langsam, verstehst du?«

»Ich mich auch«, sagte Franz, der Hans von der Art her sehr ähnelte. Wahrscheinlich wünschte er sich, Hans zu sein, dachte Emil.

»Wir sollten froh sein, wenn wir uns weiterhin langweilen«, sagte Emil durch zusammengepresste Lippen. Seine Knöchel waren immer noch weiß.

Hans drehte sich zu Katharina um. »Er ist nicht sehr unterhaltsam, oder?«

Sie ignorierte ihn. »Mir ist warm genug«, sagte sie, »lass uns gehen.«

»Oh, komm schon«, stöhnte Hans. »Du musst wirklich nicht gehen.«

»Tatsächlich muss ich. Bei uns ist bald Zapfenstreich, und Fräulein Hanenberg wird mich bestrafen, wenn ich zu spät komme.«

»Na dann«, sagte er und stand auf, um Katharina vorbeizulassen. Dabei berührte er ihre Schulter und ihren unteren Rücken. Emil hätte ihm am liebsten eine verpasst.

Albert sah ihnen zu, während sie die Kneipe verließen.

»Es tut mir leid wegen der beiden«, sagte Emil, während sie zurück zum Stützpunkt gingen. »Sie haben zu viel getrunken.«

Sie seufzte. »Jungs sind eben Jungs.«

Emil brachte Katharina bis zu ihrer Baracke, und dieses Mal küsste er sie, lang und andauernd.

»Gute Nacht«, sagte er.

»Wir sehen uns morgen früh.« Sie warf ihm einen Luftkuss zu, als er davonging.

· · ·

Günther lag schon in seiner Kajüte, als er zurückkam. Emil kroch voll bekleidet ins Bett: Erstens war es kalt, und zweitens hatte er in seinem letzten Diensteinsatz gelernt, jederzeit auf alles vorbereitet zu sein.

»Ich schlafe nicht«, meinte Günther. »Du musst meinetwegen nicht leise sein.«

»Ich bin müde. Ich will jetzt schlafen«, sagte Emil. Dann wurde er neugierig. »Was hast du heute Abend gemacht?«

»Nicht viel. Ich habe ein paar Bücher. Habe etwas gelesen«, sagte Günther. »Und du?«

»Ich habe Katharina Nürnberg gezeigt.«

»Ist sie dein Mädchen?«

»Was meinst du?«

»Ist sie deine Freundin oder nur ein Mädchen, das du gern zur Freundin hättest?« Günther rollte sich auf die Seite. »Ich würde sage, sie ist schon deine Freundin, oder du planst, dass sie es bald sein wird.«

Emil hätte Günther gern die Wahrheit gesagt – dass Katharina seine Freundin, Verlobte und so viel mehr war. Dass sie ihm alles bedeutete, und dass er sie so bald wie möglich heiraten wollte. Aber wenn so eine Information sich in den Baracken verbreitete, würden sie nur Ärger bekommen.

»So viel auf einmal habe ich dich noch nie sagen hören«, sagte Emil stattdessen. »Wann genau hast du dich in einen Beziehungsexperten verwandelt?«

»Ich bin einfach gut darin, Leute zu beobachten.«

»Ich verstehe.« Emil drehte sein Gesicht zur Wand. »Dann solltest du in der Lage sein, herauszufinden, was ich jetzt mache.«

KAPITEL 42

A**m** nächsten Morgen registrierte Emil mit Genugtuung, dass Hans und Franz etwas grün aussahen und nicht allzu viel Appetit auf Frühstück hatten. Das hieß mehr für den Rest von ihnen, und vielleicht würde das die beiden für eine Weile zum Schweigen bringen.

Nach dem Frühstück, während des Flaktrainings, rief Albert ihn zu sich.

»Da du offenbar Geschick und Erfahrung mit der Flak hast, möchte ich, dass du einige unserer neuen Rekruten unterrichtest. Ich werde dir zwei herüberschicken.«

Er erkannte Katharina am Gang, als ihre Umrisse in der Sonne sichtbar wurden. »Guten Morgen«, sagte sie, als sie bei ihm ankam.

Es ist in der Tat besser geworden, dachte Emil und lächelte sie an. Ein rothaariges Mädchen folgte ihr. »Ich bin Bettina«, sagte sie und senkte ihr Kinn, während ihre Augen weit geöffnet und kokett zu ihm aufblickten.

Emil räusperte sich. »Nun gut, lasst uns anfangen.« Er strich mit der Hand über den Gewehrlauf. »Das ist eine 88 mm schwere Flakkanone. Im Feld gibt es auch kleinere Versionen.

Die erste, an der ich in Passau trainiert habe, war eine kleine Einmann-Flak.«

Die Mädchen musterten Emil. Er holte rasch Luft und fuhr fort. »Diese Flak feuert Granaten bis zu fünfzehn Meter in die Höhe, drei Granaten in der Minute. Wenn sie in Verbindung mit Suchlichtern eingesetzt wird, kann sie ziemlich tödlich sein.«

»Hast du jemals ein Flugzeug abgeschossen?« fragte Katharina.

Das Geschwätz und der Lärm der anderen Einheiten verklangen, und Emil fühlte sich, als ob er und Katharina allein auf der Erde waren. Blut rauschte durch seine Ohren, während sie ruhig auf sein Geständnis wartete. Sie war Teil ihrer kleinen Gruppe von Widerständlern gewesen. *Wir haben nicht an diesen Krieg geglaubt, erinnerst du dich?*

»Ich arbeite nicht allein«, antwortete er. Falls Bettina von der Antwort verwirrt war, Katharina war es nicht.

»Sie ist wirklich schlagkräftig und sehr gefährlich.« Emil starrte sie intensiv an. »Du solltest nicht hier sein.«

»Ich bin es aber.«

»Ich bin auch noch hier!« mischte sich Bettina mit gerunzelter Stirn ein.

Emil schüttelte den Kopf, und die Welt um ihn herum kam wieder zurück. »Ich habe euch beide gemeint.«

Hans und Franz machten Drillübungen am nächsten Posten, und jedes Mal, wenn Albert nicht zu sehen war, wandten sie sich mit anzüglichen Bemerkungen an die Mädchen.

»He, ihr Schönen! Warum kommt ihr nicht rüber zu uns richtigen Männern?«

Emil fühlte, wie ihm das Blut ins Gesicht stieg. Er ballte seine Fäuste.

»Ignorier sie einfach«, sagte Katharina.

Bettina war durch die Jungs abgelenkt und versucht. Bevor

Emil etwas sagen konnte, war sie schon bei Hans und Franz, kicherte und klimperte mit den Wimpern.

Katharina strich mit der Hand an der großen Flakkanone entlang und sah in den Himmel hinauf.

»Leute sind gestorben.« Emil versuchte es ihr zu erklären. »Frauen und Kinder. Ich musste zurückschießen, um zu helfen, sie zu retten.«

»Glaubst du, dass wir jetzt sicher sind? Ich meine, all die Militärstützpunkte und Fabriken hier in der Nähe sind schon getroffen worden.«

»Es geht nicht mehr nur um die Stützpunkte und Fabriken.« Nein, es war viel komplizierter. »Jetzt sind sie auf Blut aus.«

DIE GLOCKE KÜNDIGTE DAS MITTAGESSEN AN, und alle machten sich sofort auf zum Speisesaal. Franz hatte seinen Arm um Bettina gelegt. Hans schlich sich an Emil und Katharina heran, packte Katharina unter den Armen und wirbelte sie herum.

»Lass mich runter!«

»Katharina, warum bestehst du darauf, mit einem Krüppel herumzuhängen, wenn du mich haben könntest?« Hans stellte sie auf den Boden, und sie stieß sich von ihm los, gerade als Emil sich vor ihn hinstellte und Hans einen auf die Nase verpasste.

»He!« Hans hob die Hand zu seinem Gesicht. Da war Blut.

»Bleib weg von ihr!« brüllte Emil.

»Oder was?« Er stürzte sich auf Emil und warf ihn zu Boden.

Die beiden rangen, und für einen Moment war Emil oben. Er schlug Hans erneut ins Gesicht.

Eine Menge hatte sich versammelt, aber Emil konnte nicht hören, wen sie anfeuerten. Er wusste nur, dass der Schmerz in seinem Bein seine Kraft aufzehrte.

Sie rollten sich wieder herum, und jetzt lag Emil unten. Er

sah, wie Hans seine Faust zurückzog, und bereitete sich auf den Schlag vor. Dann explodierte sein Kopf. Emils rechtes Auge fühlte sich an, als ob es geplatzt wäre, und er wusste, dass es am Ende des Tages blau und geschwollen sein würde.

Franz zog Hans von Emil herunter, bevor er noch mehr Schaden anrichten konnte. »Genug!« sagte er. »Wenn Jäger davon Wind kriegt, sind wir alle dran.«

Hans atmete ebenfalls heftig. Seine Nase blutete immer noch, als er sich losmachte und davonging.

Emils Kopf hämmerte.

»Geht es dir gut?« Katharina kniete sich neben ihn auf den Boden. Er fühlte sich wie ein Idiot. Wer einen Kampf anzettelte, sollte ihn gewinnen, und er hatte diesen bestimmt nicht gewonnen.

»Ja.«

»Na ja, danke für, du weißt schon. Dass du mich verteidigt hast.«

»Klar.«

Albert würde von diesem Mist hören, da war Emil sich sicher. Wie sollte er sein blaues Auge und die zerschrammte Nase von Hans übersehen? Zu ihrer aller Glück fand Albert es nur belustigend.

Die Tage spielten sich nach ein und demselben Schema ab: Frühstück, Drillübungen, Mittagessen, Dienst auf dem Bauernhof oder dem Stützpunkt, Abendessen, dann Freizeit, die oft in der Kneipe verbracht wurde. Es war eine Abwechslung zur Szenerie des Lagers und ein Ort, wo man vor den Winterwinden Zuflucht suchen konnte.

Emils Auge heilte, auch wenn sein Ego es nicht tat. Aber wenn Katharina ihn ansah, schien sie weder sein geschwollenes Auge, noch sein Hinken, noch einen seiner anderen Makel zu sehen. Sie hatten sich früh darauf geeinigt, dass sie ihre Beziehung geheim halten würden, saßen beim Essen absichtlich nicht beieinander und mischten sich am Abend unter die anderen Soldaten.

Aber Emil wusste, dass er seine Bewunderung für sie nicht verbergen konnte. Seine Augen verrieten ihn.

Er saß neben Günther auf einem Barhocker in der Kneipe und versuchte, höflich zu sein und zu nicken, wenn Günther sprach. Das war zum Glück nicht oft der Fall. Aber meistens blickten seine Augen über Günthers linke Schulter, wo Katharina mit einer Gruppe Mädchen saß.

»Geh doch einfach zu ihr, na los«, sprudelte es aus Günther hervor.

»Was?«

»Du machst mich verrückt mit deinem Hundeblick«, sagte er. »Tu uns beiden einen Gefallen.«

Emil starrte Günther an. »Das scheint dich sehr zu beschäftigen.«

Günther zuckte mit den Achseln und nippte an seinem Bier.

Emil zog sich den Schal vom Hals. Er hatte sich aufgewärmt, und als er aufstand, um den Raum zu durchqueren, fühlte er, wie Hitze in seiner Brust aufwallte.

Die Mädchen bei Katharina sahen ihn zuerst und hörten mitten im Satz auf zu sprechen. Dann sahen sie ihm zu, wie er den letzten Schritt auf sie zu machte und einen Stuhl neben Katharina hervorzog.

»Abend, die Damen«, sagte er mit einem Lächeln. »Habt ihr etwas dagegen, wenn ich mich euch anschließe?«

»Haben wir nicht«, sagte ein braunhaariges Mädchen. »Hast du, Katharina?«

Katharina lächelte, und eine rosige Röte überzog ihre Wangen. »Nein, ich habe nichts dagegen.«

Emil wandte seine Aufmerksamkeit Katharinas Zimmergenossinnen zu, fragte sie, woher sie kamen, wie es ihren Familien ging, und nahm sie offensichtlich für sich ein.

Gleichzeitig suchte er unter dem Tisch nach Katharinas Hand, ergriff sie und ließ sie nicht mehr los, bis die Kneipe schloss und es Zeit war, zu gehen.

IN DIESER NACHT wurden sie von Sirenen geweckt.

Emil, Günther und Hans sprangen aus dem Bett, griffen nach ihren Helmen und rannten zu ihren Flakstationen. Emil suchte den Himmel ab, konnte aber keine Zeichen feindlicher Flugzeuge erkennen. Kein dumpfes Propellergeräusch, keine Suchlichter.

»Wo sind sie?« schrie Günther.

»Ich sehe nichts.« Die Sirenen gellten, als Albert über den Lärm seine Anweisungen herausbellte. Katharina fand Emil beim Wall um die Flakstation. Sie sah verängstigt aus, und er wollte sie festhalten. Einmal mehr kochte er vor Wut, weil sie hier war.

Albert kommandierte: »Macht euch bereit, Kanonen laden....«

Emil konnte immer noch nichts sehen. Er griff nach einer Kanonenkugel, stopfte sie in den Lauf und tastete nach der Zündschnur.

»Und Stopp!« Alberts Gesicht entspannte sich. »Es ist nur eine Übung!«

Eine Übung?

»Geht alle zurück ins Bett.« Mit diesen Worten marschierte Albert davon und ließ sie in der Kälte stehen.

Die Sirenen stoppten, und Emil fühlte sich wie geohrfeigt von der plötzlichen Stille. Katharina stand steif da und sah Albert hinterher.

»Er ist ein Trottel«, sagte Emil und packte sie an den Schultern. »Geht es dir gut?«

»Ja, mit mir ist alles in Ordnung«, sagte sie, aber sie zitterte. »Ich kann das, Emil. Ich muss.«

Sie gingen los, aber irgendwie landeten sie nicht bei den Baracken. Katharina hatte sich bei Emil eingehakt, und es machte ihn froh.

»Es ist Heiligabend«, meinte sie.

»Wann?«

»Heute Abend.«

»Wirklich?« Er hatte die Tage nicht gezählt. Der Krieg hatte jetzt mehr Zugkraft.

»Ja.«

Sie hielten an, nur Zentimeter voneinander entfernt, während Schneeflocken sanft auf ihren Köpfen landeten.

»Na dann«, meinte Emil. »Fröhliche Weihnachten.«

Sie hob ihr Gesicht zu ihm. »Fröhliche Weihnachten.«

Emil beugte sich zu ihr und küsste sie. Ihre süßen, frischen Lippen wärmten seine Seele, und er begann zu hoffen, dass sie nach dem Krieg tatsächlich eine Zukunft hatten.

AM NÄCHSTEN TAG rief Albert Emil zu sich.

»Hier sind keine Liebeleien erlaubt. Ich verlege deine Freundin an eine andere Flakstation.«

»Sie ist nicht meine Freundin.« Er hätte alles abgestritten, nur damit sie bei ihm bleiben konnte.

»Wirklich, Radle? Egal, es spielt keine Rolle. Ich habe entschieden, sie zu verlegen. Es ist erledigt.«

»Aber es ist Weihnachten!« Emil hoffte, dass er an Alberts Wohlwollen appellieren konnte, aber vergeblich.

»Was geht mich Weihnachten an? Es bedeutet mir nichts.«

Emil war wütend auf sich. Er war es, der seine Gefühle nicht hatte für sich behalten können, und deshalb war Katharina an den nördlichen Flakposten verlegt worden. Sie waren jetzt zu weit voneinander entfernt, um miteinander sprechen zu können, aber wenigstens konnte er sie aus der Ferne sehen, wenn sie die Flaks bedienten.

Es gab keine offiziellen Pläne für Silvester. Die meisten älteren Offiziere waren zuhause bei ihrer Familie, und die jüngeren Soldaten auf dem Stützpunkt mussten für sich selbst sorgen.

Es war Katharinas Idee, eine kleine Feier zu veranstalten. Anfangs hielt sich die Begeisterung in Grenzen – die Zukunft war beunruhigender denn je und sicher nichts, was es wert gewesen wäre zu feiern. Aber Katharina blieb dabei. Sie seien nur einmal jung. Emil erinnerte sich, dass das wahr war. Und er hoffte einfach, dass der Krieg bald enden würde und sie ihre Chance bekämen, alt zu werden.

Katharina hatte die Mädchen aufgescheucht. Erst halfen sie ihr nur widerwillig dabei, Essen zuzubereiten und den Speisesaal zu dekorieren, aber schon bald wurden sie von Vorfreude gepackt.

Emil fand in einem Schrank ein Grammophon und Schallplatten. Hans und Franz machten eine Sammlung und besorgten mehrere Kästen Bier in der Kneipe, bevor diese zumachte.

Da es viel mehr Jungen als Mädchen gab, tanzten die Mädchen mit einem Jungen nach dem anderen. Um Mitternacht war die Stimmung so gut wie noch nie. Die Halle war gefüllt mit

Zigarettenrauch, Gesprächen und Gelächter, und als der Countdown begann, schrien alle zusammen: »Zehn, neun, acht ... drei, zwei, eins, null!«

Emil umarmte Katharina und küsste sie. Sie lachte. »1945 ist unser Jahr, Emil. Warte nur – du wirst sehen. Der Krieg wird vorbei sein, und dann gibt es nur noch dich und mich!«

Sie tanzten zusammen, und obwohl es ungeschickt und schwerfällig aussah, weil sie keine Erfahrung hatten und sie wegen seines schwachen Beins aus dem Takt gerieten, tanzten sie bis spät in die Nacht hinein. Als Emil schließlich auf sein Bett fiel, um zu schlafen, war er so glücklich wie schon lange nicht mehr.

Emil wagte langsam, von einem Leben nach dem Krieg zu träumen. Er konnte für die Deutschen nicht gut ausgehen, das war offenkundig, aber er würde enden. *Und dann? Konnte es für sie wieder irgendeine Form von Freiheit geben?* Was auch immer passierte, er konnte damit leben – solange Katharina an seiner Seite war.

Seine Träume verwandelten sich in einen Albtraum.

Moritz ist am Leben; es ist Emils Hochzeitstag. Katharina in einem weißen Kleid, die ihn anlächelt.

Sirenen. *An ihrer Hochzeit?*

Sirenen, durchdringende, kreischende Sirenen. Er schnellte im Bett hoch, seine Ohren dröhnten. Das war real.

Er knallte sich seinen Helm auf den Kopf und rannte hinter den anderen her, durch die mondlose Dunkelheit zu den Flakstationen.

Sein Verstand war noch halb betäubt, aber tief in den Windungen seines Gehirns wusste er, dass das keine Übung war. Dieses Mal war es echt.

Er hatte recht. Erst hörte er die Motoren, dann sah er die Lichter. Feindliche Flugzeuge im Anflug.

Mit zitternden Händen und schwerem Atem luden sie die Flakkanonen.

»Und los!« schrie Albert.

Emil zündete die Schnur.

»Feuer!«

Die Erde bebte. Die Wucht der Explosion warf ihn fast um.

Er konnte sie in der mondlosen Nacht nicht sehen, aber Emil wusste, dass Katharina an ihrer Station war und die gleichen Handgriffe machte wie er. Kanonen laden. Schnur zünden.

Bombe um Bombe fiel; der Boden rumpelte und warf unablässig Wellen. Emil kämpfte, um auf den Beinen zu bleiben. Orangfarbene Explosionen beklecksten den dunklen Horizont. Die Suchlichter durchstreiften den Himmel ziellos und ohne Plan; es waren weit mehr Flugkörper, als sie im Auge behalten konnten. Und keine Luftwaffe. Sie hatten überhaupt keine Unterstützung aus der Luft.

Pausenlos zerrissen die Explosionen Straßen und Felder.

Dann Panik. Wahnsinnige Panik.

»Feuersturm!«

Genau wie in Hamburg. Emil erinnerte sich an die entsetzlichen Geschichten, die Georg ihm erzählt hatte. Die Stadt Nürnberg schrie – gleißende Flammen hüllten Straßen ein und begruben Häuser.

Emil warf sich zu Boden.

Heiß. Es war so heiß.

Die Hitze klebte ihm die Augen zusammen. Er konnte nichts sehen. Er blieb unten und duckte sich.

»Steh auf, Radle!« brüllte Albert außer sich. Emil schaffte es, aufzustehen und zwang seine Beine, seinen Befehlen zu gehorchen. Er drückte seine Augen auseinander, lud die Flakkanone und zündete die Schnur.

Immer wieder feuerten sie in den Himmel. Halt einfach durch, dachte Emil. Bald ist es vorbei.

Eine erneute Explosion. *Zu laut, zu heiß.* Sie waren getroffen! Der Stützpunkt loderte in den Flammen, ein gigantischer Feuerball.

Die Erde gab nach, Emil verlor sein Gleichgewicht und fiel hart zu Boden.

Die Baracken explodierten und zerplatzten wie Popcorn.

Katharinas Station war nicht mehr in Betrieb.

»Katharina!«

Ihre Station war zerstört. Überall Trümmerteile. Emil begann zu rennen.

»Radle! Komm sofort zurück!« Es war Albert, aber Emil ignorierte ihn. Er hinkte und rannte, blieb stehen und warf Steine und Trümmer zur Seite. Er musste zu Katharina gelangen. Albert konnte ihn ja nachher erschießen, wenn er wollte. *Bitte, Katharina, sei am Leben. Bitte.*

Dann sah er sie unter den Trümmern. Er begann zu graben, durch verbranntes Holz und Asche.

»Katharina!« Er zog sie hervor, Stück für Stück. Sie atmete noch. Emil hielt sie auf seinem Schoss fest. Ihre Augen flackerten.

Bomben explodierten überall um sie herum.

»Katharina?«

»Emil«, sagte sie leise.

»Du wirst wieder gesund werden«, sagte Emil. Flehend, verzweifelt. *Werde gesund. Bitte, werde gesund.*

Ein kleines Lächeln. »Du auch.« Er las ihre Lippen. »Versprichst du es mir?«

»Nein! Bleib bei mir.«

»Versprich es mir.« Ihr Atem war flach und schwer. »Es wird alles wieder gut.«

Er schüttelte den Kopf. *Nicht ohne dich.*

»Bitte.«

»Ich verspreche es«, sagte er schwach.

Sie schloss die Augen.

»Katharina!« Emil schüttelte sie. »Nicht!« Sie entglitt ihm, schwand dahin. »Katharina! Denk an unseren Traum! Bitte!«

»Es bleibt unser Traum.«

»Nein«, schluchzte er. »Ohne dich habe ich keinen Traum.«

»Es tut mir leid, Emil. Ich liebe dich.«

Sie erschlaffte in seinen Armen. Er zog sie enger an sich. »Nein, Katharina, bitte.«

Ein kreischender Schrei zerriss ihm die Kehle. Sengender Schmerz riss ihm das Herz und den Körper entzwei, als ob Hitler selbst die Fingernägel in sein Fleisch gebohrt und ihm die Haut abgezogen hätte.

KAPITEL 44

Sie begruben die Toten in langen Reihen im Feld eines Bauern. Und trotz des unglaublichen Verlustes an Menschenleben, Zivilisten und Militär; obwohl fast jede größere Stadt in Deutschland praktisch eingeäschert worden war; obwohl die Frontlinien im Osten, Westen, Norden und Süden alle eingedrückt wurden und die deutsche Nation in einem Würgegriff hielten – dennoch trieb Hitler das Volk an wie Vieh. Es schien, als ob er nicht aufhören würde, bis jede Stadt zerstört und jeder einzelne seiner »geliebten« Bürger tot war.

Emil fertigte ein Kreuz für Katharinas Grab an. Sie war seine Hoffnung für die Zukunft gewesen, sein Grund, durchzuhalten und an ein Leben nach dem Krieg zu glauben. Jetzt hatte er nichts mehr. Schmerz und Trauer lasteten wie ein unerträgliches Gewicht auf ihm. Aber er lebte weiter.

Warum war Katharina tot und nicht er? Er sollte dort begraben liegen. Sie sollte sicher und behütet in Passau sein, bei Johann.

Armer Johann. Das würde ihn mit Sicherheit umbringen.

Wenn sie durch die Straßen Nürnbergs fuhren, fiel es schwer zu glauben, dass Deutschland sich erholen würde. Neunzig Prozent der Stadt war nach einer knappen Stunde Blitzangriff der Alliierten dem Erdboden gleichgemacht. Emil fragte sich, warum sie sich die Mühe machten, die Stadt zu säubern. Es war Brachland, ihre Anstrengungen waren nutzlos.

Er wollte nur noch nach Hause. Er war müde, krank vor Heimweh und Trauer. Und Günther hatte noch mehr schlechte Neuigkeiten.

»Sie haben es dir nicht erzählt, Emil, aber ich habe es herausgefunden. Ich habe mich umgeschaut und umgehört und es herausgefunden.«

»Was herausgefunden?«

»In der Nacht des Feuersturms wurde auch Passau getroffen.«

»Was!?«

»Sie wollten nicht, dass du es erfährst, weil unsere »Kampfmoral« schon schlecht genug sei.«

»Wie schlimm war es?«

»Ich weiß es nicht. Es tut mir leid.«

Emil ließ sich auf sein Bett fallen. Sein Verstand setzte aus – er konnte diese Neuigkeiten nicht verarbeiten. Mutter, Helmut und Johann musste es einfach gut gehen. Er konnte nicht Katharina verlieren und sie auch noch, er konnte es einfach nicht. Lieber würde er sterben, selbst wenn das hieß, dass er sich selbst umbringen musste.

Am 27. Januar befreite die Rote Armee Polen und entdeckte Auschwitz. Todeslager. Brennöfen. Riesige Räume voller Knochen. Eine Gräueltat der schlimmsten Sorte.

Georg Stramm hatte wieder recht gehabt. *Konnte dieser Trottel nicht wenigstens einmal falsch liegen?*

Emil hätte am liebsten ein Loch geschaufelt und sich darin begraben. Deutschland würde nie mehr den Kopf hoch tragen können. Alles war eine riesengroße Lüge gewesen. Ihr Stolz und ihre Stärke – gebaut auf Tod und Lügen.

Er lebte wie ferngesteuert, ohne Gefühle. Der Winter verging, und der Frühling kam pünktlich. Blätter sprossen und Blumen blühten, als ob Katharina niemals gestorben wäre.

Hatte er die Uniform der Hitler-Jugend wirklich einmal voller Stolz getragen? War er wirklich selbstbewusst mit marschiert, als ob alles ein Spiel wäre?

Emil hatte keine Nachricht von Zuhause erhalten. Die Straßen waren zerstört; er wusste, dass die Post keine Transportmöglichkeiten hatte. Es hieß nicht, dass sie tot waren, aber es hieß auch nicht, dass sie noch lebten.

Bomben waren auf Deutschland gefallen wie ein schwerer Fall von Masern. Das Land war krank. Sehr krank.

Emil hatte recht gehabt: Jetzt waren die Alliierten auf Blut aus. Es gab keinen Weg, wie Deutschland diesen Krieg noch gewinnen konnte, und trotzdem ließen die Amerikaner und Briten erbarmungslos Feuerbomben auf Dresden nahe der Ostgrenze fallen. Es war der schlimmste Feuersturm aller Zeiten, und hunderttausende Menschen kamen in den Flammen um, die meisten waren Flüchtlinge aus dem Osten.

Auf der Straße machte die Runde, dass Hitler sich versteckte. Ihr geschätzter und furchtloser Führer versteckte sich in seinem kleinen Bunker.

Berlin war als nächstes dran. Es gab keinen Weg, die Sowjets jetzt noch aus der Stadt fernzuhalten. Hitler schien das zu wissen – er tötete sich, damit er es sich nicht ansehen musste.

Feigling.

Das einzige, was jetzt noch zu tun war, war sich zu ergeben.

Der Krieg war vorbei.

Millionen Menschen waren tot. Keine Stadt stand mehr. Emil wusste nicht, ob er seine Familie noch lebend antreffen würde.

Und er hatte nie ein Flugzeug geflogen.

Und er hatte nie ein Flugzeug geflogen.

KAPITEL 45

Als die Amerikaner eintrafen, waren sie auf dem Stützpunkt bereit. Sie kamen mit einem Lastwagen-Konvoi und schussbereiten Gewehren, aber niemand zeigte Widerstand. Als Zeichen der Kapitulation hielten sie ihre Waffen gerade in die Luft.

»Ich habe Angst«, meinte Günther.

»Ich auch«, antwortete Emil. Die Amerikaner sprangen aus ihren Fahrzeugen und richteten die Gewehre auf sie.

»Glaubst du, dass sie uns erschießen, Emil?« winselte Günther.

»Halt die Klappe!« sagte Hans. »Du bringst sie noch dazu, uns alle umzunieten!«

Der Führer der amerikanischen Truppe wies seine Männer an, die Waffen zu senken.

»I am Sergeant Corporal Elliot Jones. Who is the leader here?«

Die meisten in Emils Gruppe verstanden kein Englisch. Würde man sie alle erschießen, wenn sie nicht die richtige Antwort gaben?

»Reimer.« Der Offizier winkte einem seiner Soldaten.

»Das hier ist Unteroffizier Elliot Jones. Wer ist hier der Leiter?« übersetzte Reimer.

Sie warteten, dass Albert Jäger vortrat. Er tat es nicht.

Was für ein Schwein! dachte Emil. *Wo ist jetzt der große Macker hinter all dem Geschwätz?*

Schließlich drehten sie sich alle um und starrten ihn an – wie ein unsichtbarer Scheinwerfer. Unteroffizier Jones ging auf ihn zu und stellte sich direkt vor ihn hin. Emil hätte schwören können, dass Albert zitterte.

»Sind Sie hier der Leiter?« fragte Reimer.

»Ja.«

»Weisen Sie Ihre Männer an, in die Lastwagen zu steigen.«

Albert befahl ihnen, in den hinteren Teil der amerikanischen Armeelastwagen zu steigen. Emil hatte nichts bei sich außer seiner leichten Jacke und einem kleinen Tornister, der ein Paar Socken, einen Kamm, einen Brief von Zuhause und einen alten Brief von Katharina enthielt. Sie ließen den Inhalt auf den Boden fallen, bevor sie ihm den Tornister zurückgaben. Die Briefe durfte er behalten.

Sie wurden zu einem alten Kloster gefahren, das als Kriegsgefangenenlager eingerichtet worden war. Einer der amerikanischen Soldaten stellte ein großes, in Englisch und Deutsch beschriftetes Schild auf. Darauf stand:

Gebt mir fünf Jahre Zeit, und ihr werdet Deutschland nicht wiedererkennen. – Adolf Hitler.

Sie waren nicht die einzige Gruppe: Das Lager war voll mit deutschen Kriegsgefangenen, meist junge Männer wie Emil und sehr alte Männer mit silbernem Haar und grauen, stoppligen Bärten.

»Werden sie uns zusammen bleiben lassen?« flüsterte Günther.

»Ich hoffe es.«

Derjenige, den sie Reimer nannten, wies Emil und Günther

an, ihm zu folgen. Er nahm sie mit in die Küche und befahl ihnen, das Geschirr abzuwaschen.

Emil und Günther taten, wie ihnen geheißen wurde. Reimer blieb bei ihnen, leitete die Arbeit in der Küche an und sprang sogar ein, um zu helfen.

Schließlich hatten sie die Stapel dreckiger Teller abgewaschen. Emil und Günther bemühten sich, die Küche auf Hochglanz zu polieren, und hörten erst auf, als es ihnen erlaubt wurde.

Reimer beobachtete sie, während er an einer Zigarette zog. »Sie haben euch Jungs beigebracht, wie man arbeitet, das zumindest gestehe ich ihnen zu«, sagte er auf Deutsch.

Erwartete er, dass Emil danke sagte?

»Ihr seht nicht alt genug aus, um bei der Armee zu sein«, sagte Reimer. »Wie alt seid ihr Jungs überhaupt?«

Günther sah aus wie ein verschrecktes Kaninchen. Emil antwortete für ihn. »Er ist vierzehn, ich sechzehn.«

»Noch Kinder«, murmelte Reimer. Vielleicht, aber Emil fühlte sich wie ein alter Mann. Reimer nahm einen letzten Zug von seiner Zigarette und zertrat sie unter seinem Stiefel.

Emil und Günther sahen einander an. *Sollten sie das wegräumen?*

Reimer verließ die Küche, und Emil nahm rasch den Zigarrenstummel auf und warf ihn in den Müll.

Die Kriegsgefangenschaft war eigentlich wie Lagerleben, aber sie war viel leichter als jedes Lager, in dem Emil jemals gewesen war. Reimer fand Gefallen an ihm und Günther.

»Reimer ist ein deutscher Name«, sagte Emil eines Tages zu ihm.

»Ja, das stimmt.«

»Aber Sie sind Amerikaner?«

»Ja, aber meine Eltern sind aus Deutschland nach Amerika ausgewandert. Hätten sie das nicht getan, wäre ich hier gewesen und hätte für Hitler gekämpft.« Er sah Emil seltsam an. »Ich hätte du sein können.«

Am nächsten Tag befahl Unteroffizier Jones allen Gefangenen, sich in Reihen aufzustellen. Mit erhobenen Händen standen sie da, zwanzig pro Reihe und zehn Reihen tief.

Was jetzt? dachte Emil. *Wenn sie uns etwas hätten antun wollen, hätten sie es sicher schon getan.*

Einer nach dem anderen verließen die amerikanischen Soldaten den Hof. Das kam Emil nicht seltsam vor, bis nur noch zwei übrig waren. Emils Arme waren schon lange blutleer und pochten, aber er wagte es nicht, sie herunterzunehmen. Niemand wagte es.

Dann blieb nur noch ein amerikanischer Soldat als Wache übrig. Nach kurzer Zeit ging auch er.

Alle Gefangenen blieben mit erhobenen Armen stehen.

»Was geht hier vor, Emil?« fragte Günther.

»Ich weiß nicht.«

Irgendwann nahm einer der älteren Männer seine Hände herunter. Nichts passierte. Keine Schüsse von den Wachtürmen. Dann nahm ein anderer seine Hände herunter, und noch einer. Immer noch nichts. Sie nahmen alle ihre Hände herunter und rieben sich heftig die Arme.

»Wir sind allein!« rief jemand.

Emil konnte es nicht glauben. *Hatten die Amerikaner sie verlassen?*

Sie rannten zum Eingang, und tatsächlich: Alle amerikanischen Lastwagen waren weg.

Sie waren frei.

»Was sollen wir jetzt tun?« Günther sah klein und verängstigt aus. Emil wünschte, er hätte ihm mehr anzubieten als ein Schulterzucken.

»Ich weiß nicht«, sagte er. »Nach Hause gehen, nehme ich an.«

Die Männer liefen benommen herum, bis die Wahrheit durchdrang. Dann brach eine Art Hysterie aus, und alle stürzten davon, bevor die Amerikaner ihre Meinung änderten und zurückkamen.

»Du kommst schon durch«, sagte Emil. »Folge einfach den anderen, die nach Norden Richtung Berlin gehen. Ich gehe zurück nach Passau.«

Günther schluckte schwer und starrte auf seine Füße.

»Günther?« Emil wartete, bis der Junge ihm in die Augen sah. »Es war großartig, dich zu kennen.«

Günther streckte seine schmale, knochige Hand aus. »Es war toll, dich zu kennen, Emil.«

KAPITEL 46

Er hatte nichts gegessen seit dem Tag, bevor die Amerikaner sie im Hof verlassen hatten. Emil griff sich an den Bauch und marschierte weiter. Er dachte an seine Eltern und seinen Bruder und stellte sich vor, dass sie lebten und darauf warteten, dass er nach Hause kam. Er konnte sie um den Küchentisch sitzen sehen, und er sah vier gedeckte Plätze. Ein Brathähnchen mit Kartoffeln und Karotten lag auf einer Servierplatte in der Mitte, und es gab große Gläser Milch für alle. Sie warteten darauf, dass er nach Hause kam und sie feiern konnten.

Dieser Traum trieb ihn an, Tag für Tag. Dann sah er am Horizont ein Rauchkissen aufsteigen. Es konnte nur eines heißen: ein Bauernhof und damit etwas zu essen.

Emil hinkte über das abschüssige Feld. Regenmangel und fehlende Bewässerung hatten es brüchig und trocken werden lassen. Zweimal verlor er das Gleichgewicht und fiel hin, und sein Mund öffnete sich zu einem weiten Stöhnen, das all seine Zähne entblößte. Beim ersten Mal drängte er den Schmerz zurück und kämpfte sich zurück auf die Füße, während der Hunger ihn antrieb. Das zweite Mal gab er seinem Drang nach.

Er schrie und weinte, bis der Schlaf ihn wieder zu überwältigen drohte. Die warme Sonne brannte schwer auf ihn hinunter, und sein Verstand glitt in einen rauschartigen Zustand.

Tief in seinem Unterbewusstsein wusste er, dass er hier nicht bleiben konnte; wenn er es tat, würde er sterben. Zitternd und schlottrig kämpfte er sich wieder hoch. Endlich kam ein Haus in Sicht. Außer Atem schlüpfte er durch die enge Öffnung eines starren Eisentors und klopfte an die Tür.

EIN GLAS MILCH war nicht viel, aber es war mehr, als er seit Tagen gehabt hatte. Er begann den Überblick zu verlieren. Jeder Tag war gleich, trockene Felder auf beiden Seiten einer kaputten Straße. Nur das Wetter veränderte sich. Manche Tage waren warm und sonnig, andere brachten Frühlingsregen. Trotz seines Hinkens und der Schmerzen ging Emil weiter. Immer weiter.

Wenn es regnete, legte er sich mit weit geöffnetem Mund auf den Rücken. Sein Durst, den er nie löschen konnte, forderte Tropfen um Tropfen. Von Zeit zu Zeit begegnete er einem anderen Wanderer. Dann fragte jeder den anderen nach Essen, und beide gingen enttäuscht weiter. Manchmal hatte Emil Glück und wurde von einem vorbeifahrenden Bauern mitgenommen, der ihm eine kleine Portion Essen schenkte. Niemand schien viel übrig zu haben, das er mit Fremden teilen konnte.

Unaufhörlich dachte Emil an Katharina. Er sehnte sich danach, sie noch einmal umarmen und küssen zu können. Wenn der Schmerz darüber unerträglich wurde, kehrten seine Gedanken zu seiner Familie zurück, und er wünschte sich einfach, dass sie am Leben waren. Vater und Mutter. Helmut. Er konzentrierte sich darauf, einen Fuß vor den anderen zu setzen.

Eine schwarze Welle rollte über ihn hinweg, und seine Knie gaben nach. Halb bewusstlos brach Emil am Straßenrand zusammen. *Vielleicht würde er hier sterben. Am Straßenrand, auf halbem Weg nach Hause.* Der Tod würde ihn nicht mit Bomben oder Gewehrkugeln holen, sondern durch Verhungern. Er war nicht einmal sicher, ob er noch in die richtige Richtung lief.

Schlaf überwältigte ihn.

Jemand schüttelte ihn. Seine schlechte Schulter meldete sich, und Emil hörte sich stöhnen.

»Junge? Geht es dir gut? Junge?« Es war die Stimme einer Frau.

Erschöpft musterte Emil sie. Eine Hausfrau in einem grauen Kleid und einem Pullover, mit flachen Stiefeln und kurzem Haar, das sie aus dem Gesicht gesteckt trug. Und ein junges Mädchen, ähnlich gekleidet, etwa zwölf.

Sie versuchten, ihm beim Aufstehen zu helfen, aber seine Beine waren zu schwach. Irgendwie schafften sie es, ihn auf ihr Fuhrwerk zu laden und zu ihrem Heim im nächsten Dorf zu befördern.

Bald schlürfte Emil heiße, dünne Suppe in einer kleinen Küche, wo er seinen Gastgebern mit einer Decke über den Schultern gegenüber saß. Er hatte bereits eine dicke Scheibe Brot verschlungen.

Die Frau stellte sich Emil als Frau Kohn vor, und ihre Tochter, die noch kein Wort gesprochen hatte, hieß Inge. Als Frau Kohn ihm eine zweite Schüssel Suppe anbot, nickte er zustimmend. Inzwischen aß er langsam genug, um ihre Fragen zu beantworten.

»Wie heißt du?«

»Emil Radle.«

»Und wohnst du hier in der Gegend?«

»Nein. Ich komme aus Passau.«

»Passau? Das ist ein weiter Weg.«

»Ja.« Emil aß den Rest seiner Suppe und stellte die Schüssel weg. Inge nahm sie und trug sie zum Waschbecken. »Aber ich gehe in die richtige Richtung, nicht wahr?«

Frau Kohn nickte. Sie griff nach einer Teekanne. »Tee?«

»Ja, danke.« Sie goss ihm eine Tasse dünnen Tee ein, und er trank dankbar.

»Wen hast du in Passau?«

Emil hielt inne. »Ich habe meine Mutter und meinen jüngeren Bruder dort gelassen. Mein Vater kämpfte in der Heeresgruppe Nord. Wir haben nichts von ihm gehört.«

Frau Kohn wischte mit einem feuchten Tuch Krumen von der Tischplatte. »Warum bist du so weit weg von zu Hause?«

Emil trank seinen Tee in kleinen Schlucken und stellte die Tasse ab. »Ich war Flugschüler in Nürnberg, an der Fliegerschule. Aber meistens habe ich eine Flak bedient.«

Frau Kohn hielt mitten im Wischen inne. »Ich verstehe. Das war wohl sehr gefährlich?«

»Ja.«

Sie wies mit ihrem Kinn auf ihn. »Hast du dir so dein Bein verletzt?«

Emil schüttelte den Kopf. »Das ist in der westlichen Ukraine passiert.«

»An der Front? Du bist noch so jung!«

»Offenbar nicht jung genug.«

Sie wrang den Lappen über der Spüle aus. »Ich ermüde dich mit all meinen Fragen, verzeih mir. Lass mich dir zeigen, wo du schlafen kannst.«

Mit einer Matratze, einem Kissen und einer Decke fühlte sich Emil wie ein Mitglied des Königshauses. Er fiel in einen tiefen Schlaf.

Inge weckte ihn am nächsten Morgen. »Emil? Möchtest du etwas zum Frühstück essen?«

Das Frühstück war ein berauschendes Festessen aus Rühreiern und Kaffee. Frau Kohn erzählte stolz von ihren fünf

Legehennen im Hinterhof-Stall. »Wir sind weit genug weg von den Städten«, erklärte sie. »Die Soldaten haben uns nicht so oft behelligt.«

»Wo ist Herr Kohn?« fragte Emil.

Frau Kohn biss sich auf die Unterlippe. »Er wird... vermisst. Wir hoffen, dass er bald zu uns zurückkommt.«

Emil nickte.

Sie fuhr fort. »Inge und ich haben miteinander gesprochen und beschlossen, dass wir dir etwas für deine Reise mitgeben möchten.«

Neben einem Tornister voll Brot konnte sich Emil nicht vorstellen, worauf er hoffen konnte. Doch auf ihn wartete eine große Überraschung.

Sie führten ihn hinaus zum Schuppen im Hinterhof, und Frau Kohn öffnete die Tür. Inge ging hinein und schob ein Fahrrad heraus. Emil konnte sein Glück kaum fassen: Es war alt und rostig, aber für ihn war es wie eine Kutsche. Alles war besser als zu Fuß gehen.

»Sind Sie sicher?« fragte er.

Frau Kohn und Inge nickten gleichzeitig.

»Danke, vielen Dank.« Emil nahm das Rad, und seine Augen wanderten über das Lenkrad. Er hätte Frau Kohn und Inge am liebsten einen dicken Kuss gegeben, aber er hielt sich zurück. Stattdessen streckte er seine Hand aus, schüttelte erst Frau Kohns Hand und dann die der scheuen Inge. Es schien sie wahrhaftig glücklich zu machen, dass sie ihm dieses wunderbare Geschenk machen konnten.

Emil verabschiedete sich und fuhr los in Richtung Passau. Die Sonne schien hell. Er kniff die Augen gegen das grelle Licht zusammen und genoss den leichten Fahrtwind, der durch sein Haar wehte. Er war satt und ausgeruht, und am besten von allem – nicht mehr zu Fuß unterwegs!

Emil legte in der nächsten Woche viele Kilometer zurück, bis er schließlich zu einem amerikanischen Armeelager kam. Die amerikanische Flagge flatterte in der Luft und weckte seine Neugier. Er fragte sich, ob Reimer wohl dort war, hielt an und starrte hinüber.

Der amerikanische Soldat schien aus dem Nichts zu kommen – Emil hatte ihn nicht kommen hören. Plötzlich stand er dicht vor Emil und feuerte rasend schnelles Englisch auf ihn ab.

Er stieß gegen das Abzeichen auf Emils Schulter, auf dem ein Propeller und der Name seiner Fliegerschule gestickt waren.

Der Soldat rief nach jemandem hinter ihm, und Emil realisierte, dass er die Situation fatalerweise falsch eingeschätzt hatte.

Er verstand nicht viel Englisch, aber er kannte das Wort »Nazi«. Er beschloss, dass das ein guter Zeitpunkt war, um zu gehen, und hob den Fuß, um ihn auf das Pedal zu drücken. Der Soldat sprang vor ihn hin und griff nach dem Lenkrad.

Er spuckte wütende Worte aus, während er das Rad schob, und Emil verlor das Gleichgewicht und fiel zu Boden. Der Soldat trat nach Emils schlechtem Bein, und Emil schrie auf vor Schmerz.

Ein anderer Soldat tauchte auf und wies den ersten Soldaten scharf zurecht.

Der wütende Soldat holte aus, um Emil nochmals zu treten, aber der andere hielt ihn zurück.

Der Wütende schüttelte den zweiten ab, und die beiden stritten sich. Der nettere der beiden musste den Streit gewonnen haben. Anstatt Emil zu treten, riss der Wütende das Fahrrad unter Emil hervor und schwang es gegen den Fahnenmast.

Als die Männer gegangen waren, stand Emil auf, klopfte sich den Dreck von den Sachen und beschloss, dass er Reimer nicht unbedingt sehen musste.

Emil bewegte sein Bein. Es schmerzte, aber nicht mehr, als er es gewöhnt war.

Er nahm sein Fahrrad auf und musterte es. Er schüttelte den Kopf, beschloss aber, es zu versuchen. Es fuhr noch, aber es war in der Mitte verbogen und fuhr nur im Kreis.

Also war wieder Gehen angesagt.

Manchmal bekam Emil Hilfe und etwas zu Essen von Fremden; manchmal trieb ihn sein Hunger dazu, Dreck zu essen, aber jeder Tag brachte ihn näher nach Passau.

An einem heißen Sommertag hielt ein amerikanischer Soldat in einem Armeelastwagen neben ihm an. »Was machst du hier?« fragte er auf Deutsch.

»Ich bin auf dem Weg nach Passau, um nach meiner Familie zu suchen.«

»Komm steig ein.«

Sein Deutsch war sehr rudimentär, aber Emil verstand ihn. Er wusste nicht, ob er dem Soldaten trauen konnte. Zu gut erinnerte er sich nur an sein Aufeinandertreffen mit dem Wütenden, der es mochte, andere zu treten.

Der Amerikaner bemerkte sein Zögern. Er fragte auf Deutsch: »Ist Passau dein Zuhause?«

Emil nickte. »Ja.«

»Ich bin auf dem Weg dorthin. Ich bringe dich hin.«

Emil stieg ein und war geschockt, als der Soldat sein belegtes Brot mit ihm teilte.

»Du musst dich bei der amerikanischen Armee melden, wenn wir dort sind«, sagte der Soldat mit halb vollem Mund.

Emil murmelte: »Ich verstehe.«

Zwei Stunden später und sechs Wochen, nachdem er seine Wanderung in Nürnberg begonnen hatte, wurde Emil in Passau abgeladen.

Wie in Nürnberg patrouillierten amerikanische Soldaten durch die Straßen. Sie trugen immer noch Waffen, aber da die ganze deutsche Artillerie konfisziert worden war, bestand keine Bedrohung für sie.

Emil hinkte durch das Zentrum seiner Heimatstadt – und verirrte sich. Ziellos und wie ein Betrunkener irrte er umher, seine Kleidung zerrissen und schmutzig, und er roch, als ob er gerade zweihundert Kilometer durch einen Abflusskanal gekrochen wäre anstatt durch den Schutt einer zerlöcherten Hauptstraße.

Ein Ladenschild hing von einer Türangel und quietschte rhythmisch im Wind. Das Bild und die Worte darauf kamen ihm vertraut vor. Er legte den Kopf schief, kniff die Augen zusammen und las: *Jägers Schuhreparatur.*

Er war also doch in der richtigen Stadt. Was die Bomben nicht zerstört hatten, hatten fünf Jahre Vernachlässigung geschafft. Eine unerwartete Flut von Erinnerungen kam über ihn: seine Kindheit – oder das kleine bisschen was ihm davon vergönnt war – einkaufen mit Mutter, herumrennen, mit Moritz und Johann im Park spielen, mit der Familie in die Kirche gehen. Sicher und wunderschön war es gewesen.

Und natürlich Katharina. Ein Kloß formte sich in seiner Kehle, und er kniff die Augen zusammen, um seine Tränen zurückzuhalten. So viele schmerzhaft schöne Erinnerungen an sie.

Er gewann seine Fassung wieder und lief weiter. Einen Moment lang wusste er nicht mehr – war er sechzehn oder siebzehn? Hatte er gerade Geburtstag gehabt? Er konnte sich nicht einmal an das Datum erinnern.

Emil kannte den Heimweg vom Park, und endlich trieb ihn die Vorfreude, sich mit seiner Familie zu vereinen, vorwärts. *Wie würde er sie vorfinden? Helmut musste jetzt zwölf sein, oder dreizehn? War er in der Lage, sich um Mutter zu kümmern? Hatte Vater es aus Berlin nach Hause geschafft?*

Er wusste um die Chancen. Jede Familie schien jemanden verloren zu haben, und manche hatten alle verloren. Bumm. Weg. Keine Familie mehr. Aber Emil hielt an seiner Hoffnung fest. Sie konnten eine Ausnahme sein. Er bog die letzte Kurve zu seiner Straße ein, während er über die zerklüfteten Pflastersteine stolperte.

Vielleicht war es der riesige trockene Knoten in seinem leeren Magen, oder Austrocknung, oder einfach Erschöpfung. Seine Augen verschwammen, und Emil fühlte sich einer Ohnmacht nahe. Sie wohnten in einem zweistöckigen verputzten Reihenhaus.

Es war weg.

Übrig war eine Reihe ausgebrannter Löcher, Trümmer und die Umrisse von Ziegelschornsteinen, hoch und aufgerichtet wie eine Linie übergroßer Soldaten.

»Mutter! Helmut!« Eilig schleifte Emil sein schlechtes Bein zu ihrem Haus, stieg über zerbrochene Ziegel und Steine und halb verbrannte Holzbalken, bis er die Stufen zum Keller fand. Ruß und Staub wirbelten wie ein kleiner Sturm auf, und er fühlte den Schmutz auf seinem Gesicht landen.

»Mutter! Ich bin es, Emil!«

Emil stieg hinunter in die Schwärze. Die Asche war glatt wie Öl, und er fiel hart auf sein Hinterteil. Er nahm eine Stufe nach der anderen. Trockene, schimmlige Luft drang in seine Lungen, und er brach in Husten aus. Emil wischte sich die Augen aus und kniff sie zusammen, um sie auf den dunklen, kleinen Raum einzustellen. Die Kartoffelkiste war noch da, aber sie war mit Asche gefüllt. Sonst nichts. Emil merkte, dass er seinen Atem angehalten hatte, und ließ ihn auf einmal entweichen.

Sie sollten hier sein. Das war ihr sicherer Platz.

Aber nicht sicher genug. Der Keller war leer.

ZURÜCK AUF DER Straße suchte Emil nach jemandem, irgendjemandem, den er kannte.

Dann sah er Frau Fellner, die alte Dame von der anderen Straßenseite. Im Sog des Krieges und der Zerstörung durch die Bomben war ihre Seite der Straße auf wundersame Weise unversehrt geblieben. Ihr Haus stand noch.

»Frau Fellner!«

»Emil?« Frau Fellners Augenbrauen zogen sich zusammen. »Emil Radle?«

»Ja, ich bin es.« Emil dachte erst, dass sie ihn nicht erkannte, weil er gewachsen war, aber dann realisierte er, dass er vom Scheitel bis zur Sohle mit Ruß und Asche bedeckt war. Er wischte sein Gesicht ab und klopfte seine Kleider aus.

»Bitte.« Er hielt sie am Arm fest. »Haben Sie meine Mutter und meinen Bruder gesehen?«

Sie schüttelte den Kopf. »Es tut mir leid, Emil. Ich habe sie schon lange nicht mehr gesehen.«

»Wissen Sie, ob sie noch am Leben sind?«

Wieder schüttelte sie den Kopf. »Ich weiß es nicht. Manche Leute sind nach Norden gegangen, um Essen zu suchen. Vielleicht sind sie auch dorthin gegangen.« Sie zuckte mit den Schultern. Das war alles, was sie ihm sagen konnte.

Emil blickte nach Norden, und seine Hoffnung schwand. Er war so weit gekommen, so viele Wochen gelaufen, hatte geträumt und gehofft. Er hätte sie heute finden sollen, aber sie waren weg. Und er wusste nicht, wo sie waren und ob sie noch lebten.

Es war ein sonniger Tag. Unter normalen Umständen wäre

er wunderschön gewesen, dachte Emil. Er stand mitten auf der Straße in Passau, vor seinem ausgebrannten Zuhause. Die Sonne brannte auf seinen Kopf, und er wusste nicht, was er tun sollte. Die Nazis kontrollierten ihn nicht mehr, und die Amerikaner schien nicht zu kümmern, was er tat. Er wollte jemanden, der ihm sagte, was er tun sollte.

Plötzlich gaben seine Knie nach. Er wusste nicht, ob er zu wenig auf sein schlechtes Bein geachtet hatte, oder ob es eine Kombination von körperlicher und emotionaler Erschöpfung war. Er war auf seinen Knien, wie seine Mutter, wenn sie betete.

Emil hörte ein ersticktes, gurgelndes Geräusch und stellte fest, dass er es war. Er weinte. Er weinte um Deutschland, und er weinte um Katharina. Er weinte um sich selbst, weil er allein und hungrig war und nicht wusste, was er tun sollte.

Wenn er schon unten war, sollte er es vielleicht versuchen. Versuchen zu beten, wie Mutter. Also tat er es.

Als er es geschafft hatte, aufzustehen, machte er einen Schritt nach Norden und hielt dann an. Aus irgendeinem Grund hatte er das Bedürfnis, umzudrehen und in die andere Richtung zu gehen.

Nach kurzer Zeit sah Emil einen Feldweg, der durch einen Acker führte. Es machte keinen Sinn, die Hauptstraße zu verlassen, und doch fühlte er sich dazu getrieben.

Er hinkte durch die Büsche und passte auf, dass sich sein Fuß nicht in Zweigen oder Steinen verfing, die aus dem Boden ragten, bis er das Plätschern eines Flusses hörte. Dann sah er jemanden angeln.

Der Gedanke an Fisch ließ seinen Magen knurren, und er fragte sich, ob in Passau noch etwas Großzügigkeit zu finden war. Vielleicht würde der Junge sein Mittagessen mit ihm teilen.

»Hallo!« rief Emil. Er war noch ein ganzes Stück entfernt, und das Geräusch des Flusses übertönte seine Stimme. Er rief weiter, bis er nur noch ein paar Meter weg war. Der Junge drehte sich um, und Emils Herz machte einen Sprung. Ein riesiges Grinsen breitete sich auf seinem Gesicht aus.

»Helmut!«

»Emil?« Helmut ließ seinen Eimer fallen, rannte auf seinen Bruder zu und umarmte ihn ungestüm. »Emil! Du lebst!«

»Und du auch!« Es war seltsam für Emil, das Lachen zu hören, das aus seinem Mund herauskam. »Mutter?« Neue Hoffnung keimte in ihm auf. »Vater?«

»Ja! Sie sind beide hier!«

Helmut griff nach dem Fischeimer und führte Emil durch die Bäume zu einer alten Jagdhütte.

»Ich habe die Hütte gefunden, als ich nach Essen gesucht habe«, erzählte Helmut Emil. »Vater kam ein paar Tage vor der Bombardierung nach Hause, und wir haben uns hier versteckt. Es war gut, dass wir uns nicht im Keller versteckt haben...«

»Ich weiß«, sagte Emil. »Ich war dort.«

Sie gingen durch dichtes Gebüsch und kamen auf eine Lichtung, auf der eine Hütte stand. Eine dünne Gestalt pflegte den kleinen Garten. Sie drehte sich zu ihnen um, und ihr Ausdruck verwandelte sich von Schock in Freude. »Peter!« rief sie. »Peter, es ist Emil!« Mutter rannte zu Emil und überdeckte sein schmutziges Gesicht mit Küssen.

Vater erschien in der Eingangstür. Sein linker Arm fehlte, aber er ging auf seinen Sohn zu und streckte seine rechte Hand aus. Emil hinkte zu seinem Vater und ergriff sie.

»Junger Mann«, sagte er und sah Emil direkt in die Augen.

Sie waren zwei Soldaten. Sie wussten es beide. Und sie verstanden einander.

»Es ist so schön, dich zu sehen, Vater.«

Sein Vater zog ihn in eine enge, einseitige Umarmung. »Es ist so schön, dich zu sehen, mein Sohn.«

Die Menschen in Bayern betrachteten sich als Glückspilze, weil sie von den Amerikanern und nicht von den Sowjets besetzt worden waren. Sie hörten gewisse Dinge. Es schien nicht gut zu laufen für ihre Freunde und Familienangehörigen in den nordöstlichen Teilen, die von den Kommunisten besetzt waren. Es war reine Ironie. Hitler war so eifrig bedacht gewesen, die Kommunisten auszulöschen, und nun beherrschten sie die frühere Hauptstadt Deutschlands. Sein geliebtes Berlin.

Nun ja, zumindest die Hälfte davon, dachte Emil. Die Alliierten entschieden sich, die Stadt aufzuteilen. Er konnte sich nicht vorstellen, wie das funktionieren sollte, aber er war einfach froh, dass er in Bayern war und nicht in Berlin.

Die Amerikaner behandelten sie gut, wenn man bedachte, dass sie in einem gewissen Sinn Kriegsgefangene waren. Sie organisierten neue Verwaltungen und Wiederaufbauinitiativen, aber sie waren in keiner Weise lasch. Sie trieben aggressiv alle Kriegsverbrecher zusammen, und die berüchtigtsten kamen vor das Kriegstribunal in Nürnberg. Sie nahmen Tante Gerta fest.

Emil hatte immer gewusst, dass mit ihr etwas nicht stimmte. Das Frauengefängnis, in dem sie arbeitete, war in Wahrheit ein Konzentrationslager der Nazis gewesen. Sie hatte die Auslöschung von jüdischen Frauen und Kindern befohlen, die irgendeine Form von »Bedrohung« für den Staat darstellten. Sie wurde für Kriegsverbrechen zum Tode verurteilt.

Alle in ihrer Straße arbeiteten zusammen, um die Nachbarschaft wieder aufzubauen. Obwohl Vater nur einen Arm hatte, arbeitete er genau so hart wie die anderen. Am ersten Abend, an dem sie in ihrem wieder aufgebauten Haus zusammen um den Tisch saßen, weinte Mutter. Sie dankte für das Essen und dafür, dass sie alle wieder zusammen waren, und alle antworteten mit einem schallenden Amen, das von Herzen kam.

Sie vermissten die Familie Schwarz von nebenan. Frau Schwarz war von Trauer überwältigt worden, als Karl getötet worden war. Kurz darauf hatte sie sich das Leben genommen. Die ganze Familie Schwarz war damit dem Krieg zum Opfer gefallen.

Emil besuchte Johann regelmäßig. Normalerweise lag er bei gedämpftem Licht im Bett, seine Geige lag vernachlässigt in einer Ecke. Johanns Mutter freute sich immer, Emil zu sehen. Sie hoffte, dass seine Besuche Johann aus seiner Schwermut herausholen würden. Er nahm Katharinas Tod sehr schwer, wie Emil schon geahnt hatte. Immer wieder erzählte er Johann, dass Katharina wollen würde, dass sie weiterlebten, und dass sie die Tatsache, dass sie noch lebten, nicht als selbstverständlich ansehen sollten. Emil sagte es, um Johann aufzumuntern, und mit der Zeit begann Emil es selbst zu glauben.

Die Alliierten leiteten einen Entnazifizierungsplan ein. Alles, was den Nationalsozialismus verherrlichte, wurde zerstört. Regierungsstrategien und Lehrpläne wurden umgeschrieben.

Keiner der alten Lehrer von Emils Schule blieb übrig, und sie wussten nicht, was mit Herrn Bauer oder Herrn Giesler passiert war.

Das Schulgebäude war zerstört worden, und sie trafen sich

im alten Bezirksbüro der Hitler-Jugend, im gleichen Raum, in dem sich ihre Einheit getroffen hatte. Der Raum sah ziemlich gleich aus wie vorher, außer dass das Modell der Luftwaffe nicht mehr von der Decke hing.

Es war ein kleinerer Raum als der in ihrer alten Schule, aber sie brauchten auch keinen größeren. Die meisten Kinder waren weg. Tot. Friedrich, Wolfgang, Rolf und natürlich Moritz. Anne war tot, wie alle jüdischen Kinder. Viele andere waren auch tot, wie Katharina. Irmgard war damit beschäftigt, allein ein Baby aufzuziehen.

In gewisser Weise war es, als würde man von Grund auf neu anfangen, dachte Emil. Als ob sie Kleinkinder wären, die nichts wussten. Wie die Dinge lagen, war Emil zu alt, um noch lange in der Schule zu bleiben.

Die Erwachsenen in seiner Nachbarschaft wurden aufgefordert, an einer Versammlung teilzunehmen und sich Filme aus den Konzentrationslagern anzusehen, und Emil nahm mit seinen Eltern daran teil. Die Amerikaner sagten, sie wollten sie damit »entprogrammieren«. Die meisten sahen sich die Filme ungläubig und voller Entsetzen an. Manche weigerten sich, es zu glauben. Alles Lügen, sagten sie. Andere wiederum brachen in Tränen aus. Emil glaubte alles.

Irgendwann kehrte so etwas wie Normalität ein. Die zerstörten Teile Passaus waren wieder aufgebaut, die Erwachsenen gingen zur Arbeit, die Kinder zur Schule. Sie würden den Krieg niemals vergessen. Weder die Welt noch die Geschichtsschreibung würden das zulassen.

An einem Nachmittag ging Emil Johann besuchen. Als er die Straße heraufkam, hörte er die bezaubernde Musik von Johanns Geige. Johann schien es besser zu gehen. Emil hörte genau hin und erkannte die Melodie. Es war eine, die er schon lange nicht mehr gehört hatte, nicht mehr seit dem Krieg.

Emil lächelte. Es war eines von Johanns Lieblingsstücken, *Die Loreley*, verfasst von Heinrich Heine. Einem Juden.

ENDE

Ich hoffe, *Gefährliche Zettel* hat dir gefallen. Vielleicht magst du eine Rezension auf Amazon hinterlassen? So etwas ist für Indie-Autoren wie mich sehr hilfreich.

Wenn du zu den ersten gehören willst, die von neuen Veröffentlichungen von Lee Strauss erfahren, dann abonniere meinen Newsletter. Ich verspreche, dass ich dich nicht zuspammen oder deine Mailadresse weitergeben werde. Ich schreibe nur, wenn ich ein neues Buch am Start habe.

www.leestraussbooks.com

Danke!

Lee Strauss ist Amazon-Bestseller-Autorin der bisher nur auf Englisch erschienenen Serien „A Nursery Rhyme Suspense" (Mystery, Science Fiction, Romantik-Thriller), der „Perception Series" (Jugendbuch, Anti-Utopie), der „Minstrel Series" (zeitgenössischer Liebesroman) sowie historischer Romane für Jugendliche. Sie schreibt auch Fantasy-Romane für Teenager unter dem Namen Elle Strauss. Du kannst dich mit ihr über www.leestraussbooks.com in Verbindung setzen.

Es ist nie leicht, eine Kriegsgeschichte zu schreiben. Dadurch, dass der Zweite Weltkrieg in unserer Zeit als der bekannteste Krieg gilt, ist es gut möglich, dass sich ein falsches Detail eingeschlichen hat, und versierte Leser werden den Fehler finden. Nichtsdestotrotz habe ich unzählige Stunden mit Recherchen verbracht und mein Bestes getan, um das Leben während des Krieges so authentisch wie möglich wiederzugeben. Wenn überhaupt, war die Realität noch viel schlimmer als das, was ich auf diesen Seiten eingefangen habe.

Obwohl *Gefährliche Zettel* eine fiktive Geschichte ist, habe ich das Privileg, einige Menschen zu kennen, die den Krieg als Kinder erlebt und mir ihre Geschichten erzählt haben. Ich habe mir einige ihrer wahren Erlebnisse ausgeliehen, um einige von Emils fiktiven Erlebnissen zu kreieren. Deshalb betrachte ich dieses Buch als Gemeinschaftswerk.

ACKNOWLEDGMENTS

Ich bin Emil Biech sehr dankbar, der mir erzählt hat, wie er als Teenager nach dem Ende des Krieges von Nürnberg nach Passau gewandert ist. Seine Geschichte wurde der Samen, aus dem sich *Gefährliche Zettel* entwickelt hat, und Emil Radle ist nach ihm benannt. Die Geschichte des zerbeulten Fahrrads ist seine Geschichte, genauso wie sein aufgewühltes Spontangebet auf der Straße, das ihn auf den Feldweg und zu seinem Bruder am Fluss geführt hat. Emil Biech ist am 30. Januar 2015 gestorben, aber ein Stück seiner Geschichte lebt auf diesen Seiten weiter.

Dank gebührt auch meinen lieben Schwiegereltern, die mir ihre Geschichten erzählt haben. Das Erlebnis mit der Bombardierung gehört zu Herbert Strauss und die Kartoffelkiste, die niemals leer wurde, zu Martha Strauss. Außerdem erhielt ich die Idee zu Tante Gerta aus einer Geschichte über eine ihrer Großmütter.

Die Anregung und die Details für die Zugfahrt an die Ostfront und einige der Kampfszenen kamen von W. John Koch. Ich konnte ihn leider nie persönlich treffen, bin ihm aber sehr dankbar, dass er ein Buch über seine Geschichte geschrieben hat. Meine Dankbarkeit gilt auch Guy Sajer, der *The Forgotten*

Soldier geschrieben hat. Sein Bericht über seinen Kampf an der Ostfront war unschätzbar wertvoll.

Ein besonderer Dank geht an Angelika Offenwanger, die mir viel über die deutsche Kultur mitgegeben hat; an meinen Fan auf Wattpad, Restintheshade, für ihre Anmerkungen bezüglich der militärischen Authentizität; an Claudia Dahinden für ihre harte Arbeit und die nützlichen Hinweise, die sie bei der Erarbeitung der deutschen Übersetzung eingebracht hat; und an Debora Hübler, die *Gefährliche Zettel* lektoriert und dem Buch diesen aussagekräftigen deutschsprachigen Titel gegeben hat.

Und an alle Menschen, die es in jedem Zeitalter wagen, dem Bösen die Stirn zu bieten – danke.

LESEEMPFEHLUNGEN

W. John Koch: *No Escape: My Young Years Under Hitler's Shadow*

Susan Campbell Bartoletti: *Hitler Youth: Growing Up in Hitler's Shadow*

Inge Scholl, Arthur R. Schultz und Dorothee Soelle: *The White Rose: Munich, 1942-1943*

Blair R Holmes, Alan Keele und Karl Heinz Schnibbe: *When Truth Was Treason: German Youth against Hitler: The Story of the Helmuth Huebener Group, Based on the Narrative of Karl Heinz Schnibbe*

Guy Sajer: *The Forgotten Soldier*

www.ingramcontent.com/pod-product-compliance
Lightning Source LLC
Chambersburg PA
CBHW061601190726
48288CB00007B/2125